AF175634

Von Sensenmännern und selten dämlichen Todesfällen

Daniel Troha

Über den Autor:

Daniel Troha wurde 1984 in Erlangen geboren und wohnt momentan im schönen Nürnberg. Sein Debütroman „Die Melodie des Lebens" wurde im März 2020 veröffentlicht.

Daniel Troha

Von Sensenmännern und selten dämlichen Todesfällen

Fantasy

Bibliografische Information der Deutschen Nationalbibliothek:
Die Deutsche Nationalbibliothek verzeichnet diese Publikation in der Deutschen Nationalbibliografie; detaillierte bibliografische Daten sind im Internet über http://dnb.dnb.de abrufbar.

Lektorat: Jojo Vieira, Sarah Maynight
Korrektorat: Lukas Krönert
Covergestaltung: germancreative/fiverr

Herstellung und Verlag:

BoD – Books on Demand, Norderstedt

ISBN: 978-3- 7534- 9872-0

1. Fish and Churros

Es war ein ungewöhnlich kühler Herbstmorgen, von Nieselregen und dunklen Wolkenfetzen durchsetzt, die der aufgehenden Sonne die Show stahlen. Eine raue Brise peitschte Tom Arkins ins Gesicht, als er um kurz nach sechs Uhr die Fischfabrik Richardson Ltd. verließ.

Wieder eine Schicht geschafft. Er griff sich in die Brusttasche seiner Jacke, holte ein Päckchen Zigaretten hervor und steckte sich einen Glimmstängel zwischen die Lippen. Ein fischiger Gestank stieg ihm in die Nase. *Selbst an denen haftet dieser ekelhafte Geruch.* Seine Laune änderte sich schlagartig, als er mit gierigen Zügen das Nikotin in die Lungen beförderte.

Verdammte Sucht, fluchte er innerlich. *Warum habe ich nur wieder angefangen?* Sein Gewissen holte ihn ein, als er zügig in eine kleine Seitengasse einbog, in der sich die schwarzen Müllsäcke und Stapel von Paletten meterhoch türmten. Hier roch es nach Holz und Industrieabfällen, beißend und seltsam betörend zugleich. Er stieß eine dicke Qualmwolke aus und atmete den Rauch durch die Nase ein zweites Mal ein.

Die Abkürzung hatte sich gelohnt. Zwei Minuten später war er an der Hauptstraße angelangt, die Gold Rock knapp drei Kilometer durchzog und an die sich so ziemlich alle Geschäfte und Unterhaltungsmöglichkeiten drängten.

Tom hasste Gold Rock. Dennoch war er hier. Für Tara, seine große Liebe, die ausgerechnet in diesem trostlosen Kaff von einer der aufstrebenden Softwarefirmen Westamerikas angeheuert worden war. Sie erlebte eine Karriere wie aus dem Bilderbuch.

Dass es mal so kommen sollte, war ihm bereits klar, als sie sich kennenlernten. Strebsam und ehrgeizig war sie schon auf der Highschool gewesen. Sie besaß einen festen Plan davon, wie sie später einmal ihr Geld verdienen würde. Er war seit jeher der Träumer, der Künstler, der sich dem Kapitalismus stets bestmöglich entzog und sein Herzblut mittels Farbe in seine bizarr anmutenden Werke steckte. Dennoch passten sie auf ihre Art zusammen. Feuer und Eis, so nannten es ihre Freunde stets. Von diesen hatten sie sich völlig entfremdet, seit sie vor fast einem Jahr in die verschlafene Kleinstadt gezogen waren.

Er hätte es nie für möglich gehalten, dass er Seattle so sehr vermissen würde. Seine Freunde und sein Footballteam, die Konzerte talentierter Rockbands, der Blick vom Space Needle. Bei klarer Sicht schoben sich die Gipfel des Mount Rainier majestätisch und wie von Puder gezuckert den Himmel empor.

Jetzt war er hier. In Gold Rock, einem lächerlich winzigen Fleck auf der Landkarte. Ein Paradies für Naturliebhaber und Rentner. Die Hölle für junge Menschen, die sich nach vielfältiger Unterhaltung sehnten. Dennoch liebte er die endlosen Strände und die Klippen, die eine ungetrübte Sicht auf die riesigen Felsformationen boten, die aus dem ungezähmten Pazifischen Ozean ragten. Meist verbrachte er seine Spaziergänge mit sich selbst. Diesen Umstand verdankte er seinen Nachtschichten und Taras Arbeitspensum. Das nahm er gern für sie in Kauf, obwohl sie mittlerweile immer weniger Zeit miteinander verbrachten. Sie durchlebten gerade ihre erste große Krise. In ihrem Leben war kein Platz mehr für ihn, neben all den studierten Softwareentwicklern und hellen Köpfen, mit denen sie sich unter der Woche öfter zum gemeinsamen Abendessen oder Squash traf. »Ich muss mich doch integrieren«, sagte sie oft und fügte gleich darauf hinzu:

»Auch du könntest dir ein Hobby suchen. Deine Kunst und Videospiele verschaffen dir wohl kaum neue Freunde.«

Sie hatte keine Ahnung, wie ihn diese Worte jedes Mal aufs Neue trafen. Früher hätte sie nie so mit ihm geredet, früher war alles anders, früher …

»Hey Gringo«, riss ihn eine bekannte Stimme aus den Gedanken. »Churros mit Schokoglasur? Das vertreibt schlechte Laune und lässt dich nachher schlafen wie ein Baby.«

»Mein Gott, Sergio. Muss du mich so erschrecken?«, begrüßte er den rundlichen Mexikaner, der sich verlegen durch das lichte Haar fuhr und mit der anderen Hand das Mehl von seiner weißen Bäckerschürze klopfte.

»Dir auch einen Guten Morgen«, antwortete Sergio gekränkt.

»Na gib schon her«, grinste Tom und griff die Tüte mit den Gebäckstangen, die ihm der Bäcker freudig reichte.

Dieser Geruch, schwärmte Tom innerlich. Zucker und heiße Schokolade neutralisierten den Gestank von Fisch und Abfällen binnen eines Bissens.

Fast täglich kam er an Sergios Bäckerei, *Los Bakery*, vorbei, in der neben lokalen Delikatessen beliebte Spezialitäten aus Mexiko und Südamerika frisch zubereitet wurden. Der kleine Mexikaner war ein Meister seines Fachs und zudem ein guter Bekannter geworden, mit dem er sich mehrmals die Woche im Smalltalk austauschte, wenn er seine Nachtschicht beendet hatte.

Herzhaft biss er in die schokoladengetränkten Teigstangen. Warme Vollmilchschokolade sickerte über seinen stoppeligen Bart.

»Hier, nimm.« Sergio streckte ihm eine Serviette entgegen, in deren Ecken die Nationalflagge Mexikos gedruckt war.

»Danke. Du bist ein wahrer Bäckergott«, lobte Tom, zumindest versuchte er es, denn seine Backen waren so vollgestopft, dass nur unverständliches Kauderwelsch seine Lippen verließ.

Sergio schien trotzdem zu erahnen, was er meinte. Er grinste ihn breit an. »Das freut mich, mein Freund.«

Genüsslich vertilgte Tom den letzten Happen, putzte seine verschmierten Finger an der Serviette ab und griff in die Gesäßtasche, um sein Portemonnaie hervorzuholen.

Sergio winkte hastig ab. »Geht aufs Haus. Du siehst mir ein wenig so aus, als könntest du eine Aufmunterung gebrauchen.«

Er klopfte dem Mexikaner auf die Schulter. »Danke, ich revanchiere mich dafür.«

»Nicht nötig, mein Freund. Ich muss wieder an die Arbeit. Wir sehen uns.« Sergio kehrte mit tippelnden Schritten in die Bäckerei zurück.

Tom winkte nochmal zum Abschied und überquerte dann etwas besser gelaunt die Straße, die sich langsam mit Menschen und Autos füllte.

Was leckere Churros ausmachen, schmunzelte er. Obwohl ihm die Beziehungsprobleme weiterhin als bleierner Fleck auf der Seele klebten, war es ihm zumindest für ein paar Minuten gelungen, seine Gedanken in eine andere Richtung zu lenken.

Wie jeden Morgen kam er an der kurzen Ladenzeile vorbei, deren Anfang Mr. Whites Elektro- und Werkzeugladen machte. Die ockergelben und mit braunen Längsstreifen versehenen Vorhänge aus den Achtzigern waren bis auf einen Spalt zugezogen. Was sich hinter dem Schaufenster verbarg, wusste Tom dennoch: Toaster, Röhrenfernseher und Radios, dazwischen vereinzelt neuere Modelle. Die Produktpalette hinkte dem Online-versandhandel mindestens ein Jahr hinterher.

Im Laden flackerte die Deckenbeleuchtung auf. Automatisch warf er einen Blick durch die Eingangstür, an der das Schild noch die Closed-Seite zeigte. Er erspähte Mr. White, der mit seinem Stock in der Hand aus dem Hinterzimmer kam. Als er ihn vor der Tür stehen sah, hob er seine Gehhilfe zum Gruß und nickte ihm kurz zu. Tom erwiderte das Nicken mit einem freundlichen Lächeln und ging weiter.

Dass er sich das täglich antut. Wenn ich mal in seinem Alter bin, werde ich auf meiner Veranda liegen, am Whiskey nippen und dabei ein Buch lesen.

Er passierte Melindas Sweets und den Schuhladen, steckte sich eine weitere Zigarette an und bog in eine Seitenstraße ein, die leicht bergauf führte. Zu seiner Rechten erhob sich imposant die St. Thomas Church, die die größte Kirche im Ort war und Platz für fünfhundert Gläubige bot. Sie war gegen Ende des 19. Jahrhunderts erbaut worden und hatte so allerlei in Gold Rock kommen und gehen sehen. Tom fragte sich, wie oft der hellrote Lack der Holzbretter erneuert worden war. Zehn Mal? Vermutlich öfter. Bald schien es wieder an der Zeit zu sein, denn von den meisten Brettern hing die Farbe ausgeblichen und in Fetzen herab. *Hoffentlich ziehen sie dafür keine Leute ein,* schmunzelte er. Mit seinem Glauben war es nicht weit her und gewöhnlich hielt er sich von jeglichen Glaubensbekenntnissen fern. Die Kunst war seine Leidenschaft und seine Form von Religion.

Er überquerte ein weiteres Mal die Straße und brachte zügig die letzten Meter bis zu ihrer Wohnung hinter sich.

»Guten Morgen, Tom«, hörte er eine jugendliche

Stimme rufen.

»Guten Morgen, Billy. Was machst du denn hier draußen?«, begrüßte er den zwölfjährigen Nachbarsjungen, der mit seiner mobilen Spielekonsole auf der Veranda saß; dick eingepackt in einen Kapuzenpulli und mit einer Wolldecke bedeckt. Eine blonde Strähne hing ihm über der Stirn. Lässig pustete er sie weg und strahlte ihn aus seinen eisblauen Augen an.

»Ich konnte nicht mehr schlafen. Da dachte ich mir, dass ich hier auf dich warte und in der Zwischenzeit versuche, deinen Rekord zu knacken.« Er grinste ihn schelmisch an.

Tom sah ihn erwartungsvoll an. »Du hast doch nicht etwa meinen Rekord in Galaxy Striker geknackt, oder?«

Billy schwieg und setzte sein breitestes Grinsen auf.

»Hast du?«

»1.288.369 Punkte«, jubelte der Junge und legte die Konsole zur Seite.

»Ha, mein Freund, da fehlen dir aber noch gute tausend Punkte. Mein neuer Rekord liegt bei 1.289.345 Punkten.«

»Ach komm schon«, fluchte Billy. »Das musst du mir schon beweisen«, gab er mit verschränkten Armen vor der Brust von sich.

»Später«, winkte Tom ab. »Ich bin hundemüde und du musst dich langsam für die Schule fertig machen. Ich will nicht, dass deine Mom dich hier draußen erwischt.«

»Na gut«, gab Billy wenig begeistert zur Antwort, rollte die Decke zusammen und steckte die Spielekonsole in die Hosentasche. »Treffen wir uns heute Nachmittag auf ein paar Runden Splatboy?«

»Klar«, entgegnete Tom. »Klingel einfach, wenn du aus der Schule zurück bist. Ich komm dann raus.«

Sie verabschiedeten sich und Tom schlich über die

knarrenden Dielen der Veranda.

Ihre Wohnung lag im Erdgeschoss. Darüber wohnte der verwitwete Mr. Hopkins, der der Vermieter war und eine Stecknadel im Schlaf fallen hörte. Tom stand nicht der Sinn nach einer morgendlichen Unterhaltung, obwohl er den alten Herrn mochte. Jedes Mal, wenn sie sich auf der Veranda oder auf der Straße begegneten, verwickelte der Senior ihn in lange Gespräche. Ansonsten lebte Mr. Hopkins zurückgezogen. Tom half ihm, wo sich die Gelegenheit bot, mähte den Rasen, trug frische Farbe auf die alten Holzbretter des Hauses auf oder tauschte gebrochene Dachziegel aus.

Mr. Hopkins wollte ihn stets großzügig dafür entlohnen, was Tom wiederum dankend ablehnte. Mit seiner mickrigen Rente kam er ohnehin nur schwer über die Runden. Jahrelang hatten er und seine Frau Mary, die kurz nach ihrem Einzug von ihm gegangen war, ihr behindertes Kind versorgt. Robert, so hieß der Sohn, war vor zwei Jahren verstorben. Seine Behandlungen und Medikamente hatten die Familie auf Jahrzehnte verschuldet. Deswegen waren Marc und seine Frau Mary in die obere, kleinere Wohnung gezogen und hatten das Erdgeschoss zur Miete gestellt. »Ein richtiges Schnäppchen«, hatte Tara damals geschwärmt, als sie sich durch den örtlichen Immobilienmarkt gewühlt hatte. Ein Anruf, ein Besuch vor Ort und schon war der Mietvertrag geschlossen. Mr. Hopkins stellte keine großen Ansprüche an seine Mieter, ihm war nur wichtig, dass sie pünktlich und zuverlässig zahlten.

So kam es, dass sie seit fast einem Jahr in der Honeyroad 8 wohnten. In einem Haus, das doppelt so alt war wie Tom und so allmählich in seine Bestandteile zu zerfallen drohte, wenn es nicht bald einer gründlichen Sanierung unterzogen würde.

Tom steckte behutsam den Schlüssel ins Schloss und öffnete in einer unendlich langsamen Bewegung die Tür. Auf Zehenspitzen bewegte er sich durch den schmalen Hausflur auf die zweite Eingangstür im Inneren des Hauses zu und trat in die Wohnung.

Tara stand gewöhnlich innerhalb der nächsten Stunde auf. Zügig und ebenso lautlos entledigte er sich seiner stinkenden Kleidung, während er das Wohnzimmer durchquerte. Geübt warf er sie in den Wäschekorb im Bad und genoss eine kurze, aber angenehm warme Dusche, bevor er sich zu Tara unter die Bettdecke schob.

Sanft küsste er sie auf die Wange, sie hingegen drehte sich von ihm weg. »Lass mich noch schlafen«, brummte sie ihn an.

Tom rückte von ihr ab. Auf dem Rücken liegend und mit verschränkten Armen auf der Brust starrte er die Decke an.

Wieder kam er ins Grübeln. *Warum war sie so abweisend zu ihm?* Als sie hergezogen waren, hatte sie sich stets gefreut, wenn seine Nachtschicht zu Ende war. Oft hatte sie das Frühstück vorbereitet. Dann saßen sie gemeinsam auf der Veranda, tranken Kaffee, aßen frische Croissants und plauderten über die Pläne fürs Wochenende.

Seit ein paar Monaten war das anders. Sie sahen sich immer seltener unter der Woche, da Tara meist am späten Abend nach Hause kam.

Die Monate vergingen und von Tag zu Tag entfernten sie sich voneinander. Er behielt immer die Hoffnung, dass sich das bald ändern würde, wenn Tara einsah, dass Firma und Kollegen nicht alles im Leben waren.

Die verschiedensten Gedanken kreisten eine Weile um ihn herum, bis er endlich einschlief. Nur einmal wachte er kurz auf, als Tara ihn zum Abschied auf den Mund küsste. Das rasselnde Geräusch der Klingel, das mehrfach durch die Wohnung jagte, riss ihn ein paar Stunden später endgültig aus dem Schlaf.

Zwar etwas verschlafen, aber von einem wohligen Gefühl begleitet stieg er aus dem Bett. Tara hatte sich mal wieder mit einem Kuss von ihm verabschiedet. Vielleicht standen die Dinge doch nicht so übel, wie er es sich in seinen negativen Gedanken ausmalte.

Wieder klingelte es energisch. »Mensch, Billy«, entfuhr es ihm. »Du kannst es wohl kaum erwarten, gegen mich zu gewinnen.« Er rieb sich den Schlaf aus den Augen, zog Footballtrikot und Jogginghose an und begab sich auf den Weg zur Haustüre. Im Vorbeigehen stellte er seine Lieblingstasse unter den Kaffeevollautomaten, den sie erst kürzlich gekauft hatten, und drückte den Powerknopf.

»Bin gleich da!«, rief er, um einem erneuten Klingelsturm vorzubeugen.

»Alles klar. Ich starte schon mal. Lass dir Zeit«, hörte er die gedämpfte Stimme des Jungen durch die Tür.

»Das brauchst du mir nicht zweimal sagen«, murmelte Tom vor sich her. Wie unter Hypnose beobachtete er, wie ein feiner dunkler Strahl aus der Düse der Kaffeemaschine in die grün-schwarze Tasse spritzte. Ein Würfel Zucker und ein paar Tropfen Milch, so hatte er seinen Kaffee am liebsten nach dem Aufstehen.

Er wanderte in sein heiliges Reich, eine winzige Nische im Wohnzimmer, in der er seinen Schreibtisch, seine Spielekonsolen und einige der Kunstwerke untergebracht hatte. Tara hatte ihm dieses Eck zugestanden, die restliche Einrichtung und Ausstattung der Wohnung liefen unter ihrer Regie. Sie hatte ein Händchen dafür und es geschafft, dem Wohnzimmer eine moderne Note zu verleihen, trotz alter, dunkelbrauner Dielenböden und beigefarbener Tapeten, an denen der Mief der Siebzigerjahre hing.

Mit einem geübten Griff holte er die tragbare Spielekonsole aus der Dockingstation und begab sich nach draußen. Normalerweise wäre sein erstes Ziel die schwarze Ledercouch gewesen, auf der er seinen Tag mit einer Folge seiner Lieblingsserie – die Geschichte zweier geister- und dämonenjagender Brüder – und einer Tasse frischem Kaffee eingeläutet hätte. Heute jedoch hatte Billy seine Gewohnheit mal wieder durchbrochen. Das war für Tom in Ordnung, denn er mochte den Jungen, der ihn ein Stück weit in seine Kindheit zurückversetzte, in der er liebend gern mit seinem Bruder die unterschiedlichsten Games gespielt hatte.

Er öffnete die Tür zur Veranda, stellte die Kaffeetasse auf dem Glastisch ab, der kaum größer als ein Hocker war, und streckte Billy die Faust zum Gruß entgegen. Der Junge erwiderte die Geste.

So macht man das heutzutage. Verdammt, bin ich alt geworden, grinste Tom in sich hinein, setzte sich auf einen der bequemen Sessel und ließ sich entspannt in den weichen Stoff sinken. Billy saß ihm gegenüber und starrte konzentriert auf den rechteckigen Bildschirm. Seine Finger schienen über die Tasten zu fliegen, sein Blick wich keinen Millimeter von dem Geschehen ab, das sich auf dem hauchdünnen Display abspielte.

»Sieg!«, jubelte Billy und reckte die Faust freudig in die Höhe. »Jetzt können wir zusammen spielen. Bist du startklar?«

»Ich bin bereit«, antwortete Tom beiläufig, während seine Gedanken jedoch zu Tara zurückkehrten. *Ich muss etwas tun. Nur was? Eine Überraschung? Ein Kurztrip übers Wochenende?*

»Tom?« Billy löcherte ihn mit seinen Blicken.

»Was ist?«, fragte er überrumpelt.

»Hörst du mir nicht zu? Blau oder Rot? Die Farbe!«

»Tut mir leid. Ich war in Gedanken.«

»Das hab ich gemerkt«, entgegnete der Junge genervt. »Also: Blau oder Rot?«

»Blau, wie immer.«

Das erste Match stand in den Startlöchern. Tom liebte Splatboy für zwischendurch. Es war so herrlich entspannend, mit Pinsel, Farbroller und zwei Kanonen die Basis des Gegners einzunehmen, Schüssen auszuweichen oder heimtückisch aus dem Hinterhalt anzugreifen. Andere Leute, vermutlich die meisten Menschen seines Alters, hätten diese Art der Freizeitbeschäftigung für kindisch und zu hektisch gehalten. Er hingegen liebte das schnelle Gameplay und das Zusammenspiel mit Billy. Gemeinsam waren sie unschlagbar und fegten die Gegner reihenweise von der Landkarte.

Vor ihm machten sich zwei Feinde auf, ihre Basis über einen geheimen Zugang anzugreifen. Tom verfolgte sie und wartete auf den passenden Moment, darauf, dass sie stoppten und er in Reichweite war. Dieser Augenblick kam wenige Sekunden später. Die beiden Gegner schienen im selben Raum zu sitzen oder zumindest über einen Sprachchat miteinander zu kommunizieren.

Das wird euch nichts helfen, grinste er böse.

»Erledige die beiden!«, drängte Billy.

Tom reagierte nicht. Erneut kreisten seine Gedanken darum, wie er seine Beziehung wieder ins Lot bringen sollte. Ein Abendessen, das war die Idee! Lecker gebratene Steaks, frischer Salat und selbstgemachtes Dessert. Tara liebte es, wenn Tom für sie kochte. Gleich nach dem Spiel würde er sich auf den Weg zum Supermarkt machen, um sie mit einem köstlichen Essen zu überraschen. Rotwein und Trauben dazu – perfekt.

»Tom!«, schrie Billy.

»Verdammt«, fluchte er, zündete die Granate und zählte die Sekunden. Drei, zwei … Der Bildschirm färbte sich mit roter Tinte. **YOU ARE DEAD**, stand dort in großen Buchstaben, die von oben nach unten über das Glas sickerten.

»Das war's. Wir haben verloren«, stöhnte Billy.

»Bitte entschuldige, Kumpel. Ich hab einen Moment zu spät reagiert.«

»Ach, nicht so schlimm. Lass es uns gleich nochmal versuchen. Vielleicht schaffen wir es noch, einen Rang höher zu steigen, bevor mich meine Mom ruft und ich lernen muss.«

»In Ordnung. Ich gebe mir Mühe.«

Die folgenden Spiele verliefen besser, wenngleich Tom nicht hundertprozentig bei der Sache war. Billys Geschicklichkeit glich diesen Nachteil aus. Er war ehrgeizig und tat alles, um auf den nächsthöheren Rang aufzusteigen.

»Geschafft!«, jubelten sie einstimmig und klatschten ab.

Billys freudiges Lachen wich einer ernsten Miene. »Du bist heute nicht so gut drauf, hab ich recht?«

»Nicht mein Tag heute«, antwortete er ehrlich.

»Kann ich dir helfen?«

»Alles gut. Da bist du noch etwas zu jung dafür. Geh jetzt lieber rein, bevor deine Mom sauer wird. Wir sehen uns morgen.«

Billy starrte ihn einen Moment regungslos an, dann nickte er zustimmend, packte seine Konsole und ging nach Hause. Als er an der Haustür angelangt war, drehte er sich nochmal um und streckte die Faust in die Luft.

»Goldrang!«, jubelte er und verschwand im Inneren, ehe Tom den Gruß erwidern konnte.

Er folgte seinem Beispiel, zog sich um und schrieb seinen Einkaufszettel.

2. Kein Abend zu zweit

Tom inspizierte das fein gemaserte Rinderfilet, das in einem kräftigen Rot in der Kühltheke erstrahlte, mit größter Sorgfalt. Das war absolut perfekt.

»Sie wünschen, Sir?«, fragte die stämmige Frau mittleren Alters freundlich. Ihre Haare waren penibel unter einer Haube untergebracht, die weiße Schürze von Blutflecken in den unterschiedlichsten Rottönen übersät und ihre Finger dicker als die Würste in der Auslage.

»Ich hätte gern ein Pfund vom besten Rinderfilet, das sie im Angebot haben.«

»Gerne«, antwortete die Verkäuferin und griff sich das Stück, das Tom zuvor ausgiebig inspiziert hatte.

»Ist wohl ein besonderer Anlass, hm?«, fragte sie, während sie das Fleisch in zwei Hälften schnitt.

»Durchaus«, entgegnete Tom knapp und mit einem Unterton, der keine weiteren Fragen duldete.

Die Frau schien das Signal zu verstehen. Ihre Wangen liefen knallrot an und sie beeilte sich, das Fleisch so schnell wie möglich einzupacken und dem Kunden zu übergeben.

Tom verabschiedete sich mit einem angedeuteten Nicken und arbeitete die nächsten Punkte auf seiner Einkaufsliste ab.

Der Hot Top Market gehörte zu den ältesten Läden in Gold Rock und war genauso in die Jahre gekommen wie der Rest des Ortskerns. Die Auswahl war geringer als in den Lebensmittelketten am Stadtrand und die Preise wesentlich höher. Dafür gab es aber oft regionale Spezialitäten und Tom brauchte nicht mit dem stinkigen Bus bis ins Gewerbeviertel fahren.

Frischer Lachs als Vorspeise, ein lieblicher Rotwein aus einem kalifornischen Anbaugebiet und Mousse au

Chocolat. Fehlte nur noch die Beilage zum Rind. Tara liebte fein gestampftes Kartoffelpüree abgöttisch, abgeschmeckt mit geriebener Muskatnuss – fertig war das leckere Hauptgericht.

Geschafft. Geschickt manövrierte er um die meist älteren Einheimischen herum, die alle im selben Laden ihre Klamotten zu kaufen schienen. Die Herren trugen fast allesamt rote, blaue und grüne Holzfällerhemden, ausgewaschene Jeans und lederne Boots, die Damen weiße oder hellblaue Kleider, die bis zu den Knöcheln reichten und oft von einer Küchenschürze bedeckt waren. Sie musterten ihn von Kopf bis Fuß, als er sich an ihnen vorbei drängte, um so dem großen Ansturm an der Kasse zu entgehen. Mit seinem Bandshirt und den halblangen, dunkelblonden Haaren wirkte er wie ein Exot auf sie, die vermutlich nur ein oder zwei Mal im Jahr in eine Großstadt kamen. Normalerweise verteilte er Vorurteile nur spärlich, doch seine Erfahrung hatte ihm gezeigt, dass in Gold Rock viele Bewohner voreingenommene Hinterwäldler waren.

Er überholte einen steinalten Herrn, der in seinem elektrischen Rollstuhl das Regal mit den Süßwaren abklapperte, und gelangte an das Kassenband, das, in Relation zu den Gesamtausmaßen des Ladens, überdimensional lang war.

Er warf zwei Päckchen Zigaretten auf das Band und leerte den Einkaufskorb. Die Verkäuferin, die mindestens genauso alt war wie der durchschnittliche Kunde, lächelte ihm freudig zu. Mit unendlicher Gelassenheit zog sie die Ware über den Scanner, der vermutlich mit Erfindung der Technologie im Laden installiert und seitdem nicht mehr ausgetauscht worden war.

»Das macht dann 58,13.«

Tom kramte in seinem Portemonnaie und seinen

Taschen und schaffte es gerade so, die Summe zusammenzukratzen.

»Hier, bitte«, übergab er zähneknirschend das Geld und verließ den Laden. Ein kostspieliges Abendessen, aber das war es ihm wert.

Zuhause angekommen, verstaute er die Einkäufe erst einmal und gönnte sich anschließend ein paar ausgedehnte Runden auf seiner Spielekonsole. Bis Tara üblicherweise nach Hause kam, dauerte es noch eine Weile.

Um sechs Uhr abends startete er mit den Vorbereitungen für das Abendessen. Zuerst war der Dip dran, den er mit größter Sorgfalt, und wie es ihm seine Mom einst gezeigt hatte, zubereitete. Er deckte den Tisch feierlich ein und schnitt den Lachs in gleichgroße Häppchen, die er zusammen mit Dip und Kräuterblättern auf den Tellern drapierte. Anschließend bereitete er die Nachspeise zu und verteilte sie auf zwei kleine Schüsseln, die er in den Kühlschrank stellte.

Tara sollte jeden Augenblick da sein. Das Kartoffelpüree war servierfertig, deshalb erhitzte er die Pfanne und goss einen Schuss Olivenöl hinein. Vorsichtig legte er die Steaks in die brutzelnde Flüssigkeit und genoss im folgenden Moment den saftigen Geruch, der durch die Kombination aus Hitze, Öl und frischem Fleisch entstand.

Alles war für einen perfekten Abend angerichtet. Zumindest so lange, bis er um 23 Uhr die Nachtschicht antreten musste. Bis dahin war noch ausreichend Zeit und so bestand kein Grund, einen weiteren Gedanken an die Arbeit zu verschwenden.

Ein Wagen fuhr vor. Er brauchte nicht aus dem Fenster zu schauen, um zu wissen, dass es Tara war. Sie sah hinreißend mit ihren schulterlangen braunen Haaren, dem hautengen Kostüm und den hohen Schuhen aus. Die Absätze klapperten gehetzt über den Holzboden der Veranda, ruckartig riss sie die Tür auf und ehe er sich versah, stand sie im Wohnzimmer vor ihm und musterte ihn erstaunt aus ihren rehbraunen Augen.

»Tom, was wird das hier?«, fragte sie mit einer Mischung aus Überraschung und Freude.

»Na ein leckeres Abendessen, sieht man doch«, lächelte er sie glücklich an.

»Aber ich kann doch heute nicht. Wir haben gleich unser Brainstorming im Smiths. Das ist eine Pflichtveranstaltung für die Mitarbeiter des Projektteams. Ich bin nur gekommen, um mir etwas Bequemeres anzuziehen und meine Entwürfe zu holen, die ich heute Morgen vergessen habe.«

Er hatte sich solch große Mühe gegeben, dem Abend zu zweit entgegengefiebert, mit Gesprächen, die sie früher oft stundenlang geführt hatten. Eine Abwechslung zu seinem monotonen Alltag und den Schichten in der Fischfabrik. Das alles sollte jetzt ins Wasser fallen? So leicht gab er sich nicht geschlagen.

»Komm schon, Tara. Die werden auch mal einen Abend ohne dich auskommen. Ruf einen Kollegen an und sag ab.«

Sie starrte ihn ungläubig an. »Absagen? Sag mal, geht es dir noch gut?« Sie stemmte die Hände in die Hüften.

»Beruhige dich. Dann wenigstens eine Stunde. Es wäre doch schade um das gute Essen. Was meinst du?«

Tara schüttelte energisch den Kopf. »Tut mir leid. Es geht einfach nicht. Iss du nur ruhig. Ich esse meine Portion, wenn ich wieder zurück bin.«

Eine Mischung aus grenzenloser Enttäuschung und Wut stieg in ihm hoch. Wut auf Taras ätzenden Job, Wut auf dieses verdammte Kaff, Wut auf sich selbst.

»Gut zu wissen, was dir wirklich wichtig ist«, gab er trotzig von sich.

»Ist das dein Ernst?«, fauchte sie ihn an. »Ich habe dir bereits letzte Woche gesagt, dass heute dieser Abend ist. Nur weil du mit deinen Gedanken irgendwo in deiner Traumwelt hängst, hast du es wieder vergessen und schiebst mir jetzt die Schuld in die Schuhe.«

Ohne ihm nur die Chance auf eine Antwort zu geben, drehte sie sich auf dem Absatz um und hetzte ins Schlafzimmer. Fünf Minuten später rauschte sie mit den Unterlagen unter dem Arm wortlos an ihm vorbei und eilte aus dem Haus.

Der Motor heulte gequält auf, dann raste sie mit quietschenden Reifen der Abendsonne entgegen.

3. Eine etwas andere Nachtschicht

Minutenlang starrte Tom aus dem Fenster, obwohl Tara längst über alle Berge war. Er bewahrte sich einen Funken Hoffnung, dass sie es sich anders überlegen würde, umkehrte und gemeinsam mit ihm das Abendessen verbrachte.

Seine naive Hoffnung blieb unerfüllt. Er schaffte es erst, seine Portion anzurühren, nachdem das Essen schon längst kalt war und sämtliche Aromen verloren hatte, die es im heißen Zustand so schmackhaft machten. Lustlos würgte er ein paar Bissen herunter, um in der Nachtschicht nicht aus den Latschen zu kippen. Die letzte Schicht für diese Woche. Wenigstens etwas Positives, das der Abend mit sich brachte.

Er bedeckte Taras Portion mit Alufolie und verstaute den Teller im Kühlschrank. Sie war sicher hungrig, wenn sie nach Hause kam. Ihr Streit sollte nicht Grund sein, das Essen wegzuwerfen.

Zwei Stunden bis zur Nachtschicht. Er hoffte, dass ihn Gareth, der alte Sack, heute nicht so stresste. *Zumindest muss ich keinen Fisch zerlegen, sondern nur die Paletten beladen und in den Trucks verstauen.* Dafür war der Verdienst passabel und man musste sich nicht ständig den Kopf zerbrechen, wie es Tara tat. Einfache Arbeit für gutes Geld; kein Job für die Ewigkeit, aber ein sicheres Einkommen, bis seine Gemälde mehr abwarfen.

Es war Zeit für ein paar Runden Galaxy Striker. Bis Billy seinen Rekord knacken würde, war es nur eine Frage von Tagen und außerdem brauchte er jetzt etwas, was ihn von seinem Streit mit Tara ablenkte.

Er versuchte, sich nur auf das Spiel zu konzentrieren, doch es war wie verhext. Immer wieder wanderten seine Gedanken zu Tara zurück. Morgen war Samstag. Sie hatten nichts Besonderes geplant, was ihm diesmal ungelegen kam. Würde ein Familienbesuch oder ein Treffen mit Freunden anstehen, wäre die dicke Luft schnell verflogen. So aber war alles für einen weiteren Streit vorprogrammiert. Erst recht nach heute Abend.

Er packte ein belegtes Brot und eine Flasche Coke in seinen Rucksack, steckte das angebrochene Päckchen Zigaretten in die Brusttasche seiner Jacke und verließ das Haus.

Es war Freitagabend und die Kleinstadt wie ausgestorben. Zwar lag der nächste Pub ein Stück weiter von der Hauptstraße entfernt, dennoch hätte er zumindest erwartet, dass er ein paar jüngere Leute auf dem Weg dorthin treffen würde. Doch auf den Straßen war niemand zu sehen. Wie eine verlassene Westernstadt wirkte Gold Rock zu dieser Stunde. Die Läden waren geschlossen und verzichteten zum Großteil auf die Schaufensterbeleuchtung. Die Kundschaft bestand zu neunzig Prozent aus den gleichen Personen. Eine Beleuchtung über Nacht anzulassen, brachte kaum Vorteile für die hiesigen Händler.

Als er im Warenausgang ankam, wartete Gareth bereits ungeduldig auf ihn.

»Da bist du ja endlich«, begrüßte ihn der hagere Mittfünfziger, der wie Anfang siebzig aussah. Durchzechte Nächte, Zigaretten und zwei Exfrauen hatten ihn schnell altern lassen. So zumindest hatte er es Tom damals auf die Frage erklärt, warum er denn noch nicht in Rente sei.

Tom mochte den knurrigen Mann. Zwar gab es Tage, wo Gareth die Hektik in Person war und ihn von einer Aufgabe zur nächsten scheuchte, dann wiederum gab es Tage, wo sie die Zeit für interessante Unterhaltungen hatten.

Vieles an ihm erinnerte ihn an sich selbst. Sein Kollege war ebenso ein Künstler, schrieb Kurzgeschichten und Gedichte, kam damit jedoch auch nie so recht auf einen grünen Zweig. Gareth war ein belesener und aufmerksamer Gesprächspartner, der gerne mal vom Thema abschweifte und in endlose philosophische Monologe versank. Viele Kollegen stellte sein Intellekt vor Rätsel, seine oft barsche und herrische Art war gefürchtet. Tom hingegen hatte schnell den Dreh raus, wie er mit ihm umzugehen hatte; und Gareth mochte ihn. Er vermied es allerdings gekonnt, seine Zuneigung offen zu zeigen.

»Eines Tages wirst du den Durchbruch schaffen«, predigte er ihm immer wieder. *»Du bist anders als ich. Nur ein erfolgreiches Gemälde, dann ist dieser Mist hier Geschichte.«*

Tom hegte die gleichen Hoffnungen. Ein weiteres Jahr war verstrichen und seine Kunstwerke warfen gerade so viel ab, dass sie einen besseren Nebenverdienst darstellten. Obwohl er von allen Seiten nur positive Kritik empfing – sei es von Kollegen, Freunden und selbst von Taras eingebildeten Entwicklerkollegen –, so recht wollten sich seine Werke nicht auf dem Markt durchsetzen.

Vielleicht bin ich zu speziell, überlegte er oft. Die Melancholie zog sich wie ein roter Pinselstrich durch sein Schaffen hindurch. Möglicherweise war das den Leuten eine Spur zu traurig, es fehlte der Frohsinn, der Mut zum Aufbruch und das Abschütteln der negativen Aspekte des Lebens. Aber so war es nun mal um seine Gefühlswelt bestellt. Er wollte sich nicht verkaufen, nur um der Allgemeinheit gerecht zu werden. Das nannte man eigenen Stil, dafür stand er, selbst wenn das mit ewiger Erfolglosigkeit gekrönt zu sein schien.

»Junge, träumst du schon wieder mit offenen Augen?«,

rüttelte ihn Gareth aus seiner fünf Sekunden andauernden Abwesenheit.

»Sorry, alter Mann«, grinste er ihn entschuldigend an. »Ich bin doch pünktlich. Was steht heute an?«

Gareth zog die linke Augenbraue hoch, ging aber nicht weiter darauf ein. »Wir müssen den zweiten Teil der Lieferung für Parker und Rich fertig machen. Du weißt ja, wie das mit diesen Ketten ist. Wenn wir ein paar Mal zu spät liefern, können wir den Laden hier dichtmachen.«

»Schaffen wir das heute?«, fragte Tom, der wenig Lust auf weitere Überstunden hatte.

»Kein Problem. Wenn wir uns beeilen, schaffen wir es vielleicht sogar in der halben Schicht. Ich bin auch nicht sonderlich scharf darauf, noch mehr Stunden anzuhäufen.«

Tom klatschte aufmunternd in die Hände, setzte seinen Helm auf, zog sich den Overall über und steckte seine Finger in die warmen Handschuhe, die die Kälte der Transportkisten weitestgehend dämmten.

»Dann mal los.«

Tom schichtete die Kisten auf Paletten und Gareth schweißte diese mit Folie fest ein, sodass sie gesichert für den Transport waren.

Er war unheimlich geschickt mit dem Stapler und so dauerte es nicht lange, bis der LKW schon zur Hälfte beladen war.

Drei Stunden später war ihr Soll fast erledigt. Gareth nickte ihm zufrieden zu. »Lass uns Pause machen und einen Happen essen. Ich denke, dass wir bald fertig sind. Du hast gute Arbeit geleistet.«

Tom nickte nur stumm und setzte sich zu seinem Kollegen, der voller Vorfreude sein Sandwich aus dem weißen Papier wickelte und herzhaft hineinbiss.

Er hingegen knabberte lustlos an seinem Essen und starrte mit leerem Blick auf einen Punkt zwischen den Regalen. Jetzt, wo er zur Ruhe kam, wanderten seine Gedanken wieder zu ihrem Streit zurück.

»Du bist so still heute. Alles in Ordnung?«, fragte Gareth besorgt. Sein Verhalten sprach offenbar Bände, wenn schon der griesgrämige alte Mann so einfühlsam auf ihn einging.

»Ich hatte Streit mit Tara«, gab er zu.

Gareth sah ihn wissend an. »Die lieben Frauen. Ich kenne das nur zu gut. Um was ging es denn? Vielleicht kann ich dir einen Rat geben. Willst du überhaupt darüber reden?«

Tom schmunzelte. Einen Rat von einem Mann annehmen, der sich in seiner dritten Ehe befand. Wenngleich es jetzt zwischen Christie und ihm harmonierte. Da er ihn aber nicht kränken wollte, stimmte er mit einem angedeuteten Nicken zu.

Er erzählte ihm alles, was passiert war und dass er das Gefühl hatte, dass sie sich immer weiter voneinander entfernten. Gareth hörte ihm aufmerksam zu und unterbrach ihn kein einziges Mal, bis er zu Ende erzählt hatte.

»Ich glaube, du machst dir da zu viele Gedanken. All meine Beziehungen liefen wesentlich schlimmer als eure. Redet morgen in aller Ruhe darüber und erzähl ihr einfach, wie es in dir aussieht. Dann wirst du sehen, wie sie sich verhält und ob sie vielleicht ebenso fühlt.«

»Womöglich hast du recht«, antwortete er, obwohl er sich kaum vorstellen konnte, dass es mit einem Gespräch getan war. Dafür hatte sich zu viel in den letzten Wochen angestaut, und er kannte Tara und sich; sie beide waren impulsiv und beharrten auf ihrem Standpunkt. Das würde ein lustiger Samstag werden.

»Na siehst du. Lass uns draufhauen, dann sind wir in

einer Stunde fertig und du kannst zu Tara.«

Tom nahm die Arbeit wieder auf. Das Gespräch mit Gareth hatte eine gegensätzliche Wirkung erzeugt und ihn noch mehr aufgewühlt, sodass er nicht die Leistung brachte, die er sonst an den Tag legte. Er wollte nur fertig werden und nach Hause, trotz der Ungewissheit, was ihn erwarten würde.

Seine Unkonzentriertheit rächte sich. Kaum hatten sie die Arbeit wieder aufgenommen, rutschte ihm eine der Kisten, die er nicht ordentlich genug gestapelt hatte, auf die linke Hand und quetschte zwei seiner Finger zwischen Palette und Kistenunterseite ein.

»Verdammt!«, schrie er gequält auf.

»Zeig mal her.«

Die Finger färbten sich bläulich.

»Sieht verstaucht aus. Du musst das kühlen. Mach Schluss für heute und geh später zum Arzt.«

Tom verzog schmerzverzerrt das Gesicht. »Wirklich? Du brauchst mich doch noch hier.«

Gareth winkte ab. »Eine Stunde mehr oder weniger reißt es auch nicht raus. Geh nur nach Hause. Ich brauch dich in zwei Tagen wieder fit und munter.«

Es war zwecklos, Gareth zu widersprechen. Wenn der Alte sich etwas in den Kopf gesetzt hatte, war er kaum mehr von seinem Vorhaben abzubringen. Obwohl Tom an jedem anderen Tag einen früheren Feierabend mehr als begrüßt hätte, wollte just in diesem Moment keine Freude in ihm aufkommen. Zu sehr schmerzten seine Finger, zu sehr fürchtete er sich vor der Konfrontation mit Tara.

»Verschwinde endlich, sonst befördere ich dich hier raus!«

Er hegte keine Zweifel daran, dass Gareth seinen Worten Taten folgen lassen würde.

So verließ er fast vier Stunden früher als üblich die Fischfabrik. Zuvor hatte er sich ein paar Eiswürfel mittels eines Tuchs um die verletzten Finger gebunden. Die Kälte linderte den Schmerz. Dennoch war ihm klar, dass ein Arztbesuch nötig war. Nur um sicherzugehen, dass nichts gebrochen war.

Er trat ins Freie und steckte sich, wie zum Ende jeder Schicht, eine Zigarette an. Gedankenversunken machte er sich auf den Heimweg.

Es war eine feuchte, neblige Nacht, die förmlich nach Regen roch. *Hoffentlich bleibt mir das wenigstens erspart.* Kaum hatte er seinen Gedanken zu Ende geführt, begann es wie aus Kübeln zu schütten.

Ein wohltuendes Gefühl überkam ihn; obwohl das Wasser eiskalt war, spülte es seine Sorgen für einen Moment weit weg.

Vielleicht ist das ein Zeichen. Mit tief ins Gesicht gezogener Kapuze setzte er seinen Weg fort.

4. Du sollst (eigentlich) nicht betrügen

Obwohl es in Strömen regnete, machte Tom keine Anstalten, zügig nach Hause zu kommen. Tara war mit allergrößter Wahrscheinlichkeit schon da, und etwas in ihm sträubte sich, sie in dieser Nacht zu sehen. *Es ist am besten, wenn ich auf der Couch schlafe und dann morgens in aller Ruhe mit ihr rede.* So war sein Plan.

Zum ersten Mal seit Wochen nahm er nicht den kürzeren Weg, sondern durchlief das Industrieviertel von Gold Rock, das bis auf die Fischfabrik und ein Sägewerk spärlich mit größeren Firmen besiedelt war.

Direkt daran grenzten die Grey Gardens, ein Wohnpark, in dem sich Häuserblock an Häuserblock schob. Dieser Stadtteil beherbergte einen Großteil der Bewohner der Stadt. Die Mieten waren vergleichsweise günstig und so siedelten sich dort die Geringverdiener an.

Tom war froh, dass sie sich eine verhältnismäßig teure, dafür aber umso schönere Wohnung leisten konnten. Ihm war bewusst, dass Taras Gehalt einen erheblichen Anteil daran hatte. Ein weiterer Punkt, der an seinem Ego nagte, obwohl er sich sonst nichts aus solcherlei Statussymbolen machte.

Er sprang über die Pfützen hinweg und bog in die Hauptstraße ein. Mittlerweile war selbst die letzte Straßenlaterne erloschen, einzig der grellweiße Schein des Mondes brach sich im Glas der Schaufenster und spiegelte sich in den zahlreichen Rinnsalen, die den gepflasterten Gehsteig zu einer Rutschpartie werden ließen.

Tom verlangsamte sein Tempo, da er auf dem kurzen Wegstück zweimal mit seinen glatt besohlten Schuhen weggerutscht war. Zu dieser Uhrzeit war Gold Rock noch ausgestorbener als sonst; nicht mal ein torkelnder

Säufer oder eine streunende Katze kreuzten seinen Weg.

Als er in seine Straße einbog, kehrte erneut das Unbehagen zurück, die Angst vor zwischenmenschlichen Konfrontationen, denen er ansonsten auswich.

Morgen mussten sie reden. Da führte kein Weg dran vorbei. Vorsichtig wie eine Raubkatze auf der Jagd betrat er die Veranda und schloss die Haustür in Zeitlupe auf. Er entledigte sich seiner Turnschuhe im Flur, damit er den Dreck nicht nach innen trug und so für weiteren Streit sorgte.

Er stockte in der Bewegung. *Diese auf Hochglanz polierten Schuhe gehören mir nicht. Wem zur Hölle …*

Er kannte die Antwort auf seine Frage, bevor er die Wohnungstür öffnete und auf Taras entblößten Oberkörper starrte, während sie leidenschaftlich auf einem anderen Mann ritt. Feine Schweißperlen tropften über ihre prallen Brüste, ihr Mund war halb geöffnet und die Augen fest geschlossen.

Sie hatte bemerkt, dass jemand in das Wohnzimmer getreten war. Schlagartig riss sie die Augen auf. Ihre Blicke kreuzten sich für den Bruchteil einer Sekunde, nur ein Moment, in dem eine Welt für ihn zusammenbrach. Nur ein Augenblick, in dem sein Herz zu schlagen aufhörte.

Er stürzte Hals über Kopf aus der Wohnung, schaffte es gerade noch, sich die Schuhe anzuziehen, und hetzte wie von tausend Geistern gejagt aus dem Haus.

Hinter sich hörte er Tara »Tom, es tut mir leid!« rufen. Er rannte durch Pfützen und von strömendem Regen angepeitscht die Hauptstraße entlang. In seinem Kopf fand eine Explosion aus Gedanken statt. *Warum tut sie mir das an? Warum macht sie das? Ich will hier nur weg. Raus aus Gold Rock. Weit fort von diesem verfluchten Ort.*

Tom wurde der Boden unter den Füßen weggezogen.

Er hatte keine Ahnung, wo er hinsollte. Es gab niemanden, der ihn aufnehmen konnte, selbst der Besitzer des Motels würde ihm sicher nicht mitten in der Nacht ein Zimmer geben, ohne Kreditkarte und Bargeld, das er in der Wohnung hatte liegen lassen.

Er floh weiter, bis er den schmalen Pfad vor den Toren der Stadt erreichte, der zu den Klippen und Stränden führte. Instinktiv schlug er diese Richtung ein. Der Sand war vom Regen durchnässt, verlangsamte ihn, machte seine Beine schwer. Unbeirrt setzte er seinen Weg fort, während die Szene, die sich auf alle Zeit in sein Gehirn gebrannt hatte, in Endlosschleife vor seinem inneren Auge ablief.

Tara war fremdgegangen.

Der Wind peitschte ihm ins Gesicht und ließ den Regen frontal auf seine Haut schlagen. Jeder einzelne Tropfen war ein Peitschenhieb, eine Strafe für eine Tat, die er nie begangen hatte. Oder doch? War er es, der Tara dazu getrieben hatte? Durch seine geistige Abwesenheit? Dadurch, dass er die Zeichen nicht rechtzeitig gedeutet hatte?

Er hörte die Brandung. Sie übertönte sogar den Wind, der die Wellen mit einer urtümlichen Wucht antrieb. Der Aufprall der Wassermassen auf den Felsen endete in einer akustischen Explosion.

Seine Gedanken schienen im Einklang zu explodieren und unkontrolliert von ihm Besitz zu ergreifen. Er war nicht mehr Herr seiner Sinne, steuerte geradewegs auf die Klippen zu, die nur wenige Meter entfernt waren und bedrohlich hoch über der stürmischen See des Pazifischen Ozeans thronten. Weder Sand noch Wind stoppten seinen Vorwärtsdrang, auf ein Ziel hin, das sein Ende bedeutete.

Wenige Zentimeter vor dem Rand der Klippe kam er

zum Stehen. Das Mondlicht brannte sich in Form einer gezackten Linie auf die Wasseroberfläche nieder und entblößte die Naturgewalt in ihrer ganzen Pracht, wie sie sich unbändig gegen die Jahrmillionen alte Felsenwand schob.

Der Anblick klärte seinen Verstand. Ehrfürchtig wich er einen Schritt zurück und starrte mit gebanntem Blick auf das wütende Spiel des Wassers, die weißen Kräuselungen der Wellen, die schäumend versuchten, den unnachgiebigen Stein zu überwinden. Immer wieder aufs Neue, in einem ewig währenden Kreislauf.

War das die Lösung? Selbstmord? Er hatte sich in seinem Leben schon das ein oder andere Mal gefragt, was Menschen in den Suizid treibt. Er hatte Verständnis dafür, auch wenn er sich nie hätte vorstellen können, selber mal an so einem Punkt anzugelangen.

Jetzt war es er, der nur wenige Zentimeter zwischen Leben und Tod stand, und nachempfand, wie es vielen tausend Menschen in einer ähnlichen Situation ergangen war.

Tara hatte ihm das Herz gebrochen. Der Schmerz war mit keiner physischen Verletzung zu vergleichen; erniedrigt, betrogen und im Stich gelassen. Alle Werte, für die er stand, sein unbändiges Vertrauen, seine Liebe zu ihr – all dies war binnen einer Sekunde weggewischt worden. Ein Teil von ihm war gestorben, er hatte seine Seele verloren.

Er trat einen halben Schritt nach vorne, sodass er am Rand zum Abgrund stand. Ein Gefühl von Schwindel überkam ihn, als er den Oberkörper leicht über den Ozean neigte. Unter ihm tobte die unbarmherzige Natur. Die schäumenden Wellen formten sich zu einem riesigen, alles verschlingenden Maul, das gierig nach ihm rief.

Er bildete sich ein, eine Stimme zu hören. Sie lockte ihn, versprach ihm Ruhe und Zufriedenheit. Nur ein Schritt, dann konnte er all dies hinter sich lassen.

Tom schloss die Augen, holte tief Luft und hielt inne. Er sah seine Mom vor sich, die sich ein derartiges Ende nicht für ihn gewünscht hätte. Seine Freunde in Seattle erschienen vor ihm. Dann wanderten seine Gedanken zu Billy, wie er ihn im Spiel besiegte.

Nein, so darf es nicht enden. Es muss einen anderen Weg geben. Ich werde Gareth fragen, ob er mich für ein paar Tage aufnimmt. Wenn Tara auf der Arbeit ist, werde ich meine Sachen packen und zurück nach Seattle ziehen. Ein paar Ersparnisse sind vorhanden, damit werde ich über die Runden kommen, bis ein Job gefunden ist.

Tom schöpfte neuen Mut. Er öffnete die Augen und drehte sich vorsichtig um.

Eine heftige Windböe traf ihn von der Seite. Auf dem nassen Untergrund kam er ins Rutschen, strauchelte und versuchte, wieder ins Gleichgewicht zu kommen. Als er es fast geschafft hatte, erfasste ihn eine zweite Böe.

Er fiel kopfüber über die Kante der Klippe, direkt auf den gierigen Schlund zu, der ihn schon sehnlichst erwartete.

5. Ein etwas anderes Wartezimmer

»Tom Arkins, du bist dran.«

Habe ich da eben meinen Namen gehört? Wo bin ich und warum sehe ich nichts?

Tom blinzelte mehrfach, denn sein Blick war verschwommen. Er erkannte nur Schemen von Gestalten, und nahm wahr, dass nur wenig Licht in dem Raum war, in dem er sich befand. Dafür hörte er umso besser. Stimmen, die leise tuschelten, sich fürchterlich aufregten, weinten oder nur ungläubig lachten. Das alles in den unterschiedlichsten Sprachen, von denen er kein einziges Wort verstand.

Irgendetwas war seltsam. Er hatte keinerlei Erinnerung daran, was geschehen war. Er erinnerte sich an den Heimweg von der Nachtschicht und an den Streit mit Tara. Alles andere verbarg sich hinter einem undurchdringlichen Schleier. Er war wie gelähmt, in einer Trance, aus der eine Flucht unmöglich schien.

Seine Sicht verbesserte sich nach ein paar Minuten, bis er wieder vollkommen klar sah. Über seinem Kopf schwebte ein glimmender, weißlicher Punkt, der sich rasch von einer Ecke zur nächsten bewegte. Immer wenn das Licht in die Nähe der Wände kam, erspähte Tom weitere Personen, die wie er in bequemen Sesseln Platz genommen hatten. Er erkannte gerade mal ihre Umrisse, war sich aber zugleich sicher, dass niemand in seiner unmittelbaren Umgebung saß. Durch ein Loch in der Decke fiel ein bläulicher Lichtkegel, der kaum stärker als der Schein einer entladenen Taschenlampe war. Der Kegel zeigte auf ein Podest, auf dem eine silbrig schimmernde Urne stand, die einen mystischen Glanz in seine Richtung warf.

Wo bin ich hier? Ist das ein Traum? Und wenn ja, warum ist er so real? Warum wache ich nicht auf? Die Fragen zermürbten seinen Verstand. Er wagte es nicht aufzustehen, irgendetwas in seinem Inneren hielt ihn davon ab, sich vom Fleck zu rühren.

Seine Augen folgten dem weißen Licht, das aufgeregt von einem Punkt zum nächsten flog, bis er am Ende des Raumes einen kegelförmigen Schein erspähte. *Womöglich eine Laterne?*

»Tom Arkins, bitte vortreten.«

Er zuckte zusammen. Das war dieselbe schneidende Stimme, die ihn schon einmal gerufen hatte. *Das ist keine Einbildung,* stellte er erschrocken fest. Sie kam aus der gleichen Richtung, in der er eben das zweite Licht entdeckt hatte.

Er überwand seine Furcht und stand langsam auf. Mit eingezogenem Kopf, die Hände krampfhaft an die Hüften gepresst, setzte er einen Fuß vor den anderen. Er durchquerte den Raum mittig, umkurvte die Urne und bewegte sich auf den Punkt zu, von dem er die Stimme gehört hatte. Sein mulmiges Gefühl, das er schon im Sitzen gehabt hatte, verstärkte sich umso mehr, je weiter er sich der Stimme näherte. Zwar besaß er die Kontrolle über seinen Körper, hatte aber nicht den Eindruck, Herr über sein Fleisch und Blut zu sein. Er kam sich wie eine Marionette vor, die gezielt auf den Teil der Bühne gelenkt wurde, der für den nächsten Akt der Aufführung vorgesehen war.

Das ist sicher nur ein Traum. Bald wache ich auf, liege neben Tara und alles ist wie zuvor.

Warum mache ich mir in einem Traum Gedanken, ob ich schlafe oder hellwach bin? Das ist doch absurd.

Spätestens an diesem Punkt hätte er aufwachen müssen.

Aber er wachte nicht auf. Stattdessen hörte er die

Stimmen leise flüstern, nachdem er sein Ziel fast erreicht hatte. Sie redeten über ihn und obwohl er sie nicht sah, war er felsenfest davon überzeugt, dass ihre Blicke ihm folgten. *Wer waren sie und was suchten sie an diesem Ort?* Vermutlich stellten sie sich genau die gleichen Fragen und waren jetzt in gebannter Aufregung, was ihn erwartete.

Bei dem Lichtschein handelte es sich um die Flamme einer Kerze, die in einer altmodischen Laterne gefangen war. Nur wenige Meter trennten ihn von seinem Ziel, dennoch sah er nur das gespenstische Feuer.

Er stockte in seiner Bewegung. *Wollte er das wirklich tun? Was erwartete ihn dort?*

Sein Zögern blieb nicht unbemerkt. Die Stimmen um ihn herum wurden lauter und zwingender, trieben ihn an, sprachen ihm auf eine ungewöhnliche Art den Mut zu, den er für seine letzten Schritte benötigte. *Oder war das ebenfalls nur Einbildung?*

»Nur zu, Tom Arkins.«

Ein scharfer Windhauch streifte sein Gesicht. Das weiße Licht flog kometenhaft auf die Laterne zu und schlug in das Glas ein.

Tom schloss reflexartig die Augen, um sie vor der Lichtflut zu schützen, die es kurzzeitig schaffte, die Dunkelheit bis in die letzten Ecken des Raumes zurückzudrängen.

Vorsichtig hob er die Lider. Der Anblick, der sich ihm bot, raubte ihm den Atem und ließ ihn fassungslos zurückweichen.

6. Sie sind eingestellt

Tom blinzelte mehrfach, weil er nicht fassen konnte, was er vor sich sah. Der Schock ließ ihn taumeln, zum Glück hielt er sich an der Kante des Tresens fest, hinter dem ein Skelett stand und ihn wissend ansah.

Er rang um Fassung, während er sein Gegenüber anstarrte. Aus dessen Augenhöhlen hingen an blutigen Strängen zwei Augäpfel, deren Pupillen ihn von oben bis unten musterten. Das Skelett trug einen langen Mantel, der mit silbernen Manschettenknöpfen bestickt war. Der kahle Totenschädel war mit einem Hut bedeckt, der einst einem Piraten gehört haben musste. Das Skelett klemmte sich eine Feder zwischen die knochigen Finger, tunkte diese in ein ovales Tintenfass und kritzelte Zeichen und Buchstaben auf Pergament. Dann hob es den Kopf, die Augen schnalzten wie gespannte Gummiseile zurück an ihren Platz und offenbarten in ihrem Inneren einen See aus Wissen und Endgültigkeit.

Tom sah für einen Moment die Geschichte der Menschheit vorbeirasen, so als hätte ihm jemand den Inhalt eines dicken Geschichtswälzers in den Schädel injiziert.

»Bin ich in der Hölle?«, fragte er. Mit einem Schlag kam die Erinnerung zurück. Taras Seitensprung, seine Flucht zur Klippe, der tiefe Fall. *Ich bin tot.* Normalerweise hätte er am ganzen Leib zittern müssen, doch sein Körper verweigerte diese Funktion. Nur sein Verstand war es, der den Schock alleine zu bewältigen hatte. Er war nicht einmal in der Lage zu weinen, denn seine Augen waren trocken wie die Wüste.

»Hölle? Nein, das hier ist nicht die Hölle. Die Selbstmörder kommen an einen anderen Ort, der Herr der Unterwelt hat keine Verwendung für sie. Außerdem hast du es dir ja nochmal im letzten Augenblick anders überlegt. Gut für dich.«

»Gut für mich?« Tom fasste nicht, mit welcher Gleichgültigkeit das Wesen zu ihm sprach. »Wer bist du und wo bin ich dann, wenn das hier nicht die Hölle ist?«

Das Skelett kicherte belustigt. Tom hätte auch dieses Kichern einen Schauer über den Rücken gejagt, doch es blieb bei Angst und nackter Panik, die sich wie Sargnägel in sein Hirn hämmerten.

»Man nennt mich den Vermittler. Mein richtiger Name wurde so lange nicht mehr ausgesprochen, dass er mir selbst entfallen ist. Doch das ist nicht von Belang. Die Art deines Dahinscheidens hat dich zu mir geführt.«

Der Vermittler. Was war hier nur los? Tom versuchte, sich mit den Gegebenheiten zu arrangieren und das Beste aus seiner misslichen Situation zu machen. Er hoffte, dass das alles nur ein bitterböser Traum war.

»Was ist das für ein Ort?«, fragte er erneut.

Wieder kicherte das Skelett. »Das hier, mein lieber Tom Arkins, ist die Aufnahmestelle für künftige Sensenmänner. Deine neue Berufung, denn weder Himmel noch Hölle wollten dich haben. Für Menschen, die besonders dämlich sterben, ist unter anderem dieser Weg vorgesehen. Und damit kannst du dich sehr glücklich schätzen, denn du wirst bald die Macht über Leben und Tod besitzen. Eine mächtige Gabe, die zugleich dein letztes Stück Menschlichkeit im Laufe der Jahre und Jahrzehnte vernichten wird.«

Tom ließ das eben Gehörte für ein paar Atemzüge sacken. *Er ein Sensenmann?*

»Wenn hier weder Himmel noch Hölle sind, wo genau befinde ich mich dann?«, sprach er seinen Gedanken mit einem leicht hysterisch klingenden Unterton aus.

»Eine Welt dazwischen. Die Menschen denken immer,

dass es nichts außer Himmel und Hölle gibt. Doch das ist ein Irrtum. Du bist in einem der Schächte, einer spektralen Zwischenwelt, von denen es einige gibt. Sie erstrecken sich zwischen dem Unterreich, Hölle, wie ihr es nennt, und dem Land des ewigen Lichts, Himmel genannt. Zurzeit werden einige Seelen vom Land des ewigen Lichts in das Unterreich umgesiedelt. Mittlerweile ist der Himmel ganz schön überfüllt, aber ich denke, das legt sich bald wieder.«

»Überfüllt?«, hakte Tom nach.

»Du musst noch viel lernen«, lachte der Vermittler. »In deiner Vorstellung kommen nur die guten Menschen in den Himmel und die bösen in die Hölle. Doch dem ist nicht so. Jedem Menschen ist ein Platz bestimmt. Das, was ihr oft als böse und grauenhaft anseht, ist für unsere Welt ein Segen. Es ist ein ewiges Gleichgewicht. Und ganz unter uns: Die Unterwelt ist bei weitem nicht so schlimm, wie du sie dir vorstellen magst. Vielleicht etwas kälter und dunkler, aber kein Ort, wo nur grauenvolle Gestalten herrschen und das Feuer dir die Haut vom Fleisch brennt.«

»Aber uns wurde immer gesagt …«, stotterte Tom ungläubig.

Seine Anschauungen, alles, woran er geglaubt hatte, wurde mit wenigen Worten zunichtegemacht. Von einem Skelett. Ein Skelett, das mit ihm redete und sich am Kinn kratzte, als hätte es einen Bart. *Lass mich bitte aufwachen*, flehte er innerlich. Doch nichts geschah.

»Von der Kirche? Euren Religionen? Vergiss alles, was du jemals gehört hast. Hier laufen die Dinge anders. Das hier ist deine neue Berufung.« Der Vermittler richtete seinen Blick auf das Podest, an dem Tom eben vorbeigegangen war. »Du wirst Leben nehmen, wenn es dir die Urne sagt. Und du wirst deine Aufträge erledigen, wie es die Urne vorgibt. Ohne Ausnahme.«

»Und wenn ich mich weigere?«

Das Skelett starrte ihn durchdringend an, als bestünde er aus Glas. Seine größten Geheimnisse, seine tiefsten Ängste, verblasste Hoffnungen; all das las der Vermittler wie aus einem offenen Buch.

»Denk nicht mal im Ansatz daran. Es gibt Schächte, die kommen eurer Vorstellung der Hölle sehr nahe. Lass dir dies als Warnung gesagt sein.«

Tom verstand die Drohung, dennoch brannte ihm eine Frage auf der Zunge.

Das Skelett las seine Gedanken. Es winkte ihn mit einem seiner klappernden Finger näher zu sich und beugte sich über den Tresen nach vorne, sodass sich ihre Gesichter fast berührten.

»Du fragst dich, wozu das Ganze dann?«, flüsterte der Vermittler gerade so laut, dass Tom es hörte, sonst aber vermutlich niemand der restlichen Anwesenden.

Tom nickte stumm. Er wagte es nicht zu antworten. Die Fratze ließ Ängste in ihm hochkochen, die er so nie erlebt hatte. Ein zur Realität gewordener Albtraum.

»Das hier muss nicht deine letzte Station sein. Wenn du dich gut machst, die Aufträge ausführst und dem Gesetz der Urne jederzeit folgst, wirst du irgendwann die Gelegenheit bekommen, deine Mutter wiederzusehen, deinen ersten Hund, deinen besten Freund. All diejenigen, die du so schmerzlich vermisst. Ist das nicht ein verlockender Gedanke?« Die Zähne des Vermittlers klapperten gespenstisch.

Seine Worte hatten bei Tom Spuren hinterlassen, seine tiefsten Sehnsüchte geweckt. Er vermisste seine Mom und Frank, seinen besten Freund. Und ihm fehlte Georgi, sein Labrador-Retriever. *Ein Wiedersehen mit seinen Liebsten?* Das war ein verlockender Gedanke, selbst wenn er sich nicht mal im Ansatz im Klaren darüber war, was er dafür zu tun hatte.

»Ich werde sie alle wiedersehen?«, fragte er ungläubig.

Der Vermittler nickte. »Sofern du dich an die Regeln hältst.«

»Und mein Leben? Kann ich das auch zurückgewinnen?«

»Das ist verwirkt. Wie oft mir diese Frage gestellt wurde …«, lachte das Skelett schrill.

Die Stimmen im Raum wurden lauter und ungeduldiger. Sie forderten, verlangten Antworten, hatten zugleich Angst. All das prasselte auf Tom ein, obwohl er ihre Sprachen nicht verstand.

»Wer sind sie?«

»Anwärter wie du. Aus aller Herren Länder. Ich erledige das eben auf die schnelle Methode. Heute ist viel los.«

Tom hatte keinen blassen Schimmer, was der Vermittler meinte.

»Sieh zu«, forderte dieser ihn auf. Er griff mit seiner knochigen Hand unter den Tresen und holte einen Tonbecher hervor, den er fast bis zum Rand mit winzigen Knochen und Knochensplittern füllte. Aus einer Ampulle wanderte ein einzelner Tropfen Blut auf das Gemenge. Der Vermittler legte einen Deckel auf den Becher, schüttelte diesen kurz und kippte den Inhalt auf die Ablage vor sich.

Tom traute seinen Augen nicht. Vor ihm lag ein spitz gehäufter Berg aus Asche.

»Tritt zur Seite.«

Gehorsam folgte er der Aufforderung.

Das Skelett legte sein ausgemergeltes Kinn auf die Holzplatte, murmelte ein paar unverständliche Brocken und blies in den Aschehaufen. Ein Sturm kam über den

Raum, eine aufgetürmte Wand aus Staub, die alles und jeden mit sich riss, die ihren Weg kreuzte. Unter das Tosen und Fauchen mischten sich Klagelaute und von Angst erfüllte Schreie. Sie erstickten im Geröll und verstummten, als die Asche wie ein seidener Schleier niederfiel.

Übrig blieben nur sie zwei und die beängstigende Stille.

»Wo sind alle hin?«, fragte Tom erstaunt.

»Dieser Ort ist nicht der einzige seiner Art. Ich habe sie vorerst an meine Kollegen weitervermittelt. Sie sollen sich um den lästigen Papierkram kümmern, bevor diese kümmerlichen Gestalten wieder hier auftauchen.«

»Nicht der einzige Ort seiner Art?«

»So ist es. Auch hier macht der Fortschritt nicht halt. Aber genug davon. Sei froh, dass du an der Reihe warst. Sonst könntest du dich mit einem mir unterstellten Vermittler abkämpfen, der schlimmstenfalls nur gebrochen deine Sprache spricht.«

»Wie geht es jetzt weiter mit mir?«, fragte Tom verunsichert.

»Du bekommst einen Assistenten.«

»Einen Assistenten? Wobei soll er mir helfen?«

Hätte das Skelett Haut auf der Stirn besessen, hätte sich diese gerunzelt. Tom wurde klar, dass es auf seine Frage nur eine Antwort gab.

»Jemand muss dich in das Handwerk des Todes einweihen.«

Der Vermittler griff erneut unter den Tresen, holte ein langes, aus einem Knochen geschnitztes Horn hervor und blies kräftig hinein. Ein dumpfes Brummen erfüllte den Raum. Als es endete, hörte Tom, wie sich vier Beine rasend schnell auf ihn zubewegten.

7. Arthur und sein Todchen

»Das kann doch nicht sein!«, stieß Tom überrascht aus.

Der Vermittler kicherte amüsiert.

Fassungslos starrte Tom auf das Wesen herab, das ab sofort sein Assistent des Todes sein sollte.

»Du hattest sicher etwas anderes erwartet, nicht wahr?«

»Kann man wohl so sagen«, gab er ehrlich zu. »Wie soll ich denn mit ihm kommunizieren?«

»Hältst du mich für minderbemittelt, oder was?«

Tom glotzte die Englische Bulldogge erstaunt an. *Hatte der Hund eben gesprochen?* Er war sprachlos.

»Haargenau dich meine ich. Beantworte meine Frage, sonst beiße ich dir in den Hintern.«

»Nein, natürlich nicht«, entgegnete Tom perplex. »Ich habe nur noch nie einen Hund reden hören.«

»Dann gewöhn dich lieber mal dran, denn ich werde von nun an Tag und Nacht an deiner Seite sein.«

Eine sabbernde Bulldogge als Assistent. Das konnte ja heiter werden.

»Ich bin Tom«, stellte er sich dennoch höflich vor.

»Und ich Arthur. Ich werde dir alles beibringen, was du für das Handwerk des Todes wissen musst. Ich mache das schon seit Jahrzehnten. Wenn du also Fragen hast, frag. Du musst aber zwei Dinge beachten.«

»Die wären?«

»Störe mich nicht beim Fressen und lass mir meine Nickerchen. Ansonsten werde ich furchtbar sauer.«

»Wenn es weiter nichts ist.«

Arthur sah zum Vermittler auf. Dieser nickte ihm zu. »Er gehört jetzt dir. Zeige ihm die Kammer. Übermorgen wird ihm die Urne seinen ersten Auftrag erteilen.«

»Dann folg mir mal.«

Sein Assistent trottete gemächlich voran, weswegen Tom der Bulldogge, mit dem braunen Fell und den vereinzelten weißen Flecken, mühelos folgen konnte. Über Arthur hing ein grauer Schleier, der an allem in dieser Welt zu haften schien und offensichtlich die Grenze zwischen Leben und Tod darstellte. Das wurde ihm immer mehr bewusst, je länger er auf sich herabsah und den Hund musterte. Es war nur eine Nuance, kaum wahrnehmbar, doch war sie da. Das hier war endgültig. Eine Parallelwelt zu seinem verblichenen Leben. Anders, als er es sich je vorgestellt hatte. Es war nahezu verrückt, wie alles ablief. Seine Vorstellung von Himmel und Hölle war ad absurdum geführt worden. Jetzt folgte er einer Bulldogge, die ihn zum Sensenmann ausbilden sollte.

»Du kannst es immer noch nicht glauben, hab ich recht?«

»Was meinst du?«

»Na, dass du hier bist. Du bist nicht der Erste, den ich unter meine Fittiche nehme. Eure Vorstellungen sind doch immer die gleichen. Wunderschöne Engel und ein Schlaraffenland. Die bösen Jungs unter euch fürchten Satan, haben Angst, dass er ihr Würstchen über der glühend heißen Lava der Hölle grillt. Und dann landet ihr hier.«

»Du kannst meine Gedanken lesen?«

Arthur quiekte vergnügt. »Du überschätzt mich. Aber ja, wenn du es so nennen magst. Ich nenne es schlichtweg Instinkt.«

»Was sagt dir dein Instinkt noch?«

»Dass wir bald da sind.«

»Und wo ist dieses *da*?«

»Ach herrje, du fängst ja völlig bei null an. Der Zutritt

zur Kammer.«

»Was ist die Kammer?«

»Das wirst du sehen, wenn wir angekommen sind. Also in ein paar Sekunden.«

Tom schaute sich verwundert um. Sie hatten endlich das Ende des Raumes erreicht, doch er fand weder Tür noch Treppenhaus, die in weitere Räumlichkeiten führten. Vor ihm war nur kahle Wand.

»Hier?«, fragte er verdutzt. »Hier ist nichts.«

»Ich kann mir denken, was du erwartet hast. Doch vergiss nicht, du weilst nicht mehr in der Welt der Lebenden. An diesem Ort nutzen wir andere Möglichkeiten, um uns fortzubewegen.«

»Und die wären?« Tom hatte keinen blassen Schimmer, worauf Arthur hinauswollte.

Die Bulldogge kratzte mit der rechten Pfote an einer Stelle auf dem Boden. »Sieh genau hin. Kannst du es erkennen?«

Erst auf den zweiten Blick erkannte Tom, was Arthur meinte. Vor ihm erstreckte sich ein rötlich leuchtender Kreis, der fast einen Meter im Durchmesser maß. In seinem Zentrum waren Häuser, Türme und Figuren eingezeichnet, bei denen es sich um Menschen handelte. In der Mitte war eine kleine Mulde, die zwei Zentimeter in der Tiefe und zehn in der Breite maß.

»Was ist das?«, fragte er erstaunt.

»Wir nennen es das Nadelöhr. Eine Art Portal, durch das wir die Gebiete dieser Welt in Sekundenschnelle bereisen können. Du benötigst nur einen Talisman dafür, legst ihn in die Mulde und berührst den Ort, zu dem du reisen willst. Leider kann uns nicht jedes Nadelöhr an den gewünschten Ort bringen. Deswegen ist die Kammer der Anlaufpunkt für so viele von uns. Von dort aus führen Nadelöhre in alle Teile der Welt und jedes dieser Nadelöhre bringt uns stets in die Kammer zurück, wenn wir das möchten.«

»Ein Talisman?«

»Ja«, bestätigte Arthur. »Bei mir ist der Anhänger an meinem Halsband. Ist immer ein schreckliches Gefummel, den abzubekommen und in die Mulde zu legen. Wenn du versprichst, nicht zu lachen, dann verrate ich dir was.«

So verrückt und bedrückend die Situation für ihn war, Arthur schaffte es, ihn zu erheitern. Tom hob feierlich die Hand. »Ich gelobe, nicht zu lachen.« Er brachte es nicht fertig, sein Grinsen zu verbergen.

»Du hast dein Versprechen doch jetzt schon gebrochen«, grummelte die Bulldogge. »Aber was soll's. Ich werde dir trotzdem etwas verraten. Mir ist es nicht nur einmal passiert, dass mir mein Talisman in den Anschieber, so nennt man die Mulde, gefallen ist, und ich dann aus Versehen mit meiner Pfote auf das falsche Ziel gekommen bin. Da meine Pfoten recht groß sind, erkannte das Nadelöhr nicht, wo ich genau hinwollte. So ist es schon mal geschehen, dass ich mitten in anderen Häusern oder sogar Betten gelandet bin. Die erstaunten Gesichter hättest du sehen müssen.«

Sie beide lachten.

»Hilf mir mal, meinen Anhänger abzulegen. Weißt du schon, was du als Talisman verwenden willst?«

»Ich habe eine Taschenuhr von meinem Dad geschenkt bekommen, die trage ich immer bei mir.«

»Das ist gut. Sehr gut sogar. Fürs Erste werde ich uns in die Kammer bringen, doch schon sehr bald darfst du dich versuchen.«

Tom nickte zögernd, entfernte den Anhänger – eine silberne Pfote, in die der Name der Bulldogge eingraviert war – und legte das Schmuckstück in die Mulde.

Arthur berührte das Zentrum einer großen Ansammlung aus Häusern und Türmen. Das war unverkennbar die Kammer.

Nur wenige Sekunden später sollte Tom erfahren, was es mit diesem Ort auf sich hatte.

8. Die Kammer

»Das ist unmöglich. Damit hätte ich nie gerechnet«, staunte Tom.

»Was hast du erwartet? Hast du geglaubt, dass wir in Särgen schlafen und nur rauskommen, wenn uns die Urne einen Auftrag gibt? Willkommen in der Kammer. Hier findest du vieles, was du vielleicht in ähnlicher Form aus deinem alten Leben kennst.«

Sie traten vollends aus dem metallenen Pavillon, der das Nadelöhr beherbergte, das sie in die Kammer geführt hatte.

Tom ließ seinen Blick umherwandern. Sie waren am Ende einer Allee angelangt. Gesäumt wurde sie von Straßenlaternen, die sich jedoch von denen aus seinem vorherigen Leben deutlich unterschieden. Anstelle von Glühbirnen schimmerte das weiße Licht, welches er schon im Wartezimmer des Vermittlers gesehen hatte. Die Laternen krümmten sich am höchsten Punkt zu einem Halbbogen und fielen dann bis auf zwei Meter über dem Boden herab. Unter dem Lichtkegel sammelten sich Schwärme von riesigen Käfern, ein jeder so groß wie Toms geballte Faust.

Es herrschte reges Treiben. Männer und Frauen spazierten auf und ab, unterhielten sich und strömten in die zahlreichen Läden entlang der Straße. Drei ältere Herren musizierten mit Gitarre und Flöte, einer von ihnen sang ein Lied. Obwohl seine Stimme von Leben erfüllt war, klang es für Tom falsch. *Der Tod kannte keine Lieder, Geister spielten keine Instrumente. Oder etwa doch?*

Sein Blick blieb an den Männern haften. Sie waren ebenfalls von dem grauen Schleier bedeckt. Eine Barriere, die die einst strahlende Farbe aus ihren seidenen Anzügen und prächtigen Zylindern gesogen hatte. Das glänzende Holz der Instrumente war einer matten Oberfläche gewichen. Niemand beachtete sie. Ein leerer Hut lag vor ihren Füßen, besaß aber höchstens Symbolcharakter.

Tom beobachtete die anderen Passanten, die keinerlei Notiz von ihm nahmen. Es waren Banker, Frauen mit prachtvollen Kleidern aus den 30ern, Schwarze, Weiße und Asiaten, Punker und Rocker. Es schien keine Faustregel zu geben, wonach ein Sensenmann ausgesucht wurde, viel eher ergab die Art des Todes das Auswahlkriterium. Die meisten der Männer und Frauen waren in Begleitung von Hunden. Assistenten, wie Arthur es war. Hier reichte die Palette vom Schäferhund bis zum Dackel.

»Sind das alles Menschen, die zum Sensenmann ausgebildet werden? Also die, die von Hunden begleitet werden?«

Arthur versuchte, mit dem Kopf zu schütteln, was angesichts seines kurzen Halses recht unbeholfen aussah.

»Nein, nur wenige davon. Wir Assistenten bleiben euch oft noch lange nach Vollendung der Ausbildung treu. Schließlich muss ja jemand darauf Acht geben, dass ihr alles richtig macht. Ob ihr wollt oder nicht.«

Tom schnaufte lauter als beabsichtigt.

»Stell dich nicht so an. Du wirst mich schon noch lieben lernen.«

Da hab ich so meine Zweifel. Tom verzichtete darauf, seinen Gedanken laut auszusprechen.

»Ich verstehe dein Schweigen als Zustimmung. Dann komm. Ich führe dich etwas herum, damit du ohne mich nicht orientierungslos durch die Gegend irrst. Und natürlich müssen wir noch eine Sache erledigen. Das gehört zum guten Ton für alle Neulinge.«

»Ein Aufnahmeritual?«, fragte er zögerlich.

»Wenn du es so nennen magst«, antwortete die Bulldogge geheimnisvoll, während sie sich in Bewegung setzte. Tom folgte ihr, bis sie vor einem winzigen Laden hielten. Die kachelförmigen Fenster waren vergilbt, sodass man nur durch den Türeingang in das Innere schauen konnte. Über dem Türrahmen hing ein Schild mit der Aufschrift:

Murphys mörderische Werkzeuge

Die Buchstaben waren aus Stahl geschlagen, der ersten Rost ansetzte. Auf dem U saß eine Krähe, die Tom aus leeren Augen beobachtete, dann ruckartig in die Höhe schoss und laut kreischend davonflog.

»Ich hasse diese Biester«, knurrte Arthur.

»Sind sie auch Assistenten?«, fragte Tom mit ehrlichem Interesse und deutete dem Vogel hinterher.

»Nein. Eher nervige Aufseher. Sie passen auf, dass hier alles in geregelten Bahnen verläuft. Schon als ich noch gelebt habe, waren mir diese Viecher unheimlich. Jetzt ärgere ich mich auch noch hier mit ihnen rum. Komm, lass uns reingehen. Hier erhältst du deine Grundausstattung, die dir in Zukunft wertvolle Dienste leisten wird.«

Tom folgte Arthur in den Laden. Drinnen war dieser geräumiger, als es von außen den Anschein gemacht hatte. Dennoch hätte kaum eine Handvoll Personen in das Innere gepasst. Dafür ragten die Regale, die die Wände ringsum besetzten, meterhoch in die Höhe. Weiße, längliche Kerzen beleuchteten die Fächer, fein geschmolzenes Wachs tropfte zu Boden und bedeckte die knarrenden Holzdielen mit einer rutschigen Schicht. In den Auslagen wurden allerlei Gegenstände und

Werkzeuge feilgeboten, die Tom unbekannt waren und nur wenig mit den Werkzeugen seiner Vorstellung gemein hatten.

Dennoch erkannte er eine Säge, einen Strick und verschiedene Nadeln und Messer.

Hinter dem Tresen stand eine kümmerliche Gestalt. Der Rücken war durch das Alter dahingerafft und zu einem Buckel mutiert. Der graue Bart war bis auf einen halben Meter angewachsen und berührte mit der Spitze die Holzplatte, auf der eine mindestens ebenso alte Registrierkasse stand. In das lackierte Metall waren in goldener Schrift die Initialen E. M. eingraviert. Daneben lag ein dicker Wälzer in ledernem Einband. Vermutlich das Kassenbuch des Geschäfts.

Das müssen tausende von Seiten sein, schoss es Tom erschrocken in den Kopf. *Wie viele Sensenmänner wohl vor mir schon hier waren?* Er bekam keine Gelegenheit, seinen Gedanken zu Ende zu spinnen, denn Mr. Murphy war auf ihre Anwesenheit aufmerksam geworden.

Er hob den Kopf und deutete einen Gruß an, indem er kurz an den Rand seiner olivgrünen Melone fasste. Der Hut war zuletzt im frühen 20. Jahrhundert modern gewesen. Scheinbar unterhielt Mr. Murphy den Laden seit einer halben Ewigkeit.

Der alte Mann setzte sein Monokel auf und starrte Tom aus seinem mehrfach vergrößerten Augapfel an. Das andere Auge war einer toten, in endlose Schwärze gehüllten Höhle gewichen.

Angewidert wandte sich Tom ab.

»Sei gegrüßt, Arthur. Du bringst mir deinen neuen Schüler, wie ich sehe«, begrüßte er die beiden Ankömmlinge mit tiefer, aber zittriger Stimme.

»So ist es. Ich denke, wir haben einen vielversprechenden Fang gemacht.«

Murphy stützte sich auf den Tresen und rückte so näher an Tom heran, der erschrocken einen Schritt zurückwich. Es war mehr der Gestank, der aus Murphys Rachen strömte, als der Anblick, der ihn zurückweichen ließ.

»Was war es bei dir, mein Junge?«, frage er verschwörerisch.

»Ich verstehe nicht«, antwortete Tom ehrlich.

»Wie du gestorben bist«, mischte sich Arthur ein.

Tom setzte zu einer Antwort an, doch der Verkäufer fiel ihm mit erhobener Hand ins Wort.

»Warte, lass mich bitte raten«, bat er und legte dabei das Kinn in einer nachdenklichen Pose auf der offenen, runzeligen Handfläche ab. Seine Stirn wölbte sich denkerisch.

»Lass ihm den Spaß. Ich hab da eine kleine Wette mit ihm laufen«, flüsterte Arthur verschwörerisch, damit es der Verkäufer nicht hörte.

Murphy ließ sich Zeit, musterte Tom eingehend und schien in seinen Gedanken einem gewissen Schema zu folgen.

Nach einigen Sekunden hob er den Kopf und deutete ein sanftes Lächeln an, das so gar nicht zu den groben, steinalten Gesichtszügen passte und fast schon wie künstlich in die Haut geschnitzt wirkte.

»Du wolltest dir das Leben nehmen, doch etwas ging schief. Und nun stehst du vor mir.«

»Verdammt!«, fluchte Arthur. »Das muss ich wohl gelten lassen.« Der Hund schaute wütend zu Tom auf. »Mach den Mund zu, Kumpel. Der alte Murphy hat es leider wirklich drauf. Dafür musst du dir keine Sorgen um die Bezahlung deiner Erstausstattung machen. Die nötigen Seelentaler habe ich bereits hinterlegt.«

»Seelentaler?«

»Ja, so zahlt man hier. Oder hast du gedacht, wir leben vom Tausch? Doch dazu später. Murphy, hast du die Ausrüstung vorbereitet?«

Der alte Mann nickte. »Strick, Masken, Gifte und vieles mehr. Alles, was man für den Einstieg so braucht. Hier, pass gut darauf auf.«

Er reichte Tom eine Kiste in der Größe eines Bierkastens. Sie war aus dunklem Holz gezimmert und mit eisernen Streben versehen, in die grausige Totenköpfe geschmiedet waren. Ein dickes Schloss sicherte den Verschluss. Der Schlüssel steckte.

»Das sollte für den Anfang reichen. Falls nicht, kannst du mich jederzeit aufsuchen. Wenn die höheren Aufgaben rufen, wird dir dieses Repertoire nicht mehr genügen.«

»Höhere Aufgaben?«

Murphy lugte auf Arthur herab. »Du hast es ihm also noch nicht gesagt?«, fragte er abschätzend.

»Mach doch nicht so eine Hektik, du wirst dein Geschäft schon machen. Wie du es schon immer getan hast. Ich habe ihn gerade erst abgeholt und führe ihn langsam in unsere Welt ein. Danach folgt alles Weitere.«

»Würdet ihr mir vielleicht verraten, worum es geht?«, fragte Tom leicht verärgert, obwohl er eine Vorahnung hatte, worüber die beiden redeten.

»Nachher«, antwortete die Bulldogge knapp, aber bestimmt. »Pack deine Sachen und lass uns gehen. Es wird Zeit, dass du dein Aufnahmeritual, wie du es so schön genannt hast, vollziehst.«

So leicht ließ sich Tom nicht abspeisen. Als Arthur Richtung Ausgang eilte, verharrte er mit verschränkten Armen an Ort und Stelle und starrte den Hund fordernd an.

»Was stehst du da wie eine Statue? Komm jetzt, wir

haben nicht ewig Zeit.«

»Du sagst mir jetzt zuerst, was es mit diesen höheren Aufgaben auf sich hat. Was meinst du damit? Rück mit der Sprache raus, sonst bewege ich mich keinen Zentimeter von der Stelle.«

Arthur kam wieder zu Tom zurück, sah ihn ernst an und schnaufte hörbar durch die breiten Nasenlöcher.

»Na schön. Du bekommst deinen Willen. Aber danach will ich keine weiteren Fragen dazu hören, keine Widerrede. Du wirst mir stumm und brav folgen, wenn wir diesen Laden verlassen. Haben wir uns verstanden?«

Tom nickte. »Versprochen. Erzähl es mir und ich halte mich daran.«

»Wenn ein Sensenmann über einen längeren Zeitraum seine Aufträge tadellos erfüllt, qualifiziert er sich für höhere Aufgaben: Flugzeugabstürze, entgleiste Züge, Gasexplosionen; all die Unfälle, bei denen viele Menschen ums Leben kommen. Es gibt nur wenige Sensenmänner, die diese Aufgaben übernehmen. Meist haben sie jede Menschlichkeit verloren und führen nur ihren Auftrag aus – mit tödlicher Perfektion. Man nennt sie Aschebringer. Ein jeder, der keiner von ihnen ist, fürchtet sie.«

»Sie sind für all die Unglücke verantwortlich?«, fragte Tom fassungslos.

»Nicht direkt. Aber sie tragen einen erheblichen Teil dazu bei, was ohnehin geschehen muss. Damit habe ich dir fürs Erste alles gesagt. Komm jetzt, du kannst dir unterwegs das Hirn noch genug darüber zermartern.«

9. Hebet die Gläser

Aschebringer. Das Wort spukte Tom lange durch den Kopf. Sie waren für zahlreiche Unglücke verantwortlich. Seelenlose Geschöpfe, die binnen eines Wimpernschlags das Leben von Hunderten, manchmal sogar Tausenden auslöschten. Für ihn stand fest, dass er niemals zu einem von ihnen werden wollte, sondern stattdessen alles daransetzen, seine Mom, Frank und seinen geliebten Hund wiederzusehen. Selbst wenn er dafür im wahrsten Sinne des Wortes über Leichen gehen musste. Es war ein notwendiges Übel, welches das Gleichgewicht der Welt erhielt.

»Da wären wir«, holte ihn Arthur zurück in die Realität.

Er hatte gar nicht bemerkt, dass sie am Ende der Allee angelangt waren, so tief war er in seine Gedankenwelt versunken gewesen.

»Ein Pub?«, fragte er ungläubig.

Sie standen vor einem zweistöckigen Gebäude, das kaum vier Meter breit war und pro Stockwerk nur ein Fenster besaß, durch das blinkende Buchstaben schienen.

Auf der Veranda standen zwei einzelne Tische, jeweils von drei Stühlen umringt. Nur ein alter Greis saß dort und zupfte sich nervös an den Hosenträgern, als er auf Arthur und Tom aufmerksam wurde. Er verlor sogleich wieder das Interesse an den beiden Neuankömmlingen und zog kräftig an seiner Tabakpfeife. Den Kopf in den Nacken legend, blies er einen Rauchring aus, dem zwei kleinere Ringe folgten, die sich konzentrisch durch den großen bewegten. Durch eine sanfte Brise angetrieben, schwebten sie gemächlich auf das Aushängeschild zu: in Handarbeit gefertigte rote Glaslaternen, in deren Scheiben der Name des Pubs eingraviert war – G R A V E.

Der Rauch umschloss die Buchstaben und dämpfte so den Kerzenschein, der das Glas in einem feurigen Rot erstrahlen ließ. Leise Geigenklänge und blecherne Soundfetzen einer in die Tage gekommenen Jukebox drangen nach außen und schienen sich im Takt der Rauchschwaden zu bewegen. Die Klänge waren von einer gewissen Monotonie erfüllt, ihnen folgte ein wenig einladender, bittersüßer Geruch, der Tom in keiner Weise vertraut war. Für ihn kam das mehr einer Trauerveranstaltung gleich als einem Etablissement, in dem man Spaß haben konnte.

»Lass uns reingehen. Wird Zeit, dass du deinen ersten Gravequila zu dir nimmst. Danach geht es dir besser.«

»Gravequila?«, fragte Tom, gleichzeitig in der Hoffnung, dass es sich nicht um das handelte, was er vermutete.

»Richtig«, antwortete Arthur knapp. Wiederum schien die Bulldogge zu wissen, was in seinem Schüler vorging. »Mach dir nicht schon jetzt einen Kopf, bevor du einen Schluck genommen hast. Das ist unser Lieblingsgetränk hier. Es wird dir sicher ausgezeichnet munden. Jetzt komm schon, ich habe einen Wahnsinnsdurst.«

Der Hund wartete wieder mal keine Antwort ab, sondern flog stattdessen förmlich über die zwei hölzernen Stufen, die auf die Veranda führten. In vollem Sprint jagte er gegen die dunklen Schwingtüren und in den Pub hinein.

Tom folgte ihm zögerlich und von einem unguten Gefühl begleitet. Es war nahezu absurd; wenn ihm mal jemand gesagt hätte, dass er Angst haben würde, einen Pub zu betreten, hätte er diesen für verrückt erklärt. Genau das war jetzt aber der Fall. Er sträubte sich dagegen, in das Grave einzutreten, doch die fordernden

Rufe seines tierischen Begleiters aus dem Inneren ließen ihm keine Wahl.

Tom gab sich einen Ruck und öffnete zaghaft die Schwingtüren. Von einer Sekunde auf die nächste fand er sich in einer völlig fremden Welt innerhalb der Kammer wieder. Die Beschallung durch Jukebox und Geige war im Pub wesentlich lauter, als er es von draußen wahrgenommen hatte. Sein Blick fiel sofort auf den Musikautomaten aus den frühen Fünfzigern. Die hölzerne Box war mit einem gebogenen Kunststoffrahmen versehen, durch den ein hellblaues Licht pulsierte. Der Bass der Schallplatte, die hinter einer vergilbten Glasscheibe ihren Dienst tat, gab den Takt vor. Elvis beschallte mit seiner unnachahmlichen Stimme den Raum, unterstrichen von irisch angehauchten Klängen des Geigenspielers, der auf einem Podest in der hintersten Ecke des Pubs seiner Kunst nachging. Komischerweise ergab das Zusammenspiel der beiden Stile eine wunderbare Komposition. Es war eine Musikrichtung, wie sie Tom nie zuvor gehört hatte.

Ein hufeisenförmiger Tresen führte mittig durch das Grave. Dahinter stand ein muskelbepackter Hüne mit Irokesenschnitt. Tattoos mit den unterschiedlichsten Motiven pflasterten seinen Körper: Kreuze, Totenköpfe und nackte Frauen. Die Haut um seine Augen war mit Tinte geschwärzt, eine dicke Eisenkette hing um seinen Hals und seine Hände waren von Handschuhen bedeckt.

Er bereitete einen Cocktail zu, indem er allerlei Zutaten in einen Becher gab, diesen kräftig schüttelte und die Flüssigkeit in ein längliches Glas kippte. Dampf stieg vom Rand auf.

»Das ist ein Gravequila«, erklärte Arthur. »Ich bestell dir auch einen.«

»Das Gleiche für meinen neuen Schützling«, rief er dem Barkeeper zu.

Dieser sah kurz auf und musterte Tom eher beiläufig. Scheinbar gingen die Neulinge bei ihm ein und aus.

»Kommt sofort«, antwortete er mit so hoher Stimme, dass Tom schmunzeln musste. Damit hatte er bei diesem Berg von einem Mann nicht gerechnet.

Er nutzte die Zeit, in der sein Getränk zubereitet wurde, um seinen Blick durch das Lokal wandern zu lassen. Die drei Musiker, die er auf der Allee beobachtet hatte, waren ebenfalls zu Gast, und hatten es sich an einem Rundtisch im hinteren Eck des Pubs bequem gemacht, wo sie verschwörerisch die Köpfe zusammensteckten. Ansonsten war der Pub bis auf eine seltsame Erscheinung, die am anderen Ende des Tresens auf einem Barhocker saß, leer. Sie war Tom erst nicht aufgefallen, da sie von hagerer Statur war und ein schwarzer Trauerschleier den Kopf bedeckte. Sie schien frisch von einer Beerdigung zu kommen und ihren Frust mit einem Getränk wegzuspülen. Hinter dem Schleier deuteten sich die Konturen eines ausgesprochen hübschen Gesichts an, was seine Neugierde auf die geheimnisvolle Frau umso mehr weckte.

Arthur blieb sein Interesse nicht verborgen. »An deiner Stelle würde ich mir das ganz schnell aus dem Kopf schlagen«, brummte er.

»Warum das? Wer ist sie?« Die Bulldogge hatte mit ihrer Warnung genau das Gegenteil bewirkt und Tom wollte mehr wissen.

»Das ist Ivy oder wie sie hier genannt wird: Die Schwarze Witwe.«

»Die Schwarze Witwe? Was hat ihr den Namen verschafft?«

»Zwei ihrer Freunde sind verunglückt, als sie mit ihr

zusammen waren. Als auch ihr dritter Partner schwer erkrankte, verfestigte sich in ihr der Glaube, sie sei mit einem bösen Fluch belegt. Angeblich führte sie ein Reinigungsritual durch und erstickte dabei an einer wild zusammengemischten Mixtur, die ihr ein zweifelhafter Schamane verkauft hatte. Nun ist sie hier. Alle halten sich von ihr fern. Aberglaube spielt unter uns eine viel größere Rolle als unter den Lebenden.«

»Ich kann mit Aberglauben nichts anfangen. Ich würde mir gerne selbst ein Bild von ihr machen.«

Arthur guckte grimmig zu ihm auf, hob und senkte dann aber seinen Kopf. »Tu, was du nicht lassen kannst. Aber sag nicht, ich hätte dich nicht gewarnt.«

Der Barkeeper reichte ihm den dampfenden Gravequila. Tom bedankte sich mit einem Kopfnicken, schnappte sich seinen Drink und setzte zu einem ersten Schluck an. Das Getränk schmeckte fürchterlich sauer. Prustend spuckte er die Flüssigkeit aus und verschluckte sich dabei, was in einem Hustenanfall endete.

»So geht es allen«, lachte Arthur. »Der zweite Schluck ist wesentlich angenehmer. Man könnte fast sagen, dass du danach süchtig nach dem Zeug bist. So oder so hast du damit deine inoffizielle Aufnahme bestanden.«

»Kann ich mir gar nicht vorstellen. Das schmeckt einfach widerlich.«

»Versuch es, der zweite Schluck wird dir besser bekommen. Versprochen.«

Tom haderte, griff dann zum Glas und nahm einen weiteren Schluck. Er hätte es nicht für möglich gehalten, aber Arthur behielt recht. Der Gravequila hatte jetzt eine leicht süßliche Note, zwar immer noch sauer, doch durchaus trinkbar. Am ehesten erinnerte ihn das Getränk an einen Caipirinha, den er ab und an gerne mit Tara getrunken hatte.

Um die aufkommende Erinnerung an sie zu verdrängen, schnappte er sich sein Glas und steuerte schnurstracks auf Ivy zu. Arthur rief ihm zwar etwas hinterher, doch er ignorierte die Bulldogge, so als hätte er die Rufe gar nicht vernommen.

Er setzte sich neben die zierliche Frau und stotterte ein verlegenes »Hallo« zwischen den Lippen hervor. Sie zeigte keine Reaktion, hob nicht einmal den Kopf oder drehte sich leicht zu ihm. Regungslos starrte sie auf einen Punkt im Pub, den Tom vergeblich auszumachen versuchte.

»Ich bin Tom«, stellte er sich vor. »Und du bist Ivy, wie ich gehört habe. Wie geht es dir?«

»Oh, du hast sogar meinen richtigen Namen erfahren«, antwortete sie zynisch. »Nenn mich doch so, wie es alle tun: die schwarze Witwe.«

Ihre Direktheit verschlug Tom die Sprache.

»Hat sie es dir gesagt oder hast du sie dabei erwischt?«, fragte sie beiläufig, nippte an ihrem Getränk und drehte sich minimal in seine Richtung.

»Wie? Woher?«, stammelte er überrascht. *Wie zur Hölle konnte sie darüber Bescheid wissen?*

»Ich spüre deine Trauer und deinen gekränkten Stolz«, antwortete Ivy beiläufig, frei von jeder Emotion.

»Aber ich bin tot. Wie spürst du das? Sieht man mir das so deutlich an?«

»Ich kenne kaum einen Schmerz besser als den, den du gerade durchlebst. Du musst sie sehr geliebt haben. Deine Liebe hat den Tod überstanden, der Schmerz leider auch. Sie muss dich sehr verletzt haben.«

Tom schwieg. Ivy hatte all die Erinnerungen in ihm hochgeholt, die grausamen Sekunden, die sich vermutlich auf ewig in seine Seele eingebrannt hatten. *Tara, warum hast du mir das angetan?* Eine Antwort blieb aus, stattdessen hob Ivy ihr Glas.

»Lass uns anstoßen. Das hilft zumindest für den Moment und bringt dich auf andere Gedanken.«

Sie tranken. Erst einen, dann einen zweiten und dritten. Und sie schwiegen.

»Darf ich dich etwas fragen?«, versuchte Tom endlich das Schweigen zu brechen, doch sofort schnellte Ivys Arm in die Höhe.

»Nein, darfst du nicht. Zumindest noch nicht heute. Ich geh dann mal schlafen. Morgen wartet blutiges Handwerk auf mich.«

Sie erhob sich grazil von ihrem Hocker und verließ beinahe schwebend den Pub. Weder sprach sie ein Wort zum Abschied noch nickte sie Tom zu. Erst als sie die Schwingtüren erreicht hatte, glaubte er, dass sie sich kurz zu ihm umdrehte und ein Lächeln über ihr Gesicht flog. Dann verschwand sie wie der Wind und ließ ihn in Einsamkeit zurück. Zumindest so lange, bis Arthur aufkreuzte und ihn zum Aufbruch bewegte.

Den ganzen Weg zu seinem neuen Zuhause dachte er an die geheimnisvolle Ivy. *Wer war sie? Stimmten die Geschichten über sie?*

10. Home dead home

Tom stand kurz davor durchzudrehen. Es waren über drei Stunden vergangen, seitdem Arthur ihn zu seinem neuen Zuhause geführt hatte. Ein bescheidenes Zimmer mit Bett, Sofa und einem Bad (brauchte man das überhaupt als Toter?). So waren seine Erwartungen gewesen. Doch diese wurden bei Weitem übertroffen.

Arthur brachte ihn in einer riesigen Siedlung unter. An Stelle von schnöden und etwas langweiligen Reihenhäusern der Mittelschicht bewohnte er ein Türmchen, erbaut aus grauen Steinquadern, die in einer feuerroten Spitze aus Ziegeln endeten. Sogar ein winziger Balkon fand Platz an der glatten Außenhaut des mittelalterlich anmutenden Gebäudes, das inmitten eines verwilderten Gartens stand. Dunkelblau lumineszierende Blumen bauten sich alleenartig am gepflasterten Wegesrand auf und zeigten direkt auf das überdimensioniert wirkende Eingangstor, das in das urige Innere des Turms wies.

Unten war der gemütlich eingerichtete Wohnraum untergebracht, der neben bequemen Sesseln zwei Wandregale beherbergte, die mit ein paar Büchern, Krimskrams aus verschiedenen Epochen und einer dicken Staubschicht belegt waren. Eine spitze Wendeltreppe führte in die obere Etage, die das Schlafzimmer und ein Bad beherbergte.

Das Bett war wahnsinnig bequem und bot Platz für drei Erwachsene. Dennoch lag er schlaflos da, auf dem Rücken, mit verschränkten Armen über der Brust und den Kopf in ein weniger weiches Kissen vergraben. Seine Gedanken trugen einen wilden Tanz aus. Einmal führte Tara, dann übernahm wieder Ivy und übte ein abstraktes Ballett aus Schrittfolgen aus, dem Tom kaum zu folgen imstande war.

Die Schritte und Bewegungen verflogen und gähnende Leere, von Trauer erfüllte Schwärze, blieb. *War es möglich, als Toter zu schlafen? War er überhaupt tot oder stellte seine neue Berufung zum Sensenmann eine andere Lebensform dar, etwas zwischen Leben und Tod?* Das würde erklären, warum er sich zwar einerseits wie ein Mensch fühlte, andererseits aber nicht völlig Herr über seine Sinne und Gefühle war. Als er die Hoffnung beinahe aufgegeben hatte, schlief er endlich ein. Traumlos verging die Nacht. Nur ab und an schreckte er hoch und starrte minutenlang wie hypnotisiert auf das Licht der beiden Laternen, in denen zuckende warmweiße Flammen für eine gedämpfte Beleuchtung sorgten. Sie hüllten die Konturen der Möbel und die Kanten der Dachbalken in gespenstische Schatten.

Das ist kein Traum, wurde ihm in diesen Augenblicken des Wachzustandes bewusst. Tara, der Sturz von der Klippe, seine neue Berufung. Das alles war passiert. Wieder wand er sich in schrecklichen Gedanken und Hirngespinsten. Er hatte Hoffnung, dass er zumindest seine Liebsten wiedersehen konnte, falls er seine ihm aufgetragenen Aufgaben tadellos erfüllte. Ein einwandfreies Arbeitszeugnis für den Überbringer des Todes, das war die Bedingung. Beim Gedanken daran musste er ausnahmsweise lachen, war seine Nacht sonst von trockenen Tränen beherrscht.

Während seine innere Uhr den Wecker auf Morgengrauen gestellt hatte, erwachte er schlagartig durch den melodischen Klang der Klingel, die energisch von jemandem betätigt wurde.

Das kann nur Arthur sein, überlegte er. *Wer sonst?* Bei Ivy hatte er einen weniger bleibenden Eindruck hinterlassen, sodass sie ihn wohl kaum am frühen Morgen mit frischem Gebäck und einem heißen Kaffee überraschen kam. Die Vorstellung daran, in dieser Welt einen köstlich gebrühten Kaffee zu bekommen, war genauso absurd wie jene, dass eine flüchtige Bekanntschaft der Überbringer war.

Ein ohrenbetäubendes Dröhnen, gleich einem alten Ritterhorn aus dem Mittelalter, flutete den Turm, brachte das Glas der Fenster zum Schwingen und stellte die feinen Härchen auf seinen Armen in senkrechte Stellung.

Das MUSS Arthur sein, war er sich absolut sicher. Dass es neben der Klingel ein Horn gab, das für ein ungeduldiges Wesen wie seinen Assistenten völlig ungeeignet war, missfiel Tom. Er malte sich aus, wie das in Zukunft ablaufen würde, wenn er nicht gleich Gewehr bei Fuß stand und der eigenwilligen Bulldogge die Tür öffnete.

Eilig brachte er die Wendeltreppe hinter sich und stürzte auf den Eingang zu, um so einem weiteren ohrenbetäubenden Hornstoß zu entgehen und sich Arthurs spitzzüngige Vorwürfe zu ersparen.

Er packte die gusseiserne Türklinke und riss das Tor unter vollem Körpereinsatz auf.

»Guten Morgen. Ich bringe dir dein Frühstück. Kaffee und Croissants. Und als Nachtisch einen leckeren Joghurt mit Beeren«, begrüßte ihn Arthur.

Für einen winzigen Augenblick hatte Tom die Hoffnung, dass sein Begleiter es ernst meinte, stellte dann aber nach kurzer Musterung fest, dass dieser nur sein Fell mit sich trug und ihn mit belustigt funkelnden Augen angaffte, nahezu verhöhnte. Er schien lange darauf gewartet zu haben, sein Späßchen an jemandem auszulassen, der sich noch nicht der Umstände seiner neuen Heimat bewusst war.

»Du solltest dich mal im Spiegel sehen«, kicherte Arthur. »Die Zeiten des Frühstücks sind vorbei. Du bekommst was zu essen, ja, aber noch nicht jetzt. Vorher müssen wir noch etwas erledigen, bevor wir dich auf die Lebenden loslassen.«

Tom beschloss zu schweigen. Er wollte nicht schon in aller Früh mit der schlagfertigen Bulldogge aneinandergeraten. Er brauchte Arthur und musste schnell von ihm lernen.

»So schweigsam heute, hm? Hast bestimmt geschlafen wie ein Toter?«

»Sehr originell, Arthur. Wie oft hast du den Spruch schon gebracht?«

»Das erste Mal«, entgegnete der Hund gespielt aufgebracht, ohne es zu schaffen, den leicht schelmischen Unterton in seiner Stimme zu verbergen.

»Na schön«, antwortete Tom trocken. »Was verschafft mir die Ehre deines Besuchs?«

»Du benötigst noch etwas Übung, ansonsten kann ich dich morgen nicht an deinen ersten Auftrag lassen. Deswegen verbringen wir heute ein wenig Zeit auf dem Vielfraßacker. Pack deine Werkzeuge ein und lass uns los.«

»Vielfraßacker?«, hakte Tom nach. Der Name weckte seltsames Unbehagen in ihm.

Arthur drehte sich von ihm weg und stapfte los. »Folge mir, ich erkläre dir alles unterwegs.«

Wie schon am Tag zuvor wartete die Bulldogge keine Antwort ab, sondern durchquerte zielstrebig den verwilderten Garten, ohne nur einmal zurückzublicken (was sich rein anatomisch gesehen auch etwas schwierig gestaltet hätte).

Tom beeilte sich, die Kiste mit den Mordutensilien zu holen und eilte dem Hund hinterher.

Sie verließen das Gartentor nach Osten und bogen in die angrenzende gepflasterte Straße ein, an der sich beidseitig Reihen der verschiedensten Behausungen dicht an dicht drängten. Die Häuser entstammten den unterschiedlichsten Zeitaltern und reichten von einer Holzhütte über Backsteinhäuser mit pechschwarzen Dachziegeln bis zu alten Villen der Kolonialzeit und Lehmhütten, die Bauern im finsteren Mittelalter bewohnt hatten. Tom stellte schnell fest, dass er es mit seinem Turm ausgezeichnet getroffen hatte. Gleichzeitig fragte er sich, nach welchem Muster diese Siedlungen errichtet worden waren, wo die Gebäude ihren Ursprung hatten, wer einst für ihren Bau verantwortlich gewesen und was mit den Vorbesitzern geschehen war.

»Diese ganzen Häuser … Gibt es ein bestimmtes Muster, wonach sie erbaut worden sind?«

Arthur stoppte und schaute sich nach allen Richtungen um. Sein Blick blieb an einer hageren Gestalt hängen, die im Vorgarten ihrer viktorianischen Villa das kniehohe, schwarz-weiße Gras mit einer Sense stutzte. Sirrend kappte das scharfe Tötungswerkzeug die scheinbar wiedergeborenen Halme, wirbelte diese auf und beförderte sie mit dem entstandenen Luftzug auf Brusthöhe, bevor sie wie Ascheregen zu Boden schwebten.

Als sie auf gleicher Höhe waren, unterbrach die Gestalt die Arbeit und sah zu ihnen auf. Das eingefallene, bleiche Gesicht deutete ein Grinsen an, oder versuchte dies zumindest, denn ähnlich, wie es bei Botox-geschwängerten Promis der Fall war, ließ seine uralte Haut kaum einen Millimeter Spielraum, um diese Art der freundlichen Mimik zuzulassen. Ein kurzer Griff an den spitzen Hut beschloss die Begrüßung und gleich darauf zog die Sense wieder in gleichmäßigen Bewegungen ihre Bahnen.

»Arthur?«, hakte Tom nach, nachdem die Bulldogge keinerlei Anstalten machte zu antworten.

»Entschuldige bitte. Dieser Sensenmann, John van Pike, bringt selbst mich aus der Fassung. Er und sein prächtiges Anwesen haben gewissermaßen etwas mit deiner Frage zu tun. Dieser Ort, die Kammer und diese Siedlung, die einen großen Teil der Kammer darstellt, sind uralt. So alt wie die Menschheit, nein, vermutlich noch viel älter. Niemand weiß das so genau. Und dementsprechend siehst du hier Häuser und auch Behausungen aus den verschiedensten Zeitaltern.«

Tom schaute ein letztes Mal zurück und bestaunte den geschwungenen und reich verzierten Eisenzaun mit seinen vergoldeten Spitzen und dem majestätisch anmutenden Eingangstor, das Zutritt zum Anwesen verschaffte. Auf diesem thronte die viktorianische Villa über den meisten anderen Gebäuden der Nachbarschaft.

»Und wie wird entschieden, wer welches Haus bezieht? Soll nicht heißen, dass ich mit meinem Turm unzufrieden wäre.«

»Glück, Verdienste, Zufall. Das hängt von verschiedenen Faktoren ab«, erklärte Arthur. »Bei John van Dike sind es die Verdienste. Er steht kurz davor, ein Aschebringer zu werden. Gut für das Gleichgewicht, schlecht für ihn, wenn du verstehst, was ich meine.«

Tom ersparte sich eine Antwort. Er verstand, was Arthur ihm damit sagen wollte. *Aschebringer*, das Wort hatte sich wie ein glühendes Hufeisen auf ewig in sein Unterbewusstsein gebrannt. Es spornte ihn aber umso mehr an, aus seiner gegenwärtigen Situation das Beste rauszuholen, so absurd diese war. Es gab Regeln und Aufgaben und er wollte sich an beides halten, um nicht zu einem Tom van Arkins zu werden, sondern um an den Ort zu gelangen, den sie hier nicht Himmel nannten.

Seine Gedanken wurden jäh durch eine flinke Bewegung gestört, die er in seinem rechten Augenwinkel ausmachte. Etwas huschte im Eiltempo von einem Grundstück zum nächsten, verharrte zwischendrin kurz und setzte dann wieder seine rasante Hatz fort. Tom blieb stehen und strengte sich an, das Wesen mit seinem Blick einzufangen. Dies gelang ihm, als es auf einem bronzefarbenen Kasten sitzen blieb, sich mit winzigen Fingern am Hintern kratzte, nur um dann mit der glücklicherweise anderen Hand, in den ledernen Beutel zu greifen und ein weißes Kuvert in den Behälter zu werfen.

»Ein Briefkasten«, entfuhr es ihm. »Ein Totenkopfäffchen, das die Post bringt.«

Als das Äffchen sich in seine Richtung drehte, erschrak er. Das Tier trug einen blanken Totenkopf auf dem Hals. Dort, wo einst ein paar Augen war, starrten ihn zwei lodernde, rubinfarbene Punkte an, so als wütete tief im Schädel des untoten Affen ein diabolisches Feuer, das verzweifelt einen Weg nach draußen suchte. Ein Blinzeln später war das Lodern erloschen und er sah sich einem normalen Primaten gegenüber, zwar mit etwas hellerem, fast schon weißem Fell, aber ohne den zuvor wie glattpolierten, leblosen Totenschädel auf dem Rumpf zu tragen.

»Das, das kann nicht sein …«, stotterte Tom ungläubig. »Eben war doch noch …«

Arthur lachte schallend. »Du fragst dich sicher, ob du noch ganz bei klarem Verstand bist. Aber sei beruhigt, du hast richtig gesehen. Diese Äffchen sind unsere Boten für besonders eilige Sendungen. Wenn es mal etwas hektischer zugeht, kann man schon mal nicht wissen, wo einem der Kopf steht, oder in diesem Fall, wie er sich verändert. Das kennst du doch sicher noch von deinen Lebzeiten.«

»Unglaublich!« Mehr brachte Tom nicht hervor.

»Für alle anderen Botengänge haben wir die hier«, erklärte Arthur und deutete auf einen riesigen Erdhügel, der kurz darauf zum Leben erwachte und einen Maulwurf preisgab, der ebenso wie das Äffchen mit einem Beutel ausgestattet war. Mit dem Unterschied, dass dieser Maulwurf nahezu gigantisch groß war und sogar Arthur um ein ganzes Stück überragte. Im Gegensatz zum Eilboten war das Tier wesentlich träger unterwegs und nutzte den Briefkasten, der auf seiner Augenhöhe angebracht war. Er stupste die Klappe an, die sich daraufhin im Zeitlupentempo nach unten bewegte, kramte ein winziges Briefkuvert mittels seiner krallenbesetzten Pranke aus dem Beutel und verstaute es im Kasten. Noch bevor er sich vollends umgedreht und auf den Rückweg zum Hügel gemacht hatte, schloss sich die Klappe wie von Geisterhand mit einem ratternden Laut, ähnlich dem eines Presslufthammers.

Der Maulwurf schlüpfte gemächlich in das Loch im Hügel und nur zwei Minuten später kam er im benachbarten Grundstück wieder an die Oberfläche und füllte auch diesen Briefkasten. *Wenn es denn überhaupt derselbe Maulwurf ist,* überlegte Tom, der sich nicht vorstellen konnte, dass das Tier in so kurzer Zeit diese Distanz hinter sich bringen konnte.

»Es ist derselbe Maulwurf«, schien Arthur wieder einmal seine Gedanken zu erraten. »Unter der Erde sind sie wesentlich flinker unterwegs und können außerdem auf gut ausgebaute Tunnel zurückgreifen. Dennoch kosten die Ausflüge an der Oberfläche viel mehr Zeit, sodass du lieber auf ein Äffchen setzen solltest, falls es mal dringender ist.«

»Ich wüsste gar nicht, wem ich einen Brief schicken

sollte«, gab Tom ratlos zurück.

»Mir zum Beispiel. Eine schöne Karte zu meinem Geburtstag. Darauf lege ich großen Wert. Und wenn du schon dabei bist: Ich würde mich auch über ein kleines Geschenk freuen. Es gibt da einen neuen Laden, der bekommt täglich frische Knochen aus aller Welt geliefert. Schulter und Hüfte sollen besonders schmackhaft sein. Aber bitte nicht von alten Menschen, ich habe keine Lust, nochmal in eine Prothese zu beißen.«

Tom lachte. »Na gut, ich werde daran denken. Du sollst dein Geschenk bekommen«, versprach er.

»Du lernst schnell, das gefällt mir«, lobte Arthur. »Lass uns einen Zahn zulegen, sonst buddeln sich diese elendigen Kreaturen wieder bis zum Hals ein und du kriegst sie bis zum frühen Abend nicht mehr aus ihren Löchern.«

Tom ersparte sich die Nachfrage, um was für Kreaturen es sich genau handelte. Klar war, dass die angenehmeren Zeiten, die er bisher in der Kammer erlebt hatte, vorbei waren. Seine Pflicht als angehender Sensenmann rief und er war bereit, diese Herausforderung anzunehmen. Obwohl er von all den neuen Eindrücken und Gegebenheiten seines Lebens nach dem Tod förmlich erschlagen wurde.

Er folgte Arthur schweigend durch die nicht enden wollende Siedlung, die so ziemlich jede Bauweise beherbergte, die die Menschheit in ihrer langen Geschichte hervorgebracht hatte.

Immer wieder erwischte er sich dabei, wie er in Richtung Himmel sah. Wo aber keiner war. Er starrte in das blanke Nichts. Sonne, Wolken, Mond oder Sterne: Fehlanzeige. Wenn ihn seine Augen nicht täuschten, hatte er ein weißes Glimmen hoch weit oben erspäht; dort, wo womöglich das Ende dieser Welt war und der Eingang zu dem einen, dem besseren Ort, den er so sehnlich anstrebte. Oder war es nur eine Illusion? Ein Wunschgedanke und sein verankertes Wissen, das er von klein auf eingetrichtert bekommen hatte. Unten ist die Hölle, oben der Himmel. Sei ein guter Mensch, dann empfängt dich Gott in seinem Reich.

Nur einen Tag zuvor hatte der Vermittler diese Sichtweisen auf den Kopf gestellt, die Grundfeste sämtlicher Religionen der Menschheitsgeschichte erschüttert. Tom schmunzelte bei dem Gedanken daran, was auf der Erde los wäre, wenn diese jahrtausendalten Anschauungen über Gott und die Menschheit auf null gesetzt werden würden. Die katholische Kirche quasi nutzlos. Kastenwesen? Unnötig. Womöglich würde es noch mehr Kriege geben. Und viele Menschen verlören ihren Halt, das Einzige, was sie im Leben hatten und ihnen Trost spendete. Wenngleich er nicht besonders gläubig war, so hatte die Religion in seinen Augen an manchen Stellen eine gewisse Daseinsberechtigung. *Womöglich ist es gut so, wie es ist,* überlegte er und versuchte gerade, seine Gedanken wieder in andere Bahnen zu lenken, als Arthur übernahm und ihn ins Jetzt zurückholte.

»Wir sind gleich da. Siehst du den Wald dort vorne? Das ist der Cemetery Park. Wir müssen da durch, wenn wir zum Vielfraßacker wollen.«

Sie gelangten an die letzten Ausläufer der Siedlung und näherten sich dem Cemetery Park, der sie mit einem aschgrauen, ineinander verwachsenen Geflecht aus Bäumen und Sträuchern begrüßte. Eine schier unüberwindbare Wand aus toten Pflanzen, die doch in gewisser Weise lebten, Blätter und Blüten trugen, die mit einer Schicht überzogen waren, einem milchigen Film, der den hauchdünnen Unterschied zwischen Leben und richtigem Tod ausmachte. Der Cemetery

Park lebte auf seine eigene Art und wie es diese Welt von ihm verlangte. Er öffnete ihnen sein Herz, hervorgebracht durch einen zwei Meter breiten Eingang, der sich aus einer Fülle aus zurückweichenden Ästen, Ranken und Wurzeln ergab.

Zögerlich folgte Tom seinem Begleiter in den Tunnel aus krumm gebogenen Ästen und Stämmen, die sich einander zuwandten, als suchten sie etwas Gesellschaft und Nähe an diesem Ort der Einsamkeit. War es schon in der Siedlung still gewesen, so herrschte im Park absolute Totenstille.

»Gleich kommen wir zur Lichtung der Wahrheit. Dahinter führt ein weiterer Tunnel zum Vielfraßacker, einer zum Spiegelbildsee und ein anderer zu … heben wir uns das für ein anderes Mal auf«, beendete er seine Erklärung geheimnisvoll.

»Lichtung der Wahrheit?«, hakte Tom nach, obwohl ihm nicht entgangen war, dass Arthur ihm etwas verschwieg. Doch darauf wollte er später eingehen. Zuvor war er gespannt, was unmittelbar vor ihm lag.

»Hat dieser Ort eine besondere Bedeutung? Oder ist das einfach nur ein Name?«

»Eine Bedeutung gibt es durchaus. Einmal in zehn Jahren hat ein Sensenmann die Gelegenheit, die richtige Antwort auf eine 50:50-Frage zu erhalten. Du wirfst einen Seelentaler in den Schacht der Sense. Vorher legst du in Gedanken fest, welche Seite Ja und welche Seite Nein bedeutet. Der Schacht wird dir den Taler wieder ausspucken. Die Seite, die nach oben gewandt ist, ist deine Antwort.«

Tom überlegte, ob er richtig verstanden hatte, was Arthur ihm da weismachen wollte. Ein Schacht beantwortete Fragen, auf die sonst niemand Antworten hatte.

»Nur, dass ich das auch richtig kapiert habe: Ich überlege mir eine Frage wie z. B. Gibt es Leben im Universum? Kopf bedeutet Ja, Zahl bedeutet Nein. Ich werfe die Münze in diesen Schacht, und wenn er mir diese mit Kopf nach oben ausspuckt, lautet die Antwort auf meine Frage Ja?«

»Du bist ein schlaues Bürschchen. Exakt so ist es. Also überlege dir deine Frage gut, es kann sein, dass es nur diese sein wird, die du dem Schacht je stellen wirst.«

»Ich verstehe. Dieser Schacht der Sense … Woher der Name?«

»Das weiß man nicht mehr so genau. Die Lichtung, und der Schacht als ihr Zentrum, sind so alt wie diese Welt selbst. Es existieren Aufzeichnungen, vielmehr Theorien, dass die ersten Sensenmänner daraus hervorgegangen sind. Doch niemand hat es bisher gewagt, weiter in die Tiefe vorzudringen. Es gibt eben Geheimnisse, die selbst die Adjutanten des Todes in Furcht versetzen. Manche behaupten, dass der Tod höchstpersönlich am Ende des Schachtes der Sense wartet.«

Tom schluckte hörbar. »Der Tod in Person?«, fragte er zweifelnd. »Ich dachte, das ist ein Zustand. Auch wenn er als einer der apokalyptischen Reiter gezählt wird.«

»Vielleicht stellst du genau diese Frage dem Schacht«, antwortete Arthur augenzwinkernd und schickte sich darauf an, den Tunnel hinter sich zu bringen und die Lichtung zu erreichen.

Der Weg führte sie eine ganze Zeit voran, durch ein Gewölbe, das aus einem uralten Geflecht aus Ranken und Wurzeln bestand. Die Ewigkeit hatte alles zu einem massiven pflanzlichen Teppich verbunden, der undurchdringlich zu sein schien. Nur selten schaffte es Tom, durch die teils wie glatt geschliffenen Wände hindurchzusehen und einen Blick auf das Innere des Waldes zu erhaschen. Er sah bläuliche Glockenblumen in einem Meer aus schwarz-weißem Gras und uralten Bäumen wehen. Die Wiese wirkte aus der Ferne wie mit einem Bleistift schraffiert, versehen mit einzelnen Farbtupfern, die ebenso wie die hochgewachsenen Eschen und Weiden nicht in das Gesamtbild passten. Dies vermittelte ihm den Eindruck, dass er soeben in ein Gemälde gesogen worden und nicht Bestandteil dieser seltsam anmutenden Natur war.

Der Tunnel verengte sich weiter. Golden gesprenkelte Lichtfetzen durchstießen die Dunkelheit, verbanden sich und fluteten das letzte Wegstück, das sie geradewegs in die Lichtung führte.

»Hier sind wir«, verkündete die Bulldogge.

Tom trat in das Meer aus wehendem Gras ein. Kniehoch umringten ihn die Halme und sie verbargen Arthur, der laut fluchend voranging und sich wenig um die blühenden Schönheiten scherte, die die triste Umgebung mit hängenden Köpfen, spitzen Hütchen und breiten Fächern in den verschiedensten Farben erstrahlen ließen. Jede dieser Pflanzen sandte ein wohliges Glimmen aus, doch wie bei allem in dieser Welt war es der milchige Film, der einen Unterschied zwischen Leben und Tod darstellte. Von weit oben fiel das goldene Licht herab, das zuvor die letzten Meter durch den beengten Tunnel erträglicher gestaltet hatte. Tom schaffte es nicht, direkt in den blendenden Punkt zu sehen, wodurch es für ihn vorerst ein Rätsel blieb, welchen Ursprung die Sonne der Unterwelt hatte.

Nur einen Steinwurf entfernt weckte ein Podest im Zentrum der Lichtung sein Interesse. Mehrere Bäume mit aschfahlen Stämmen und nach unten geneigten Kronen wandten sich dieser Erhebung zu, so als würden sie sich im Stillen verneigen und zugleich Schutz vor Eindringlingen bieten. Aus der Oberfläche ragte ein langer Stiel, an dessen Ende eine geschwungene Klinge genau auf sie zeigte.

»Ist das dort vorne der Schacht?«, stellte er die Frage, deren Antwort ihm im Voraus klar war.

»Das ist er.«

»Sieht nicht gerade einladend aus. Wem gehört diese Sense?«

»Dem Tod persönlich? Oder doch einem der ersten Sensenmänner? Wer weiß das schon?«, antwortete Arthur geheimnisvoll.

»Wäre vielleicht eine passende Frage, um einen Seelentaler zu verschwenden.«

»Du bist nicht der erste, der diesen glorreichen Einfall hatte.«

»Dachte ich mir fast. Und lass mich raten: darauf gab es keine Antwort, richtig?«

»Sagen wir so: Der Taler wäre besser in Gravequila investiert gewesen. Es gibt eben Dinge, die sollte man ruhen lassen. Komm jetzt, wir müssen sowieso am Schacht vorbei. Der Weg führt von dort direkt zum Vielfraßacker.«

Sie erreichten den Schacht. Tom registrierte eine kurz aufblitzende Veränderung, einen sanften Ruck, als sie in den Ring aus Bäumen traten. Was aus der Ferne wie ein Podest ausgesehen hatte, war in Wahrheit eine leicht erhöhte Öffnung, erbaut aus übereinander gestapelten Steinquadern. So gesehen wirkte es wie ein Wunschbrunnen, bedeckt mit einem von Moos und Rost befallenen Eisengitter, das um den Stiel der Sense angefertigt worden war und Neugierige davon abhalten sollte, in das Innere des Schachts vorzudringen. Die Struktur des Gitters gab genügend Lücken frei, um einen Seelentaler in den Untiefen zu versenken.

Tom starrte auf die Klinge der Sense. Poliert und rasiermesserscharf fraß sie das goldene Licht gierig auf und brach dieses in den leicht unebenen Stellen der metallenen Oberfläche. Er stellte sich mit den Fußspitzen auf die Öffnung und spähte nach unten, in der Hoffnung, bis zum Grund des Schachtes zu sehen. Obwohl das Unfug war und kindlicher Naivität gleichkam, ließ er sich davon nicht abbringen, bis ihm auffiel, wie sehr ihn dieser Ort anzog. Dort unten befand sich etwas. Er vermochte nicht zu erklären, was es war, ob es gut oder böse war oder nur existierte, aber der Schacht lebte.

»Wenn du keinen Taler werfen willst, nimm ein Steinchen und lausche.«

Tom schnappte sich das Bruchstück eines Quaders und zwängte es durch das Gitter. Dann trat er zurück und lauschte. Kurz darauf war zu hören, wie der Stein eine der Wände streifte. Anschließend herrschte wieder absolute Stille. Knapp drei Minuten später bildete er sich ein, einen Aufprall vernommen zu haben. Oder war das nur Einbildung?

»Hast du es auch gehört?«, brach er das Schweigen.

»Nein. Nichts, es ist rein gar nichts zu hören. Manche behaupten, dass sie den Aufprall gehört haben.«

»So wie ich.«

»Bist du dir da sicher? Vielleicht spielen dir deine Sinne auch nur einen Streich.«

Tom zuckte ratlos mit den Schultern. »So oder so steht fest, dass es verdammt tief runter geht.«

»Gut erkannt. Und jetzt komm. Du kannst hierher zurückkehren, wenn du dir über deine Frage im Klaren bist. Oder einfach nur so. Das obliegt dir. Nur kehre nie nach Mitternacht an diesen Ort zurück.«

Arthurs Tonlage duldete keine Widerrede. Das kristallisierte sich aus seinen Worten eindeutig heraus und Tom unterließ es, weitere Fragen zu stellen.

Ein künstlich geschaffener Trampelpfad führte sie nordwärts. Kurz darauf gabelte sich der Weg an einer Kreuzung. Ein verwittertes Holzschild zeigte die drei Richtungen mithilfe kleinerer, pfeilförmiger Schilder an, die sich vom Mast abspreizten. Der Lack der Buchstaben war verblichen, aber noch lesbar. Im Westen lag der Spiegelbildsee, im Norden der Vielfraßacker, im Osten … leer, das Schild zeigte keine Buchstaben. Einst waren dort welche, doch sie waren wie ausradiert. Nur gräuliche Konturen zeugten von ihrer Existenz.

Arthur bemerkte sein Zögern und ignorierte es. Er gab Tom nicht einmal die Gelegenheit nachzufragen, was im Osten lag. Stattdessen verschwand er im Tunnel, der sie zum Vielfraßacker führte.

Tom warf einen sehnsüchtigen Blick nach Osten. *Geheimnisse sind dazu da, gelüftet zu werden,* war sein Gedanke, dann folgte er Arthur.

11. The Walking Dumm

Tom stand mitten auf einem umgegrabenen Feld. Der Vielfraßacker war also wirklich ein Acker und nicht nur eine Wortschöpfung, die sich die Einwohner der Kammer hatten einfallen lassen. Nun stand er genau auf diesem Feld, das in alle Richtungen bis zur Unendlichkeit zu reichen schien. Die Erde war so weich, dass er bis zu den Knöcheln darin versank. Auch Arthur hatte mit den Gegebenheiten zu kämpfen und war bis zum Brustkorb im Schlamm versunken. Nur sehr mühselig kam er voran, ließ sich davon aber nicht abschrecken und bewegte sich geradewegs auf einen Punkt zu, den Tom als optische Mitte des riesigen Quadranten ausmachte.

In der Ferne ähnelte dieser Punkt einer nachtschwarzen Krähe, die mit ausgebreiteten Flügeln auf sie zuzukommen schien. Schnell stellte Tom aber fest, dass es eine Vogelscheuche war, die ungebetene Gäste von einer Ernte fernhalten sollte, die es nicht gab. Es wehte ein rauer Wind über den Acker und leichter Nieselregen fiel von einem unsichtbaren Himmel herab. Tom gab dieses Phänomen Rätsel auf, weder den Regen noch den kühlen Wind hätte es geben dürfen. Letzteren noch eher, da es nicht ungewöhnlich war, dass Luftströmungen aus tiefer gelegenen Höhlenregionen kamen. Aber der Regen … Er suchte nach einer rationalen Erklärung, ohne Arthur schon wieder mit einer Frage löchern zu müssen, konnte sich aber keinen Reim darauf machen. Und der Acker lebte. Anfangs glaubte er, dass es nur tote Erde war, ein überdimensionierter Friedhof. Dann bemerkte er, dass sich etwas an seiner Haut rieb, daran zog und knabberte. Er fluchte laut und zog einen Fuß aus dem Schlamm. Ein blasser Wurm, kaum so lang wie sein Daumen, hatte sich in seinen Knöchel verhakt und bearbeitete mit spitzen Zähnchen sein Fleisch. Angewidert riss er das Tier von sich, der dünne Panzer brach unter dem Druck seiner Finger. Eine grünliche, beißende Flüssigkeit sickerte über seine Haut.

»Was zum Teufel!«, fluchte er und wischte sich die Hand an der Kleidung sauber.

»Das sind Grabeswürmer«, erklärte Arthur lachend. »Die findest du hier überall. Sie verwerten sozusagen die Reste.«

»Reste? Will ich wissen, was diese Reste sind?«

»Du wirst es gleich erfahren. Deswegen sind wir schließlich hier. Die Grabeswürmer sind nicht das Einzige, das sich gerade unter der Erde aufhält.«

Sofort malte Tom sich die unterschiedlichsten Horrorszenarien vor seinem geistigen Auge aus, jahrzehntelang genährt und verfestigt durch blutrünstige und zum Teil miserabel gedrehte Horrorfilme. Ihn überkam das ungute Gefühl, dass ihn gleich etwas unter die Erde ziehen würde. Die Vorstellung daran war alles andere als erquickend.

»Ha, kaum hab ich es gesagt«, jubelte Arthur.

Er begriff erst nicht, worauf die Bulldogge hinauswollte, dann sah er es und fuhr erschrocken zusammen. Nur wenige Meter von der Vogelscheuche entfernt kämpfte sich ein Arm aus der Erde. Zerschlissene Haut und blutige Fleischfetzen hingen vom drahtigen Unterarm ab, teilweise blitzten Stellen des Knochens hervor. Obwohl die Extremität durch und durch zerbrechlich wirkte, schaffte sie es, einen Kopf und darauffolgend den Torso an die Oberfläche zu ziehen. Als dies erledigt war, stellte der Unterkörper, der nur bis zu den Knien vorhanden war, keine große Hürde mehr dar.

»Ne, den nehmen wir nicht«, winkte Arthur ab. »Wir warten, bis ein Kompletterer an die Oberfläche kommt.«

»Ein was?«, stieß Tom fassungslos aus.

Arthur rollte mit den Augen. »Ein Zombie, der noch aufrecht gehen kann. Nicht wie dieser Krüppel, der in einen Häcksler gefallen ist. Was denkst du, wozu wir hier sind und du deine Werkzeuge mit dir schleppst? Wir bereiten dich auf deinen morgigen Tag vor. Dein großer Tag. Dein erster Auftrag. Schon wieder vergessen?«

»Natürlich nicht«, antworte Tom knapp. *Diese Zombies sollten also seine Generalprobe sein.* Als er noch lebte, schaffte er es gerade mal, einer Fliege was zu Leide zu tun. Und jetzt sollte er einen Zombie töten, der, obwohl er scheußlich und abartig aussah, einst ein Mensch aus Fleisch und Blut gewesen war.

Hinter ihnen ertönten grunzende Laute. Ein Kopf kämpfte sich aus der feuchten Erde. Ein Ohr war angebissen und lediglich in Fetzen vorhanden. Eines der Augen hing an einem blutigen Faden vom Schädel, wie ein Jo-Jo sprang es unter der Bewegung auf und ab, die entstand, als sich der Zombie mit beiden Armen aus dem Erdreich stieß.

Mit schlurfenden Schritten kam er auf sie zu. Ein Bein hinkte und zog eine tiefe Furche hinter sich. Das andere spreizte sich fast rechtwinklig ab, dennoch kam die Kreatur erstaunlich zügig voran. Der Mund war weit geöffnet, als hätte jemand den Kiefer ausgerenkt. Verfaulte Zähne kamen zum Vorschein, der üble Mundgeruch reichte Meter voraus.

»Öffne deine Kiste und nimm den Strick. Erwürgen ist eine der effektivsten Methoden, ein Leben zu nehmen. Und auch relativ simpel durchzuführen.«

»Ich soll ihn erwürgen?«

»Was sonst? Willst du ihn zu Tode fesseln? Beeil dich, sonst tauchen noch seine Kumpels auf und dann kann es ungemütlich für uns werden.«

Tom wollte das tunlichst vermeiden. Er holte den Strick aus der Kiste, der sich in seinen Händen unglaublich mächtig anfühlte, nicht so wie ein haushaltsübliches Seil, sondern eher wie ein massives, gedrehtes Seil aus Metall.

Vorsichtig näherte er sich dem Zombie, denn auch dieser erkannte im Sensenmann einen Kontrahenten. Tom besaß aber einen entscheidenden Vorteil: Er war ein ganzes Stück mobiler und flinker unterwegs. Geschickt kämpfte er sich durch den schwer begehbaren Untergrund, umrundete seinen Gegner in weitem Bogen, um so dessen Schlägen auszuweichen und hinter ihn zu gelangen.

»Frischfleisssschh, komm zu mir«, grunzte der Zombie langgezogen.

»Erledige ihn«, brüllte Arthur lautstark.

Der Untote war zwar dumm, doch entging ihm nicht, dass sich Tom in seinen Rücken gestohlen hatte und versuchte, ihn von hinten zu strangulieren. Er brüllte auf und drehte sich umständlich um. Sein unnatürlich verdrehtes Bein knickte ein, was dazu führte, dass er sich weitaus langsamer fortbewegte, dafür aber mit wütenden Schlägen Tom daran hinderte, das Seil um seinen Hals zu legen.

Dieser nutzte das Handicap seines Gegners aus, umkreiste ihn und brachte sich mit einem tollpatschig anzusehenden, aber erfolgreich gelandeten Sprung hinter diesen. Die Landung blieb nicht ohne Folgen. Er versank bis zu den Knien im Boden und befand sich dadurch auf Augenhöhe mit dem Zombie, der wiederum die plötzlich entstandene Schwachstelle auszunutzen versuchte.

»Verdammt, ich stecke fest«, fluchte Tom.

»Wirf es wie ein Lasso!«, rief Arthur.

»Gar nicht mal so dumm«, murmelte Tom. Er formte eine Schlaufe und warf.

Der Wurf verfehlte. Der Zombie war fast in Reichweite, schlug wild und unbeholfen in seine Richtung, obwohl ein Treffer unmöglich war.

Noch.

Tom zog das Seil zurück, bildete wieder eine Schlaufe und warf.

Daneben.

Der Zombie war nur noch ein paar Sekunden entfernt. Sein geifernder, stinkender Atem brachte den frischgebackenen Sensenmann um den Verstand.

Als wäre das nicht schon ekelhaft genug, krabbelten Grabeswürmer aus dem aufgerissenen Maul und blieben an den letzten spitzen Überresten des Gebisses hängen. Sie zerplatzten dabei, als sie versuchten, aus der verrotteten Hülle, die einst ein gesunder Körper war, zu entkommen.

Mit zittrigen Händen formte er erneut eine Schlaufe. Der Zombie war in der Zwischenzeit so nah, dass er es gar nicht mehr auf einen Wurf ankommen lassen musste, sondern es vermutlich möglich war, ihm das Seil über den Hals zu stülpen. Wären da nicht seine wild um sich schlagenden Extremitäten gewesen. Nur mit Glück wich er einem der stupiden Schläge aus, nutzte das Überraschungsmoment und warf das Seil mit einer hüpfenden Bewegung seiner Arme (eine etwas unglücklich anzusehende Mischung aus Wurf und ein Überstülpen mit gestreckten Armen).

Diesmal war sein Unterfangen von Erfolg gekrönt.

Als sich das Seil über sein Ziel gelegt hatte, änderte sich das Gewicht in seinen Händen merklich. Eine ungekannte Macht durchströmte seine Arme, ein Gefühl, das die Schwelle zwischen Leben und Tod darstellte. Er packte die Enden so fest, dass er fürchtete, seine Finger würden der Spannung, und dem Druck nicht standhalten. Doch sie hielten stand.

»Tu es!«, rief Arthur. Tom benötigte keine weitere Aufforderung. Jetzt gab es nur noch den Zombie und ihn. Er spannte seine Arme und seinen ganzen Körper, zog mit einem konzentrierten Ruck am Seil, seinem ersten Todeswerkzeug, seiner zu Draht und Stahl gewordenen verlorenen Unschuld.

Ein gurgelnder Laut ertönte, stinkendes Blut spritzte, ein Kopf fiel zu Boden, rollte, blieb kurz vor ihm stehen und grinste ihn manisch von unten an. Ein paar letzte Worte schienen auf seiner Zunge zu liegen, fluchten im Übertritt von tot zu noch toter, dass sie es nicht geschafft hatten, noch einmal laut in die Welt zu dringen: *»Du hast mich geköpft, du Hundesohn«* oder *»Jetzt fressen mich die verdammten Würmer ein zweites Mal.«*

Tom sackte erschöpft und zugleich erleichtert in die Knie. Er hatte es vollbracht, doch es stellte sich kein Gefühl der Freude oder Befriedigung ein. Er fühlte sich leerer als zuvor, missbraucht und dafür benutzt, niedere Taten zu vollbringen.

»Gar nicht mal so übel für den Anfang«, lobte Artur. Tom war erstaunt, da die Bulldogge es offenbar völlig ernst meinte.

»Eher mehr Glück als Verstand«, spielte Tom seine Leistung runter.

»Keineswegs. Das war völlig in Ordnung. Es ging mir nicht unbedingt um die Ausführung, sondern darum, dein Bewusstsein dafür bereitzumachen, dass du von nun an Leben nehmen wirst. Auch wenn es nur ein stinkender Zombie war. Der übrigens, das kann ich dir jetzt ja verraten, in ein paar Monaten wieder auferstehen wird, sofern er es schafft, sich mit seinem Körper zu verbinden.«

»Also machen sie diese Qualen immer wieder aufs Neue durch?«

»Sie spüren keinen Schmerz. Und jein, es kommt darauf an. Manchmal stehen sie wieder auf, so wie deiner hier es vermutlich tun wird, und manchmal nicht, wenn sie vollkommen in Fetzen geschlagen wurden.«

»Wer sind sie?«

»Gesetzesbrecher, besonders dämliche Menschen, die durch noch dämlichere Unfälle ums Leben gekommen sind. Steckengeblieben zwischen dem, was du Himmel und Hölle nennst. Ungeeignet, den Dienst als Sensenmann auszuführen.«

Erst als Arthur seine letzten Worte ausgesprochen hatte, bemerkte Tom, dass rings um sie herum der Acker zum Leben erwachte. Mit Erschrecken beobachtete er, wie sich ein halbes Dutzend Paar Arme an die Oberfläche kämpfte. Zwei von ihnen hatten sich sogar schon bis zu den Beinen befreit, wenige Wimpernschläge später war diese letzte Hürde überwunden und die Untoten kamen mit schlurfenden Schritten und grunzenden, schmatzenden Lauten näher.

»Lass uns verschwinden, bevor es noch mehr werden«, sprach die Bulldogge.

Tom hörte die Unruhe in seiner Stimme. Etwas stimmte hier nicht. Dessen war sich auch Arthur bewusst, der umständlich versuchte, die zu Tage tretende Zombiearmee zu umgehen.

Als sich drei weitere Zombies befreit hatten und direkt unter Tom eine Vibration und schwindende Erdmassen seinen Stand ins Wanken brachten, war die Gefahr unabwendbar.

»Lauf!«, brüllte Arthur, doch es war zu spät. Tom kam keine zwei Meter weit, ohne sich von Zombies umringt zu sehen. Zehn der Kreaturen kamen jetzt kriechend und langsam gehend auf sie zu, kesselten sie ein und zogen die Schlinge zu.

Sie saßen in der Falle.

12. Ash Ash Baby

»Nimm mich in den Arm.«

»Wirst du jetzt sentimental?«, fragte Tom beißend und wunderte sich im selben Moment darüber, wie er im Angesicht der aufkommenden Gefahr seinen Humor behielt. *War das der erste Wesenszug eines Sensenmannes?*

»Auf den Arm, verdammt. Ich will damit sagen, dass du mich tragen sollst. Verfluchte Scheiße, immer wenn ich mich aufrege, versagt mein Wortschatz. Also, jetzt trag mich schon, ich kann nicht so schnell rennen. Diese mistigen Biester ziehen mich sonst gleich unter die Erde.«

Tom packte die kräftige Bulldogge, zwar unsanft, aber es diente dem Zweck.

»Du bist ganz schön schwer«, stöhnte er. Arthur zu tragen war das eine. Das größere Problem stellte das zusätzliche Gewicht von fünfzehn Kilogramm dar, das ihn tiefer versinken ließ. Nur mit hohem Kraftaufwand schaffte er es, ein Bein vor das andere zu setzen. Diesen Umstand machten sich die Zombies zunutze.

Obwohl sich der Ring immer enger schloss, erspähte Tom eine Lücke zwischen zwei Untoten, die gerade erst aus dem Boden geschlüpft waren. Er mobilisierte all seine Kräfte und strengte sich an, mit purer Gewalt zügiger vom Fleck zu kommen. Und es gelang. Er wich den schlagenden Armen und beißenden Mäulern aus und steuerte geradewegs auf den rettenden Ausweg zu. Das Grunzen und Stöhnen der Untoten hatte sich zu einem dumpfen Konzert der absurdesten Tonlagen verbunden. Ihr Gestank war in versammelter Form kaum auszuhalten und so wie sie mit ihren halb verwesten Extremitäten nach Tom und Arthur schlugen, so fiel auch das Fleisch in fahlen, vermoderten und Würmer besetzten Fetzen herab.

Nur ein Katzensprung trennte sie von der Lücke, von der sie sich eine erfolgreiche Flucht versprachen.

Zwei Meter.

Ein Meter.

Mit faulen Fingernägeln besetzte Hände schlugen nach ihm. Dann setzte Tom zum Hechtsprung an.

Mitten in seiner Flugbewegung erstarrte er, als sich ein dritter Zombie zwischen die beiden warf, die die Lücke preisgaben. *Verdammt*, fluchte er innerlich. *Wie konnte die dumme Kreatur das erahnen?* Er bremste seinen Flug ab, was darin resultierte, dass er der Länge nach hinfiel und mit dem Gesicht im Matsch landete. Arthur hingegen flog in hohem Bogen über die verdutzt dreinschauenden Zombies hinweg und kam außerhalb der Gefahrenzone auf.

Der Untergrund war so feucht, dass Tom es nach einer halben Ewigkeit schaffte, sich wieder aufzurichten.

»Verschwinde! Schnell!«, hörte er Arthurs verzweifelte Rufe, gedämpft durch ein Dickicht aus gierigen Armen, die sich über und um ihn schlossen, deren Körper die Dunkelheit brachten und jedweden Ausweg versperrten. Tom schlug und trat um sich, doch immer, wenn er einen entscheidenden Schlag landete, war ein anderer Zombie zur Stelle und engte ihn in seinem Radius weiter ein.

Seine Kräfte ließen nach, und dann geschah das Unausweichliche, das, wovor er sich am meisten in dieser brenzligen Situation gefürchtet hatte: Einer der Zombies fiel auf ihn drauf.

Tom bearbeitete ihn mit verzweifelten Schlägen, packte seinen Hals, um so zu verhindern, dass ihm die Nase weggebissen wurde (was trotz der vergammelten Zähne nicht unmöglich war), doch der Zombie drückte sich mit seinem ganzen Gewicht auf ihn. Sie beide versanken Zentimeter um Zentimeter in der Erde. Dieser Prozess wurde dadurch beschleunigt, dass sich zwei weitere Zombies auf Tom fallen ließen. Die Last presste den Sauerstoff aus seinem Körper und er fragte sich, ob man als Sensenmann ein weiteres Mal sterben konnte. *Absurde Gedanken im Augenblick des Todes Tod?*

Ein sirrender Laut zerschnitt die Luft und gleichzeitig das fleischliche Glied, das Kopf und Hals zusammenhielt. Ein Schädel rollte zu Boden, dann ein zweiter, ein dritter, ein halbes Dutzend …

Ein letztes Stöhnen ertönte, das Gewicht über ihm schwand. Jemand zog und zerrte. Luft. Er sah wieder klar und registrierte die personifizierte Dunkelheit vor sich, durchbrochen von einem silbernen Schimmern.

Tom zuckte zusammen, als er den Hünen vor sich erblickte. Seine breite Gestalt war in einen nachtschwarzen Mantel gehüllt, der mit Manschettenknöpfen bestickt war, die er dem späten neunzehnten Jahrhundert zuordnete. Seine ledernen Stiefel waren bis zu den Knöcheln in Schlamm, Blut und hervorquellenden Organen versunken. Der Verursacher dieses Gemetzels wanderte lässig von einer Hand in die nächste: Eine Sense von der Länge eines zehnjährigen Kindes, der Griff war aus Elfenbein geschnitzt, die Schärfe der Klinge blitzte durch die Körpersäfte und den Dreck hindurch, der langsam begann, von der Oberfläche abzutropfen.

Der Unbekannte neigte sich zu Tom hinab. Seine strohweißen Haare drangen aus der Kapuze und der unheimlichen Maske in der Form eines Krähenschädels, die scheinbar in pures Silber getaucht worden war.

»Na, du Frischling«, raunte ihm der Sensenmann mit brummender Stimme entgegen, die schier aus den unendlichen Tiefen der Hölle zu stammen schien. »Wolltest du mir meinen Spaß nehmen? Ich kann gerne zu Ende bringen, was die Zombies nicht geschafft haben.«

»Wage es nur, Ash«, knurrte Arthur grimmig.

»Was dann? Beißt du mich in den Hintern?« Ash lachte abfällig, richtete sich auf und entfernte sich einen Schritt von Tom.

»Selbst ihr Aschebringer müsst euch an die Gesetze halten. Du weißt, was mit dir geschieht, wenn du einen anderen Sensenmann angreifst.«

Aschebringer. So sah also ein Meister des Tötens aus. Ash kam seiner Vorstellung des ultimativen, ehemals fleischlichen Tötungswerkzeugs schon sehr nahe. Tom erstarrte vor der imposanten Erscheinung, die ihm soeben gedroht hatte. Mit nur wenigen Hieben seiner Sense hatte er eine kleine Armee von Zombies erledigt. So selbstverständlich, wie sich andere Leute die Schuhe binden, TV gucken oder gegen einen Ball treten. Dennoch wirkte Ash klar auf ihn. Zwar furchterregend, aber nicht völlig versessen auf ein Ziel fokussiert. Blutrausch nannte man das bei Tieren. Das schien bei Ash nicht der Fall zu sein.

»Ist schon gut, Arthur. Du kennst mich lang genug. Das war nur ein kleines Späßchen. Ich werde deinem Hündchen nichts zuleide tun. Schließlich habe ich Wichtigeres zu tun.«

Ash deutete eine spöttische Verbeugung an, hob seine Maske und grinste Tom frech unter seinem grauen Vollbart an.

»Ich sehe, wir verstehen uns«, antwortete Arthur wenig zufrieden.

Ash holte eine Phiole aus seinem Mantel hervor, die bis zum Korkdeckel mit Asche gefüllt war.

»Das tun wir. Und nun entschuldigt mich bitte. Ich habe zu tun. Die Grabsteininschriften wollen ein Interview mit mir führen. Sie haben eine Sonderausgabe über Aschebringer geplant, und ratet mal, wer auf dem Cover ist.«

Cover? Sonderausgabe? Ein Sensenmann, der in die Zeitung kam? Warum gab es hier überhaupt eine Zeitung?

Die Fragen drohten Tom endgültig zu begraben, und bevor er und Arthur (der gerade dabei war, eine sarkastische Antwort auszubrüten) etwas entgegnen konnten, streute Ash seinen komprimierten Namensvetter in die Luft und verschwand von einer Sekunde auf die nächste. Weg, er war wie aus der Umgebung radiert.

Tom rang nach Fassung. »Was ist da eben geschehen? Wo ist er hin? Und wie? Wer ist er?«

»Erschlag mich nicht gleich mit Fragen. Komm erst mal mit. Mir reicht es für heute mit Zombies. Du hast dich gut geschlagen. Ich erkläre dir alles, sobald wir diesen unseligen Acker hinter uns gelassen haben.«

Tom folgte der sturköpfigen Bulldogge, um schnellstmöglich Antworten auf seine zahlreichen Fragen zu erhalten.

Arthur kam nur mühsam voran, weswegen er ihn kurzerhand hochhievte und das letzte Stück trug. Das hatte gleichzeitig den Vorteil, dass er früher Antworten auf seine vielen Fragen erhielt.

»Also«, fing Arthur an, als sie sich dem Zentrum des Cemetery Parks näherten. »Du kannst mich übrigens wieder herunterlassen. Danke, ab hier schaff ich es allein.«

»Aber gerne doch. Eine Hand, oder Pfote in deinem Fall, wäscht die andere.«

»Schon gut, schon gut. Ich war gerade dabei, deine Millionen von Fragen zu beantworten. Also, wo fange ich an? Du bist gerade eben deinem ersten Aschebringer begegnet, der zufälligerweise auch noch auf den äußerst passenden Namen Ash hört. Er ist erst seit Kurzem ein Aschebringer und sozusagen der Superstar unter den Sensenmännern. Deswegen auch das Interview mit der Zeitung. Und ja: Wir sind doch nicht völlig aus der Kammer gefallen. Auch hier gibt es eine Gesellschaft und wir wollen darüber informiert sein, was in der Kammer, auf der Erde oder sonst wo geschieht.«

Tom wunderte langsam nichts mehr. »Ich verstehe, auch wenn das nochmal einen draufsetzt, zu all dem, was ich bis jetzt erlebt habe. Wie ist Ash zu einem Superstar unter den Sensenmännern geworden? Und wie konnte er so plötzlich verschwinden?«

»Die Frage stelle ich mir schon länger. Obwohl er ein Aschebringer ist, wirkt er auf mich noch viel zu *echt*, wenn du verstehst, was ich meine. Er hat große Teile seiner Menschlichkeit für sich behalten können. So etwas habe ich nie zuvor erlebt, und er versteht es geschickt, diese Eigenschaften mit seiner vorzüglichen Tötungsrate zu vermarkten. Kaum einer weist mehr Unglücke und Totenzahlen in den vergangenen Jahren auf. Die Seelentaler sprudeln sicher nur so in seiner Truhe«.

»Und wie ist er so plötzlich verschwunden? Werde ich das auch noch lernen?«

»Wenn du ein Aschebringer werden willst, dann ja. Mittels der Asche eines Unschuldigen, einer absolut reinen Seele, können sie von Ort zu Ort innerhalb eines Wimpernschlages reisen. Diese Asche ist sehr kostbar, was auch wieder zeigt, wie groß sein Vermögen sein muss, wenn er sie für ein so kurzes Wegstück verschleudert.«

»Verrückt«, murmelte Tom wiederholt vor sich her.

All das sprengte die Grenzen der Fantasie, seine Anschauungen und Überzeugungen, die er sich ein Leben lang vorgestellt und von anderen hatte einbläuen lassen.

Sie erreichten das Wegekreuz. Tom hielt inne. Sein Blick fiel auf das Schild, das zum Spiegelbildsee führte. Der Name weckte sein Interesse.

»Ich würde gerne zum See.«

»Tu dir keinen Zwang an. Du findest mich im Grave. Aber geh nur zum See, danach kommst du ins Grave oder gehst nach Hause. Denk erst gar nicht daran, deine Nase in Dinge zu stecken, die dich nichts angehen!«

Tom hörte Arthurs letzte Worte nur wie schwindenden Lebenssaft davoneilen, denn er war längst auf dem Weg zum See, der ihn aus der Entfernung anzulocken schien.

13. Spieglein, Spieglein an der … im Wasser

Glücklicherweise beanspruchte der Zugang zum Spiegelbildsee nur die Hälfte der Zeit, die sie zum Vielfraßacker gebraucht hatten.

Tom genoss die Ruhe, allein zu sein, ohne Arthurs nervige Kommentare. Nach den eben erlebten Strapazen hatte er sich diese Auszeit verdient, und er hoffte, dass der See eine Zuflucht für ihn werden würde, wie es die Küste und das Meer einst gewesen waren.

Zu seinen Lebzeiten … Wieder sah er Tara vor sich, jeder noch so kleine Schnipsel ihres grausamen Betruges setzte sich zu einem Trailer des Grauens zusammen, der mit seinem fulminanten und gleichermaßen erbärmlichen Abgang ein Ende fand. Ein Ende, wie es nur jemand schreiben konnte, der seinen Protagonisten verachtete und einen Sinn für tiefschwarzen Humor hatte, der bis zum Grund des Ozeans reichte und dort endete.

Tom beschloss, seine Vergangenheit und seine neue Berufung zu verdrängen, solange er an diesem Ort weilte.

Sein Beschluss bekräftigte sich umso mehr, als er den Zugang zum Spiegelbildsee erreichte.

Er trat in eine Höhle, die die Ausmaße eines Footballfeldes hatte, doch war es keineswegs düster, sondern genau das Gegenteil. Die Decke war von weißen Lichtern besiedelt, die wie Schnee herabzufallen schienen, nach längerer Beobachtung aber wie ein Anstrich wirkten, der logischerweise da haften blieb, wo er aufgetragen wurde. Als stünde er unter einem Sternenhimmel.

Ein künstlich geschaffener Pfad schlängelte sich durch eine Allee aus aschfahlen Bäumen einen seichten Hügel hinauf, der in einem Felsvorsprung endete. Von dieser leicht erhöhten Position versprach sich Tom einen ausgezeichneten Blick auf den See, auch wenn das nicht die besten Erinnerungen in ihm weckte. Um ihn herum flatterten faustgroße Libellen, die durch aufgewirbelte Wasserpartikel in Regenbogenfarben erstrahlten. Eine solche Schönheit hatte er an diesem Ort nicht vermutet. Das sanft wehende schwarz-weiße Gras, das auch hier reichlich gedieh, gab inmitten seiner wogenden Bewegung von Ost nach West die Umrisse einer Gestalt preis, die am Rand des Vorsprungs saß und die Beine über dem Abgrund baumeln ließ.

Tom überkam die Neugierde, wer diese Person war. Obwohl er sich nach etwas Ruhe gesehnt hatte; für ein Gespräch, das nicht zwischen Arthur und ihm stattfand, war er zu haben.

Behutsam näherte er sich dem Vorsprung, um den Unbekannten nicht zu erschrecken. Als er nur noch ein paar Meter entfernt war, beschloss er, sich laut anzukündigen.

Er erhob die Stimme zum Gruß, doch wurde sein Vorhaben jäh mit einem verärgerten »Pssst« unterbrochen.

»Ich habe dich längst bemerkt, du Trampeltier. Sei still und setz dich neben mich. Ansonsten verschwinde von hier.«

Ivy, schoss es ihm sofort in den Kopf. Diese leicht verruchte Stimme war unverkennbar. Dann offenbarte sich ihm ihre zierliche Gestalt, in all der sonderbaren Schönheit. Ihr langes dunkles Haar reichte bis zu den Grasspitzen. Der Trauerschleier war einem strahlend weißen gewichen, ein beigefarbenes Sommerkleid deutete nur teilweise ihre schlanke, fast schon zerbrechlich wirkende Statur an. Blumen von blasser Farbe waren in den Stoff genäht. Sie wirkten ebenso zwischen den beiden Welten gefangen, wie es Tom und alles, was die

95

Kammer beherbergte, taten. Er war ein wenig enttäuscht, dass Ivy erneut einen Schleier trug, der ihm die Gelegenheit stahl, ihr Gesicht vollends zu betrachten.

»Ivy?«, fragte er fast flüsternd.

Wieder erntete er ein »Pssst«, dieses Mal mit einer Spur von Verärgerung unterlegt.

»Setz dich schon und halte die Klappe.«

Normalerweise ließ er nicht so mit sich reden, doch Ivy hatte irgendetwas an sich, das seine Prinzipien entwaffnete. Vorsichtig setzte er sich neben sie und starrte wie sie auf einen Punkt, der sich mitten im See zu befinden schien. Er zuckte zusammen. Am Grund des Sees befand sich ein riesiger Spiegel, viel mehr war der See ein einziger, gigantischer Spiegel! Zum Greifen nah und nicht, wie er zuerst vermutet hatte, mindestens zwanzig Meter vom Vorsprung entfernt, auf dem sie saßen.

Tom sah sich das erste Mal seit Tagen wieder und war erstaunt. Optisch hatte er sich kaum verändert. Seine Haut schien etwas blasser geworden zu sein, das konnte aber ebenso an den Lichtverhältnissen oder einer minimalen Trübung im Wasser liegen. Ivy blieb für sein Auge unsichtbar, was ihn vor erneute Rätsel stellte und mit einem unguten Gefühl behaftete. Wäre dies ein Vampirfilm gewesen, dann hätten ihn ein Frösteln und Angst ereilt. So war es ein neuerliches Mysterium, das sich ihm eröffnete und seine eigene Anziehung ausübte.

Unbewusst steuerte seine linke Hand auf die Oberfläche zu, wollte das glasklare Wasser berühren, ein Stück weit Leben zurückerlangen. Ivy bremste seine Bewegung wortlos und drückte seinen Arm sanft, aber bestimmt nach unten.

Im selben Moment platzte die Illusion und offenbarte, dass sie in Wahrheit zwanzig Meter über dem See thronten. Der Spiegel war dennoch vorhanden und gab ihre Silhouetten wieder.

»Verrückt«, murmelte er vor sich her.

»Na schön, wenn du schon nicht die Klappe halten kannst, dann unterhalte mich wenigstens.«

»Es tut mir …«

»Spar dir das Gestammel!«, fuhr Ivy dazwischen und wandte sich ihm zu. »Du hast mir den Moment verdorben. Also unterhalte mich, Tom.«

Sein Blick verlor sich in ihren dunklen Augen, die selbst durch das fein gewebte Netz des Schleiers hindurch strahlten. Eine feine Narbe auf der Wange schmiegte sich an den Stoff. Er filterte die Konturen eines markanten und sicher nicht alltäglichen Gesichts durch das unendliche Gerüst aus Fäden. *Ungewöhnlich, aber durchaus hübsch*, vermutete er. Und ihr Duft. Wie schaffte sie es, selbst nach dem Tod so herrlich nach frischen Blumen zu riechen? Von ihrer leicht verruchten, dafür umso anziehenderen Stimme ganz abgesehen.

»Hallo? Wie lange willst du mich noch anstarren? Bist du ein Perverser, oder was ist los mit dir?«

»Natürlich nicht. Entschuldige bitte. Ich tu mich nur schwer damit, dir nicht richtig in die Augen sehen zu können«, gab er ehrlich zu.

Ivy sog scharf die Luft ein, schwieg kurz und nickte dann zustimmend. Zumindest deutete er das so.

»Ich verstehe. Was führt dich hierher? Sag nicht, dass du mir nachspioniert hast?«

»Wieso sollte ich? Ich war mit Arthur auf dem Vielfraßacker. Zombies töten, wenn du weißt, was ich meine. Morgen soll ich meinen ersten Auftrag erfüllen. Und wenn ich ehrlich bin, ganz wohl ist mir dabei nicht. Auf dem Rückweg wollte ich etwas Zeit für mich haben und deswegen bin ich hier. Ich hoffe, dass du mir jetzt nicht böse bist.«

»Schon in Ordnung. Du scheinst ein netter Kerl zu sein. Zumindest im Vergleich zu den Typen, die ich sonst kennengelernt habe.«

»Also gerätst du normalerweise nur an, bitte entschuldige, Arschlöcher?«

»Vor und nach zwei tollen Männern, ja. Doch, wie du sicher schon im Grave mitbekommen hast, wurden mir genau diese beiden Männer genommen.«

»Deswegen bist du ums Leben gekommen? Weil du dachtest, es sei deine Schuld? Wie bist du gestorben?«

»Ein anderes Mal, Tom«, antwortete Ivy leise.

Tom verstand, dass es besser war, das Thema zu wechseln. Er hatte bei der sonst so selbstsicheren und unnahbaren Ivy einen empfindlichen Punkt getroffen, war aber zugleich froh, dass sie sich ihm ein wenig öffnete.

»Tut mir leid, ich wollte keine alten Wunden aufreißen. Dieser See … etwas stimmt mit ihm nicht. Erst habe ich mich gesehen, zum Greifen nahe, nur du warst nicht da und dann … plötzlich waren wir beide zu sehen, ganz weit weg. Ich versteh das nicht.«

»Der See zeigt dir, wie du zu deinen Lebzeiten ausgesehen hast. Sozusagen ein letztes Porträt von dir. Manche sagen, dass er dir auch Bruchstücke aus deinem alten Leben zeigt, Erinnerungen, die besonders tief in dir verankert sind. Sozusagen eine altmodische Diashow unter Wasser. Klingt romantisch, oder nicht?«

Tom erhaschte den Anflug eines Lächelns hinter ihrem Schleier. »Das klingt wunderbar. Ich mochte die alten Zeiten sowieso viel lieber. Alles verlief, wie soll ich sagen, gemächlicher, wenn das das richtige Wort ist. Diese Hektik in den letzten Jahren bekam mir nie so richtig. Meine innere Uhr tickt da anders. Ich werde dann wohl regelmäßig hier vorbeikommen und mir mein altes Leben als Film ansehen.«

»Davon würde ich dir abraten. Man sagt, dass dieser Ort nicht nur Segen ist, sondern zugleich auch Fluch sein kann. Einerseits ein Bonus, damit du dich leichter mit deinem Schicksal abfindest. Andererseits solltest du dieses Geschenk nicht zu sehr ausreizen, sonst wird dir die Wahrheit über dich und vielleicht sogar über deine Vergangenheit und nähere Zukunft offenbart.«

»Wie meinst du das?«

»Die Zeit vergeht hier schneller. Du wirst deinen Verfall nie mitbekommen, da es keine Spiegel gibt. Und selbst wenn du einen findest, würde dieser dein Spiegelbild verbergen.«

»Ich verstehe«, gab Tom zerknirscht zurück. »Dann werde ich dieses Geschenk mit Bedacht nutzen.«

»Gute Entscheidung. Was warst du eigentlich in deinem letzten Leben? Warte kurz, lass mich raten, bevor du eine Antwort gibst.«

»Nur zu. Du hast drei Versuche. Wenn du es nicht schaffst, schuldest du mir einen Gravequila.«

»Abgemacht. Aber wenn ich recht habe, dann schuldest du mir zwei Gravequilas.«

»Deal«, stimmte Tom zu, der sich freute, dass Ivy ihm langsam ihre angenehme Seite zeigte.

»Also, ich denke, dass du Tierpfleger warst. Irgendwo in einem schönen Zoo, vielleicht auch ein Wildgehege.«

»Ganz kalt. Zwei Versuche hast du noch.«

»Hm, dann geht es doch eher in die künstlerische Richtung. Musiker! Du bist bestimmt einer, der gerne Whiskey trinkt, sich von leicht bekleideten Damen anschmachten lässt und ein Publikum unterhält. Vorzugsweise in Pubs und auf kleineren Konzerten. Hab ich recht?«

»Wieder falsch. Einen Versuch hast du noch, ansonsten schuldest du mir einen Drink.«

Ivy grübelte. Eine Minute verstrich, dann richtete sie sich auf und beugte sich in siegessicherer Pose über ihn. »Du bist feinfühliger als die Männer, die ich bisher kennengelernt habe. In deinem vorigen Leben warst du Maler, aber wohl nicht sehr erfolgreich.«

»Verdammt, richtig! Wie bist du darauf gekommen? Dann sag mir jetzt aber auch, was du in deinem vorherigen Leben getan hast.«

»Später, Tom, später. Und jetzt komm, ich würde meine Drinks gerne sofort einlösen. Oder willst du eine Dame etwa alleine gehen lassen?«

Selten zuvor war Tom so schnell aus einer sitzenden Position aufgesprungen. »Natürlich nicht. Lass uns gehen. Ich möchte eine Revanche. Am besten gleich im Grave.«

»Wir werden sehen«, entgegnete Ivy geheimnisvoll und brach auf.

Den ganzen Weg über grübelte Tom darüber nach, woher Ivy wusste, dass er Maler war und diese Kunst nicht sonderlich erfolgreich ausgeübt hatte. Zwar war erst der dritte Rateversuch von Erfolg gekrönt gewesen, doch sein Gespür sagte ihm, dass Ivy nur mit ihm spielte. Sie hatte tief in seiner Seele gewühlt (sofern sich diese noch an ihrem Platz befand) und entdeckt, was ihm zugestoßen war. Sie las aus seinen Gedanken und all seinen Geheimnissen wie in einem offenen Buch.

Dieses Gefühl überkam ihn stärker, als es bei Arthur der Fall war. Bei der Bulldogge verstand er es, aber bei Ivy? Sie war nur ein Sensenmann wie er.

So betrat er mit gemischter Gefühlslage das Grave. Er war froh, dass Ivy sich ihm weiter geöffnet und er einen neuen Freund in ihr gefunden hatte. Gleichzeitig war er beunruhigt, dass sie womöglich Einblick in seinen Verstand, seine intimsten Geheimnisse hatte.

Seine Beunruhigung und die Nervosität angesichts des morgigen Tages konnten selbst einige Drinks und Ivys nette Gesellschaft nicht vollends verdrängen.

Zu viele Fragen brachten ihn um seine Bettruhe. Nachdem er endlich eingedöst war, riss ihn die Klingel aus seinem traumlosen Dämmerschlaf.

Arthur war da.

Sein großer Tag als angehender Sensenmann war gekommen.

14. Die Urne hat gesprochen

»Guten Morgen, du Rauschkugel. Die Schwarze Witwe scheint es dir ganz schön angetan zu haben«, begrüßte ihn Arthur gut gelaunt.

Ein leichtes, aber penetrantes Stechen pochte in Toms Schädel. Es gab ihn also auch hier, den Kater nach einer durchzechten Nacht. Zugegeben, es war nur einer der harmlosen Sorte und nicht der Zustand, der ihn den ganzen Tag zusammengekrümmt und Kamillentee trinkend auf der Couch fesselte. Ein wenig frische Luft auf dem Weg zum nächstgelegenen Nadelöhr würde reichen, um wieder hundertprozentig fit und bereit für seinen Auftrag zu sein.

»Sie heißt Ivy«, antwortete er knapp, packte seine Kiste am ledernen und mit Eisennieten beschlagenen Griff und überholte Arthur, ohne diesen eines Blickes zu würdigen.

Mit gehetzten, tippelnden Schritten folgte ihm die Bulldogge. »Ah, so weit sind wir schon. Respekt, das hätte ich dir gar nicht zugetraut, du alter Charmeur. Hoffen wir nur, dass die schwarze ... äh IVY, dir nicht zum Verhängnis wird.«

»Mehr Verhängnis als das hier?«, fragte Tom zynisch.

»Es gibt immer eine Steigerung.«

»Dann kann ich ja nicht weit von der Spitze entfernt sein«, entgegnete Tom schnippisch.

Arthur entgegnete zur Ausnahme nichts. Jetzt überholte er Tom und schlug den Weg ein, der sie zum Zentrum der Kammer führte. Deswegen vermutete Tom, dass sie dasselbe Nadelöhr wie bei seiner Ankunft benutzen würden.

Es war sehr früh am Morgen, noch beinahe Nacht, zumindest nährten die wie leer gefegten Straßen und die fast schon beängstigende Stille seinen Glauben daran. Die Luft war erfüllt von Nebel, der sich in einzelne Schwaden auflöste, die wie von einer Sprinkleranlage, die unter zu geringem Wasserdruck stand, kraftlos zu Boden nieselten.

»Bestes Wetter für tödliches Handwerk.« Arthur sog die feuchte Luft rasselnd durch seine zu klein geratenen Nasenlöcher ein.

»Man merkt dir deine englische Abstammung gar nicht an«, scherzte Tom, wenngleich ihm eigentlich nicht dazu zu Mute war.

»Ist mir lieber als Hitze und stickige Luft. Und jetzt lass uns einen Zahn zulegen, dann sind wir unter den ersten, die die Urne in Anspruch nehmen dürfen.«

Sie erreichten die Kammer, die zu dieser frühen Stunde nur spärlich mit Bewohnern gesät war. Die drei Musiker, die regelmäßig im Grave zu Gast waren, waren gerade dabei, ihre Instrumente einzustimmen. Sie erkannten Tom, deuteten durch ein kurzes Nicken einen Gruß an und schenkten sofort wieder ihren Brötchenverdienern ihre Aufmerksamkeit.

Mr. Murphy und ein paar weitere Ladenbesitzer strömten auf ihre Geschäfte zu, schlossen auf, fegten den Eingangsbereich oder putzten die matten Glasscheiben.

Alles wirkte für Tom so normal wie das Geschäftstreiben in einer Kleinstadt, wie sie Gold Rock war.

Arthur schickte sich an, den Pavillon zu erreichen, während Tom gemächlich seinen Blick umherwandern ließ und sich schlendernd fortbewegte.

»Nun komm schon!«, drängte die Bulldogge, die ungeduldig das Nadelöhr umkreiste.

»Bin ja schon da.«

»Dann leg mal deinen Talisman ab. Du weißt noch,

wie es funktioniert?«

Tom nickte, kramte die Taschenuhr aus seiner Jackentasche und legte sie in die Mulde. Arthur deutete auf das
Symbol, das für die Aufnahmestelle und den Ort der
Urne stand. Tom betätigte es mit Zeige- und Mittelfinger.

Einen Atemzug später, den Bruchteil einer Sekunde,
den Tom nicht einmal wahrnahm, waren sie an ihrem
Ziel angelangt.

»Da wären wir. War doch gar nicht so schwer, oder?«

Tom nickte nur stumm, da er in der Tat erstaunt war,
dass diese Art der Fortbewegung auch bei ihm so problemlos funktionierte. Es erinnerte ihn an eine seiner
liebsten Serien, in der das Beamen eine ähnliche Fort-
bewegungsmethode darstellte. Oft hatte er darüber
nachgedacht, welche Möglichkeiten sich der Menschheit
eröffnen könnten, wenn es das Beamen gäbe. Flugver-
kehr, Autos, Züge, Schiffe; vieles wäre passé, Umwelt
und Geldbeutel würden geschont werden. Gleichzeitig
stellte der Missbrauch für Krieg und kriminelle Zwecke
eine Gefahr dar.

»Gut, dass wir so früh los sind. Ist zum Glück nur
einer vor uns.«

Tom reihte sich mit etwas Abstand hinter die hagere
Gestalt ein, die sich nur mühevoll auf den Beinen hielt.
Mit zitterndem Griff hob der alte Sensenmann den
Deckel von der Urne, steckte die andere Hand hinein
und verharrte in dieser unbequem aussehenden Position. Sicher fünf Minuten, so schätzte Tom. Dann plötzlich vibrierte die Urne und sprang zwei Zentimeter in
die Höhe, als hätte sie eine verborgene Sprungfeder von
unten angestoßen. Sie entfesselte ein schrilles Läuten,
das aus einem viel tieferen Inneren zu kommen schien,
als es das Gefäß vermuten ließ. Wie ein Alarmsignal

jagte das ohrenbetäubende Geräusch durch die Aufnahmestelle und endete genauso abrupt, wie es angefangen hatte. Stille kehrte ein, eine hohe Stimme erhob sich
aus der Dunkelheit, aus den tiefsten Niederungen der
Urne, dem Hohlraum, der in Wahrheit die Unendlichkeit auszufüllen schien.

»Seid gegrüßt, Mr. Corleon. Welchen Auftrag haben
wir denn heute für einen unserer zuverlässigsten Sensenmänner?« Die Stimme war hoch und klang eher nach
Donald Duck oder Kindern, die aus Spaß Helium inha-
liert hatten, als nach dem zentralen Element einer
Gemeinschaft, die Menschen den Tod brachte.

»Oh, ich sehe, was dich beunruhigt, alter Mann. Nicht
schon wieder ein junges, unschuldiges Leben, das ist
deine Furcht, die dich langsam in den Wahnsinn treibt.«

Spätestens jetzt fand Tom die Stimme der Urne alles
andere als lächerlich. Gänsehaut pflasterte seine Arme,
nicht unbedingt durch die Worte, die die Urne sprach,
und auch nicht wegen der Tatsache, dass sie in das emp-
findliche Innere eines Sensenmannes blicken konnte. Es
war viel mehr das unbändige, unendlich alte Wissen, das
sie ausstrahlte. Ein Wissen, das alles überdauert hatte.
Selbst die Ewigkeit. Die geheimnisvolle Aura erweckte
seinen Glauben an eine Institution, ein überirdisches
Geschöpf, das auf jede Frage eine Antwort kannte.

»Mal sehen, was wir hier haben«, murmelte die Urne
nebulös.

Wieder dauerte es eine kleine Ewigkeit, ehe das Gefäß
ein freudiges »Ha!« ausstieß.

Der alte Sensenmann wich erschrocken zurück, so
weit, dass er Tom fast angerempelt hätte.

»Nimm deinen Auftrag an dich. Diesmal darfst du
bösen Jungs den Tod bringen.«

Corleon verbeugte sich ehrfürchtig, griff ein zweites

105

Mal in die Urne und zog eine Pergamentrolle daraus hervor, die er in einem Moment der Unachtsamkeit versehentlich ausrollte. Tom erhaschte mit Blut aufgetragene Stichpunkte auf welligem, beigem Papier: *Bankräuber, Adam und Jonathan Power, Tennessee, Autounfall.*

Corleon war hektisch darum bemüht, das Pergament wieder einzurollen. Mit tief eingezogenem Kopf eilte er an Tom und Arthur vorbei und begab sich auf den Weg zum Nadelöhr.

»Nur zu, Tom Arkins. Ich spüre deine Unsicherheit. Die Unsicherheit eines Neulings.«

Zögernd trat Tom vor die Urne, wo die Machtkonzentration um ein Vielfaches höher war. Wie ein lautloser Sturm drohte sie über ihn zu kommen.

Er fasste all seinen Mut zusammen, hob den Deckel mit der linken Hand an und griff mit der rechten in die Urne. Seine Haut wurde schockgefrostet. Eine eisige Kälte wanderte bis hoch zu seiner Schulter und verursachte einen betäubenden Schmerz, der sich über seinen Nacken bis zur Schädeldecke ausbreitete. Von einer Sekunde auf die nächste verflog dieser Schmerz und mit ihm die Kälte. Züngelnde Flammen schienen aus den metallenen Wänden zu schießen und sein Fleisch versengen zu wollen. Als er versuchte, den Arm reflexartig und unter einem leidlichen Aufschrei aus der Urne zu ziehen, schnürte sich das Gefäß um seinen Unterarm und verwehrte ihm so die Flucht. Dieser Zustand endete ebenso abrupt wie der vorherige. Toms Fingerspitzen tauchten in eine weiche und zugleich raue Substanz ein. *Erde?* Nein, verwarf er seine Überlegung wieder. Erde war fester und zerbröckelte nicht so leicht, wie es dieser Bodensatz der Urne tat.

Seine Finger trafen auf Widerstand; nicht der Grund, wie er zuerst angenommen hatte (und den es nicht zu geben schien), sondern ein röhrenförmiger Gegenstand mit einer glatten Oberfläche. Tom packte entschlossen zu und zog seinen Fang aus der Urne.

Überrascht starrte er auf das, was er in seinen Händen hielt. Er hatte mit einer Pergamentrolle gerechnet, wie sie eben noch Mr. Corleon vor ihren Augen ausgebreitet hatte. Stattdessen war es ein fingerbreites Plastikröhrchen, das von grauschwarzer Asche bedeckt war. Er wischte den Schmutz ab und gab so den Fetzen Papier frei, den er mit dem Entfernen des roten Schraubverschlusses aus seinem Behälter befreite.

Vorsichtig faltete er das zerknüllte Schriftstück auf und starrte auf die Botschaft, die in Schreibmaschinenschrift auf die Oberfläche gebannt worden war:

RICHARD PHIL
BANKER
EL REYA

BOBBYS AMERICAN DINER
BEVORZUGTER TOD: HERZINFARKT
CHARAKTER: SCHWIERIG, AUFBRAUSEND,
ARROGANT UND SELBSTGERECHT

»Oh, da hat jemand aber ein glückliches Händchen«, kicherte die Urne. »Möge dein tödliches Handwerk stets von Erfolg gekrönt sein.«

Tom faltete den Zettel wortlos zusammen und steckte ihn zurück in das Röhrchen, das in seiner Hosentasche verschwand. Ohne die Urne eines weiteren Blickes zu würdigen, steuerte er auf das Nadelöhr zu.

Arthur hetzte ihm schwer atmend hinterher. »Du hast es aber eilig. Wohin verschlägt es uns?«

»Texas. Ich hoffe, du kommst mit der Hitze klar.«

15. Tod im American Di(e)ner

Hätte sich Tom eine Wunschvorstellung aussuchen können, wie das Beamen am bequemsten ablaufen sollte, dann wäre es diese gewesen. Es reichte vollkommen, dass er sich auf das Nadelöhr stellte und das Plastikröhrchen in die Mulde legte.

Bevor er das Wort Beamen aussprechen konnte, wurden sie zu flüchtigen, mikroskopisch kleinen Atomen komprimiert, verschwindend winzig und stets in Gefahr, in der Unendlichkeit verloren zu gehen.

So musste sich Marty McFly gefühlt haben. Das irrsinnige Gefühl einer Zeitreise hatte Tom schon immer fasziniert. Nur dass er nicht direkt durch die Zeiten, sondern zwischen den Welten reiste. Von Tod zu Leben, das alles binnen einer Millisekunde, die dennoch ausgereicht hatte, um seine Synapsen bis zum Anschlag mit so viel Adrenalin zu füllen, wie ein Toter es eigentlich nicht hätte haben sollen.

Dem Rausch folgten Beklemmung, Wasser, Enge, metallene Wände, die ihn zu erdrücken drohten. Es roch nach Holunderblüten und einer chemischen Substanz. Er schaute durch eine runde Glasscheibe, die in Kunststoff gefasst war. Dampfende Wassertropfen perlten von den Wänden, vom Glas, zischend drangen sie in seine Augen, Nase und Ohren. Seine Kleidung war durchnässt bis auf die Knochen. Hinter ihm drängte sich ein warmes, haariges Etwas an ihn. Arthur!

Die Beklemmung wuchs und mit ihr sein Körper. Tom wurde wie ein Luftballon von den heißen Tröpfchen und dem pflanzlich-chemischen Dampf aufgeblasen. Er versuchte zu schreien, doch es waren nur blubbernde Bläschen, die seinen Mund verließen. Er hörte Arthur gurgelnde, erstickende Laute ausstoßen. Kleidungsstücke, eine Unmenge an Socken flog um ihn herum. Sein Körper wuchs unaufhörlich weiter, seine Ellbogen pressten sich gegen die metallenen Wände, seine Nase wurde schrecklich schmerzhaft gegen das Glas gedrückt, sodass er sämtliche Sterne der Milchstraße sah.

Ich platze, ich ersticke. Panik stieg in ihm auf. Als er die Grenze seiner Leidensfähigkeit erreicht hatte und Unmengen rote, gepunktete und bieder schwarze Socken sein Gesicht und die letzten freien Zentimeter zubetoniert hatten, sprang die Tür explosionsartig auf und spülte sie auf einen kackbraunen Fliesenboden aus den Siebzigern. Ein Schwall Wasser und zig einzelne Socken folgten ihnen.

»Eine Waschmaschine?«, stieß Tom überrascht aus, während er sich langsam wieder fing und die Feuchtigkeit aus seiner Kleidung rieb.

»Was meinst du, wohin die ganzen Socken verschwinden? Du kennst doch dieses Phänomen, dass nach jeder Wäsche nur noch einzelne Socken anstatt der vorherigen Paare vorhanden sind. Das hier ist ein Grund dafür«, erklärte Arthur prustend.

»Du willst mir nicht ernsthaft erzählen, dass all die verschwundenen Socken eure, ich meine, unsere Schuld sind? Wo landen sie?«

»Manche in der Zwischenwelt, viele irgendwo im Umkreis der Nadelöhre. Es gibt sogar ein Geschäft in der Kammer, das äußerst flippige Kleidung daraus herstellt. Bei Gelegenheit schauen wir da mal vorbei.«

»Verrückt«, murmelte Tom.

Arthur war schon wieder in Eile und verließ das Badezimmer, das direkt auf eine steil abfallende, mit schmalen Stufen bestückte Treppe führte.

Tom folgte ihm, da er absolut keine Ahnung hatte, wo

sich ihr Ziel aufhielt und weil er nicht wollte, dass ihm die Bulldogge abhandenkam. Er kannte jetzt zwar den Weg in die Welt der Lebenden, nicht aber den Rückweg in die Kammer. Freilich war er nicht sonderlich erpicht darauf, sein Leben in der Kammer zu verbringen, doch konnte er sich beim besten Willen nicht vorstellen, dass es als Toter auf der Erde wesentlich besser um ihn stand. Erinnerungen an billige Horrorfilme und Poltergeister kamen hoch. Eine Sense oder klirrende Ketten besaß er zwar nicht, oder zumindest noch nicht, dafür aber allerlei andere nützliche Utensilien. Eines davon sollte in wenigen Minuten zum Einsatz kommen.

Die Tapeten waren im typischen Muster der 70er-Jahre gehalten; ineinandergreifende Halbkreise, die in der Farbpalette von Rot, über Orange bis zu einem hellen Gelb reichten. Die Fasern waren teilweise schon vergilbt, abgerieben oder es klafften einzelne Löcher und Risse an den Übergängen. Der Kleber löste sich und ebenso wie im Bad war eine Renovierung angebracht.

Von unten drang Musik nach oben. Wie sollte es anders sein, aus demselben Jahrzehnt, angetrieben von einem Plattenspieler, der ebenso lange seinen Dienst verrichtete. Mit jeder Stufe, die Tom bewältigte, sprang die Platte simultan mit, nur um dann weiter in die beruhigend zu beobachtende Drehbewegung zu verfallen. „The Dark Side of the Moon", wie er sofort erkannte. Ironischerweise begrüßte ihn eines seiner absoluten Lieblingsalben, und das auf Vinyl, zum Wiedereintritt in die Welt der Lebenden. Das minimalistische sowie eindrucksvolle Cover schwebte vor seinem inneren Auge. Man hätte es als Abziehbild seiner gegenwärtigen Situation verwenden können; eine Pyramide versunken in einer Welt von Schwarz, eine silberne

Linie, die sich von diesem altertümlichen Bauwerk abspaltete und als Regenbogen in der Unendlichkeit des Alls verschwand. Für ihn das Sinnbild seines Schicksals nach dem Tod.

Womöglich interpretiere ich da nur übermäßig philosophischen Blödsinn hinein, überlegte er, als er den Flur im Erdgeschoss erreichte und dort die gleiche Tristesse der mittlerweile lange zurückliegenden Siebziger, Jahrzehnt der Hippies und ebenso Zeit von Krisen, Umbrüchen und Veränderungen, vorfand.

Tom war ein Kind der 80er, aufgewachsen mit Gameboy, Floppy-Discs, Arcadeautomaten und Basketballspielen auf Hinterhöfen. Der Hiphop unternahm seine ersten Gehversuche, der Kalte Krieg hing als drohendes Damoklesschwert über dem Schicksal der Welt und Synthesizer sowie gewöhnungsbedürftige Mode waren an der Tagesordnung.

Er ließ das Jahrzehnt seiner Geburt hinter sich und passierte das Wohnzimmer, aus dem die Stones, in Form von Mick Jagger, blechern aus dem Plattenspieler trällerten. Er warf einen Blick in den Raum und wettete innerlich mit sich selbst, ob er nicht gleich ein paar Alt-Hippies in indisch angehauchten Gewändern und mit langen, zotteligen oder zu Dreadlocks gedrehten Haaren vorfinden würde. Stattdessen entdeckte er einen gesetzteren Herrn in beigen Cordjeans, Hosenträgern und einem etwas schmutzigen Unterhemd. Er las Zeitung und saß dabei tief versunken in seinem olivgrünen Sessel mit Riffelmuster. Der Tisch war für zwei Personen gedeckt, Käsekuchen und Schokomuffins waren dort reichlich vorhanden. Sie kamen frisch aus dem Ofen, kaum sichtbarer Dampf stieg von der Oberfläche auf und Tom war froh, dass er diese Gerüche nur ansatzweise wahrnahm.

Eine dürre Frau mit schneeweißen Haaren, gekleidet in ein rosa Kleid und eine mit Ringelblumen bestickte Schürze, gesellte sich zu dem Mann. Sie nippte genüsslich an ihrer Tasse Kaffee und lud sich den Teller bis zum Rand mit Gebäck voll. Sie genossen ihre Zeit, eine Zeit, die er nicht mehr hatte.

Arthur war bereits an der Haustüre angekommen. Tom eilte ihm hinterher, um diese zu öffnen. Mit Erstaunen stellte er fest, dass der Hund durch die Tür hindurchging, als wäre sie Luft.

Instinktiv packte er die Klinke, um diese nach unten zu drücken. Sein Griff ging ins Leere.

»Schließ die Augen und geh einfach hindurch. Du kannst sie zwar noch auf die alte Art und Weise öffnen, aber das dauert erstens länger und erfordert zweitens etwas mehr Geduld und Übung«, hörte er Arthur von außen rufen, bevor seine Stimme vom dröhnenden Klang eines Achtzylinders übertönt wurde.

Geh einfach hindurch, purzelten die eben gehörten Worte ein weiteres Mal durch seinen Kopf. Wie in einem verfluchten Gespensterfilm. Als Kind hatte er davon immer geträumt, jetzt war er blockiert und hilflos.

»Na los, komm schon«, drängte Arthur.

Augen zu und durch. Selten passte dieser Spruch besser und nach diesem Credo handelte Tom. Er presste seine Lider fest zusammen und trat, mit dem linken Bein voran, durch die Tür.

Es gestaltete sich so spielend, wie Arthur behauptet hatte. Lediglich ein kurzer Widerstand durchfuhr ihn, so als wäre er durch einen Holzperlenvorhang getreten, die man oft in zwielichtigen Geschäften zur Abtrennung von legalen zu weniger legalen Flächen vorfand.

»Das ging ja einfach«, entfuhr es ihm lauter als beabsichtigt, was Arthur wiederum in seinem rechthaberischen Wesen bestärkte.

»Hör doch einmal auf deinen treuen Begleiter«, antwortete er erhaben. »Und nun lass uns weiter. Das Diner ist nur hundertfünfzig Meter entfernt.«

El Reya stellte sich als typisch amerikanische Kleinstadt, mit regem Durchgangsverkehr, überwiegend bestehend aus Trucks und Greyhoundbussen, dar. Die vierspurige Hauptstraße war beiderseits mit Läden des täglichen Bedarfs sowie speziellen Geschäften wie einem Plattenladen, Anglerbedarf und Elektronikhändler besiedelt. Die hätte Tom eher in einer größeren Stadt erwartet, nicht aber in einer Kleinstadt, die laut Infotafel dreitausendvierhundertsiebenunddreißig Einwohner zählte. Daraus schloss er, dass es der größte Ort in weitem Umkreis war und die zahlreichen Durchreisenden und Truckfahrer in einem der Motels unterkamen, die mit Badewanne, Pay-TV und Whirlpool lockten. Die örtliche Gastronomie profitierte ebenso von diesem Wirtschaftszweig.

Zwischen traditionellen Läden, die zum Teil aus dem Eisenbahnzeitalter und der Besiedlung Amerikas stammten, drängten sich Fastfoodrestaurants unterschiedlichster Gattung in das Stadtbild; Burger, Pizza, Burritos. Die ersten Menschen strömten zur recht frühen Morgenstunde in diese Tempel des Cholesterins, um sich ihr schmackhaftes, aber ungesundes Frühstück einzuverleiben. Unter all diesen Schnellrestaurants versteckte sich das Diner, der Ort, der ein gänzlich neues Kapitel in Toms Leben, eher in seinem Tod, aufschlagen sollte.

Arthur machte sich gar nicht erst die Mühe, um die Passanten herumzulaufen, sondern tat das, was Tom soeben mit der Tür hinter sich gebracht hatte: Er schritt durch sie hindurch, immer und immer wieder, so als hätte er seine rege Freude daran. Als der Bulldogge eine Dame mit Rollator entgegenkam, hoffte Tom, dass Arthur wenigstens vor dem Alter Respekt zeigte und auf seine übernatürlichen Fähigkeiten verzichtete. Er täuschte sich. Er tippelte direkt auf sie zu, verschwamm für den Bruchteil einer Sekunde mit dem Rollator, wanderte durch ihre Beine hindurch, als wären sie Luft, und kam auf der anderen Seite wieder raus.

Tom holte auf und gab sich dabei redlich Mühe, keinen der typischen Provinzler – Rednecks, wie sie von bösen Zungen genannt wurden – zu kreuzen.

»Merken sie nichts, wenn du einfach so durch sie hindurchgehst?«, fragte er leicht vorwurfsvoll.

»Selten. Du kennst doch sicher noch das Gefühl als Lebender, wenn du plötzlich ein heftiges Stechen im Kopf, in den Beinen oder vielleicht im Rücken verspürt hast. Nur für einen klitzekleinen Moment, dann war es wieder verschwunden.«

Tom nickte. »Natürlich kenn ich das. Du willst mir doch nicht sagen, dass …«

»Haargenau«, bestätigte Arthur seine Vermutung. »Wenn du mal wieder faul auf der Couch gelegen hast, mit einem Bier in der Hand und einer Schüssel voll Chips vor dir, dann kann es gut sein, dass es nicht die ungesunde Ernährung war, die dein Stechen im Bauch verursacht hat, sondern ein Sensenmann, der durch dich hindurchgegangen ist. Sei es aus Versehen oder aus Absicht. Aber in der Regel kamen deine Magenschmerzen wohl eher von der ungesunden Ernährung.«

»Aus Absicht? Warum sollte man das tun?«

»Langeweile? Frust? Spaß? Was denkst du wohl? Nur weil ein Idiot zum Sensenmann wird, heißt das nicht, dass sich sein Charakter schlagartig zum ehrenhaften Ritter ändert. Was in Anbetracht unserer Arbeit ziemlich schwerfallen würde, so nötig und gerechtfertigt sie auch sein mag.«

»Dann bist du im Endeffekt auch ein Id…« Arthur verpasste ihm einen Kopfstoß gegen das Schienbein. Tom schrie vor Schmerz auf, doch keiner der Passanten schien das wahrzunehmen. Sie verfolgten ihren Alltag, waren in Gedanken und in Gespräche versunken, drückten teilnahmslos auf ihrem Smartphone herum, während sie auf den Bus warteten.

»Durch die kann ich hindurchgehen, ohne dass sie etwas merken, aber dir kann ich sehr wohl gezielt Schmerzen bereiten, Tom Arkins.«

»Sei doch nicht gleich so pissig. Das war doch nur Spaß. Ich hatte nie vor, deine Ehre als Helfer in Frage zu …«

»Ach, halt einfach die Klappe«, antwortete Arthur. Tom hörte sofort aus seiner Stimmlage heraus, dass er längst nicht so gekränkt war, wie er tat.

Sie schlenderten die nächsten hundert Meter schweigend voran. Tom nutzte die Gelegenheit, sich vor Augen zu führen, was er durch seinen dämlichen Sturz von der Klippe verloren hatte. Zugegeben, all das, was die Lebenden um ihn herum taten, war nicht sonderlich erstrebenswert und wirkte aus seiner Perspektive zum Teil sogar lächerlich. Doch selbst diese banalen Beschäftigungen, das Schlürfen eines leckeren Erdbeermilchshakes, Smalltalk oder ein Bummel durch die verschiedensten Geschäfte; all das fehlte ihm dennoch ein wenig.

Sie hielten vor einem Laden, der mit seiner von Bremsstaub und Abgasen verschmutzten Fensterfront alles andere als einladend wirkte. Vor dem Eingang stand eine Werbetafel, auf die mit weißer Kreide die Tageskarte gekritzelt war: Burger mit Jalapeños, frittierter Tintenfisch und Zitronentörtchen. Darunter sollte der saloppe Werbespruch »*Kommen Sie zu Bobbys, das beste Diner der Stadt*« Laufkundschaft anlocken, die, durch das schäbige Äußere abgeschreckt, den Laden ansonsten vermutlich niemals betreten hätte. Die Angebotspreise waren aber so verlockend, dass Tom zu seinen Lebzeiten, frei nach dem Motto: Never judge a book by its cover, dem Diner auch eine Chance gegeben hätte.

Arthur verharrte vor dem Eingang und musterte Tom skeptisch. »Da wären wir. Bist du bereit?«

Tom wischte die letzten Wassertropfen von der Kiste, die seine Mordinstrumente beherbergte. *Ob er bereit war?* Diese Frage hätte er am liebsten laut schreiend verneint, nur war das nicht möglich. Er war an dem Punkt angelangt, über den man so oft sagte, dass es von ihm aus keine Rückkehr gäbe.

»Das kann ich nicht gerade behaupten. Ich weiß nicht einmal, was ich zu tun habe. Wie ich es zu tun habe. Wer mein Opfer ist und ob ich den Mut dazu aufbringe. Das überfordert mich gerade alles.« Tom war selbst von sich überrascht, wie offen seine Ängste aus ihm heraussprudelten, obwohl er sich geschworen hatte, sich vor Arthur so selten wie nur irgend möglich die Blöße zu geben.

»Ich verstehe dich«, antwortete die Bulldogge frei von Häme. »Das ist völlig normal. So ergeht es jedem Neuling und ganz genau deswegen bin ich hier. Ich werde dich Schritt für Schritt anleiten. Den entscheidenden Impuls, sprich die Tötung, musst aber du durchführen. Also mach dir nicht ins Hemd und folge mir.«

Tom haderte weiterhin. Erst recht, als er eine junge Mutter mit ihrer kleinen Tochter an der Hand in das Diner gehen sah. Er hatte kurzzeitig das Gefühl, dass das Mädchen mit den geflochtenen Zöpfen und dem rosa Kleidchen für einen hauchzarten Moment zu ihm aufsah, dass ihr Blick die Barriere zwischen Leben und Tod überwand. Dann drehte er sich reflexartig um und sah einen riesigen Raben, der auf einer Straßenlaterne saß und zu ihnen herabblickte. Er war es, den das Mädchen ins Auge gefasst hatte. Laut krächzend flog der Vogel im Schatten der Sonne davon. Als Tom sich wieder dem Eingang zuwandte, war die Frau mitsamt ihrer Tochter im Diner verschwunden.

Er schüttelte sein Unbehagen ab und rief sich sein Ziel vor Augen. »Lass es uns hinter uns bringen.«

Um seinen Entschluss zu untermauern, packte er nicht den geschwungenen Griff, um die Tür zu öffnen, sondern schritt hindurch. Dieser Versuch kostete ihn weniger Überwindung.

Vor dreißig Jahren musste Bobbys Diner der Renner in der Stadt gewesen sein. Zwei in der Mitte durchtrennte Cadillacs, in Rosa und Perlweiß, fristeten ihr Dasein in dem Restaurant, waren zu Tischen mitsamt Sitzbänken – überzogen mit weißem Leder, aus dem sich erste Risse drängten – umgebaut worden. Der Fußboden war im Schachbrettmuster gefliest. Die restlichen Tische und Sitzbänke, die sich an die Fensterfront reihten, hatten rot lackierte Oberflächen, die zum Teil verblasst waren. Die Bezüge der Stühle waren in der gleichen Farbe gehalten. Auch dieses Leder fiel dem Zahn der Zeit langsam zum Opfer und zeigte deutliche Gebrauchsspuren. Die Bar drängte sich in Hufeisenform weit in den Raum hinein. Zwei ältere Herren saßen auf Barhockern und tranken Kaffee, flirteten mit der etwas korpulenten Mittdreißigerin, die die beiden souverän bediente und gleichzeitig ihre Kellnerin und die Küche im Blick behielt. Tom machte sie als Chefin des

117

Diners aus, was die Frage in ihm aufdrängte, wo Bobby war und ob er überhaupt noch lebte. So wie es um die Einrichtung stand, war besagter Namensgeber der Erstbesitzer und Gründer und seit der Eröffnung hatte sich in Sachen Renovierung und neuer Möbel wenig bis gar nichts verändert. Die durchaus attraktive Dame hinter der Bar war vermutlich die Tochter und hatte das Geschäft ihres Vaters übernommen.

Neben den beiden Herren entdeckte Tom als weitere Gäste nur die Frau mit dem kleinen Mädchen und am anderen Ende des Diners einen kräftigen Mann in beigem Anzug und schwarzer Krawatte. Das musste sein Auftrag sein: RICHARD PHIL.

»Ist er das?«, fragte er zögernd.

»Siehst du sonst jemanden, auf den die Beschreibung passt?«

»Nein«, antwortete Tom kleinlaut.

Sie näherten sich langsam ihrem Ziel. Nachdem sie in der Mitte des Diners angekommen waren, fiel Tom auf, dass über Richard Phil ein grauer Schleier hing, so als wäre er hinter einem Vorhang verborgen, der nur schemenhaft seine Gestalt erahnen ließ. *Ein Zeichen des Todes? War es ihm damals ebenso ergangen, als er an der Klippe stand, bereit zum Freitod? War sein Schicksal zu diesem Zeitpunkt längst besiegelt oder war es Jahre zuvor durch die Urne festgelegt worden?* Sein Hang zur Mystik und seine blühende Fantasie ließen ihn zu Letzterem tendieren. Das lag in den Genen eines Künstlers, in der Veranlagung von Menschen, die weniger rational handelten und sich mehr treiben ließen.

Als Tom sich bis auf zwei Meter dem hintersten Tisch im Diner genähert hatte, wurde ihm klar, dass Richard Phil keiner dieser außergewöhnlichen Menschen war. Ein Banker durch und durch, Geld stand für ihn an höchster Stelle. Das zeigten seine sündhaft teure goldene Armbanduhr am Handgelenk, der maßgeschneiderte Anzug und die auf Hochglanz polierten Schuhe sofort. Sein Smartphone – mit der angebissenen Birne als Logo – lag griffbereit vor ihm, seine wulstigen Finger trommelten ungeduldig auf die Tischoberfläche.

Jetzt, wo Tom direkt vor Richard stand, empfand er auf Anhieb eine tiefe Abneigung gegen den Mann. Er konnte sich nicht erklären, warum das so war. Womöglich lag es an seinem Gesicht, das einem aufgedunsenen Hefekuchen glich. Mutter Natur hatte zumindest ein wenig Mitleid gehabt und dem Mann einen braunen Schnauzer beschert, der die teigige Haut etwas kaschierte. Wütend starrte er durch seine rehbraunen Augen in Richtung Küche. Scheinbar wartete er sehnlichst auf seine Bestellung. Abwechselnd schaute er auf sein Smartphone, in der Erwartung einer wichtigen Nachricht oder eines dringenden Anrufs, und zurück zur Bar. Dabei fuhr er sich immer wieder nervös durch das lichte, grau-braun-melierte Haar.

In ihm brodelte es gewaltig, und Tom sah sogleich, wer diesen Zorn abbekommen sollte.

Die Bedienung, ein durchaus hübsches Mädchen Anfang zwanzig, kam mit einem Tablett herbeigeeilt: Kaffee, Rührei mit Speck und ein Berg Pancakes. All dies war für Richard bestimmt, der die Frau mit den lockigen Haaren schon mehr als ungeduldig erwartete.

»Da sind Sie ja endlich«, blaffte er sie an.

Shirley, so hieß die junge Dame laut dem Metallschildchen an ihrer roten Bluse, lächelte ihn freundlich an, während sie sein Essen auf dem Tisch drapierte. »Es tut mir sehr leid, Sir. Unser Koch hat Ihr Frühstück so schnell es nur irgendwie ging zubereitet.«

»Das nennen Sie schnell? Wollen Sie mich verarschen?«, schaukelte sich Richard Phil in seinem Zorn hoch.

Mit zitternden Händen stellte sie die Kaffeetasse ab, griff zur Kanne und begann damit, das Heißgetränk einzugießen. »Es tut mir wirklich sehr leid«, entschuldigte sie sich erneut.

Tom empfand ehrliches Mitleid mit ihr und im selben Moment eine umso größer gewordene Abneigung gegen Richard Phil.

Dann geschah, was geschehen musste. Shirley hatte beim Eingießen die Kanne zu weit nach unten geneigt, sodass etwas Kaffee die Tasse verfehlte und direkt auf der Hose des teuren Anzugs landete. Nur wenige Tropfen, die mit Wasser und Zeit zum Trocknen nur bei näherer Betrachtung erkennbar gewesen wären, doch das genügte, um den Banker endgültig in Rage zu versetzen.

Phil sprang auf und hob drohend den Arm. »Sie ungeschicktes Stück!«, brüllte er. »Ich werde dafür sorgen, dass dieser Schuppen geschlossen wird. Ich habe Beziehungen, das war die längste Zeit, dass Sie jemanden bedient haben.«

Sein Kopf hatte die Farbe einer überreifen Tomate angenommen, aus der sich bläuliche Adern drängten, die jeden Augenblick zu platzen drohten.

Das rief die Chefin auf den Plan, die beschwichtigend auf den Kunden einredete. »So beruhigen Sie sich doch bitte. Shirley ist ein gutes Mädchen und hat das sicher nicht mit Absicht getan. Das Frühstück geht aufs Haus und Sie können mir gerne die Rechnung für die Reinigung zukommen lassen. Wir werden das anstandslos bezahlen.«

Das machte den Mann nur noch wütender. »Schieben Sie sich ihr Frühstück und ihre Reinigung sonst wohin.

Ich werde dafür sorgen, dass dieser Laden schließt.«

Arthur sah zu Tom auf. »Die Zeit ist gekommen. Bereiten wir diesem Mistkerl sein Ende.«

Tom nickte zustimmend und öffnete die Kiste. Selten zuvor hatte er sich entschlossener und bereiter für eine Aufgabe gefühlt.

Er ließ den Strick von einer Hand in die andere wandern. Es war ein Gefühl von Macht und Endgültigkeit, das ihn durchströmte. Das Gewicht in seinen Händen steigerte sich, Stoff wandelte sich zu Stahl, dick und undurchdringlich, dafür geschaffen, Brücken zu spannen oder tonnenschwere Lasten zu heben. Der Strick war ebenso von einer hauchdünnen Schicht überzogen, wie es um die meisten Gegenstände und Wesen bestellt war, die aus der Welt der Toten stammten.

Tom ließ sich davon nicht beeindrucken, blendete den Lärmpegel, das aufkommende Streitgespräch, die cholerischen Brüller des Todgeweihten aus, formte den Strick zu einer Schlaufe und legte diese seelenruhig um Phils Hals. Dieser bemerkte nicht, was mit ihm geschah, entweder, weil der Gegenstand nicht aus seiner Welt stammte, oder, weil er sich so in Rage geredet hatte, dass alles um ihn herum nur nebensächlich war.

Tom war das einerlei. Er packte die beiden Enden nur noch fester und zog.

Zuerst geschah rein gar nichts, was ihn verbissener ziehen und zerren ließ. Als auch dies nichts half, sah er hilfesuchend zu Arthur hinab.

»Du musst es mehr wollen. Mit Kraft allein ist es nicht getan. Fokussiere dich stärker. Denke daran, wie du sein Leben nehmen willst.«

Tom hatte zwar keinen blassen Schimmer, wie er das anstellen sollte, verzichtete aber darauf, Arthur nach Einzelheiten zu fragen. Stattdessen brachte er beide

Teile des Stricks auf etwa die gleiche Spannung, schloss seine Augen und rief sich immer wieder Phils Gesicht, seinen Zorn und seine ekelhafte Art in den Geist.

Zuerst schwebte das Gesicht in reichlich erstrahlter Zornesröte durch seine Gedankenwelt. Mit zunehmender Dauer schwand dieser Brunnen der Lebenskraft und schwarze Wolken hüllten das Antlitz in Dunkelheit. Die Wolken brachten eine eisige Kälte mit sich und Stimmen, flüsternde Stimmen, die durch ihre gequälten Rufe ein gieriges, abstoßendes Verlangen in die Welt der Lebenden aussandten. Tom nahm durch das Wirrwarr aus Stimmen und sonderbaren Geräuschfetzen ein Röcheln und aufgebrachte Schreie wahr.

Er riss die Augen auf. Phil hielt sich das Herz und zuckte unter Krämpfen. Aus seinem Gesicht war jegliche Farbe gewichen. Mittlerweile war das ganze Diner auf den Beinen. Die älteren Herren versuchten, ihm zu helfen. Während die Besitzerin den Notruf wählte, standen Shirley sowie die Mutter des Kindes nur apathisch im Raum und beobachteten geschockt die Tragödie, die sich vor ihren Augen abspielte.

»Sieh nicht hin«, hörte Tom die junge Frau ihrer Tochter zuflüstern.

Das war der Auslöser für ihn, noch entschlossener zu ziehen. Doch Phil wehrte sich.

»Warum lebt er noch?«, fluchte er.

»Er ist zwar bösartig, aber auch zäh. Verdammt zäh. Er wehrt sich mit allem, was er hat. Gratwandler werden solche Menschen genannt. Wenn du willst, kannst du das als Kompliment auffassen.«

»Und wenn du willst, kannst du mir gerne behilflich sein, bevor der Sanitäter hier eintrifft und mir dieser Typ von der Schippe springt.«

Arthur hüpfte auf einen freien Stuhl, dann auf den

Tisch. Das alles mit einer Leichtigkeit, die ihm Tom nicht zugetraut hätte.

»Also gut«, seufzte er. »An und für sich soll ich als dein Assistent nicht eingreifen, aber die Gesetze besagen, dass Unterstützung bis zu einem gewissen Punkt erlaubt ist.«

»Das heißt?«

»Na, was denkst du wohl, was das heißt? Den Großteil der Arbeit musst du verrichten. Also, los jetzt, lass uns diesem Hundesohn die Lichter ausblasen.«

Arthur biss in das linke Ende des Stricks, knapp unterhalb von Toms Hand, und zog mit seinem ganzen Körpergewicht daran.

Tom überlegte hingegen, ob das Gewicht der Bulldogge im toten Zustand, oder wie man diesen bezeichnen sollte, die gleiche Wirkung hätte wie eine lebendige Bulldogge, die mit ihrer massiven Statur das entscheidende Quäntchen zwischen Sieg und Niederlage sein konnte.

Gemeinsam zogen und zerrten sie und Phil kämpfte weiterhin gegen sein drohendes Schicksal an. Zwischenzeitlich wurde er bewusstlos, und die Menschen um ihn herum gaben ihr Möglichstes, um ihn am Leben zu halten, bis die Rettungskräfte eintrafen. Tom hingegen nahm deutlich wahr, wie sein Herzschlag schwächer wurde. So als wäre es sein eigenes Herz, das langsam der brachialen Gewalt nachgab, die über es kam. Die Abstände zwischen den Schlägen verlängerten sich, gleich einer Trommel in der Ferne, die Unheil, Tod und Verderben ankündigte. Doch der Mann wehrte sich weiterhin. Sein Geist gab nicht nach und hielt seine Herzschläge im gleichbleibenden Rhythmus.

Unter das Pochen und die aufgebrachten Anweisungen der Gäste mischte sich ein neues Geräusch.

Zuerst hörte er nur ein abgehacktes *Woop*, dann fügte sich ein zweites an das erste, darauf ein drittes – es bildete sich eine Kette des gleichen summenden Lauts, der sich zu einer Sirene zusammenfügte.

Wenige Sekunden später blieb ein Wagen mit quietschenden Reifen vor dem Diner stehen. Die Tür wurde aufgestoßen und zwei Männer in roten Jacken, bestickt mit eingenähten Reflektorstreifen, stürmten in das Innere und direkt auf Phil zu.

»Beeilung«, drängte Arthur. »Wir müssen ihn erledigen, bevor sie es schaffen, ihn zu retten.«

»Was geschieht, wenn wir versagen?«

»Das willst du jetzt sicher nicht wissen. Und jetzt zieh fester.«

Die Sanitäter kämpften um Phils Leben, Tom und Arthur strebten genau das Gegenteil an. Es war eine schmale Gratwanderung, auf der einen sowie auf der anderen Seite.

Das Diner war von einer beängstigenden Stille erfüllt. Gebannt starrten alle anwesenden Protagonisten auf die Rettungsassistenten, die schnell die Diagnose Herzinfarkt gestellt hatten und dabei waren, die ersten Gegenmaßnahmen einzuleiten, den Patienten zu stabilisieren, um ihn dann in das nächstgelegene Krankenhaus zu bringen.

Tom spürte, wie sich Phils Herz langsam wieder mit Kraft füllte. Es blieben ihnen nur noch wenige Sekunden. Sekunden, die darüber entschieden, ob er seinen Auftrag in den Sand setzte oder nicht. Er mochte sich nicht ausmalen, welche Konsequenzen das für ihn haben sollte. Arthurs Andeutung hatte ihn zutiefst beunruhigt und er traute sich nicht, die Frage ein zweites Mal zu stellen. Zumindest jetzt noch nicht, wo sie alle Trümpfe in der Hand hielten, und dennoch bis zum

Äußersten gehen mussten.

Shirley hatte das Diner mittlerweile von innen geschlossen, nachdem die Mutter mit dem kleinen Mädchen das Restaurant verlassen hatte. Die Situation war wahrlich nichts für Kinder und Tom war froh, dass die Besitzerin so umsichtig gehandelt hatte. Das hielt die zahlreichen Schaulustigen nicht davon ab, ihre Gesichter gegen das milchige Glas zu drücken, in der Hoffnung, ein wenig Action und Sensation in einer ansonsten zutiefst öden Stadt abzubekommen. Die Besitzerin handelte resolut und zog die Jalousien nach unten, wodurch es höchstens möglich war, durch einen minimalen Spalt in das Innere zu schauen.

»Konzentriere dich weiter!«, brüllte Arthur. »Den Fisch lassen wir uns nicht mehr vom Haken nehmen. Komm schon, fokussiere deine Gedanken auf dein Ziel!«

Tom wusste zuerst nicht, wie er sich noch dringlicher fokussieren sollte, wo er doch schon die Minuten zuvor seine gebündelte Konzentration in die Verrichtung seines Tötungsdelikts gesteckt hatte.

Phil wehrte sich weiterhin und auch die Sanitäter gaben ihr Möglichstes, um den Mann mittleren Alters am Leben zu halten.

Wenn ihr wüsstet, was er für ein Mensch ist, dann würdet ihr womöglich nicht so versessen darauf sein, ihn zu retten, überlegte Tom sarkastisch.

»Du bist wieder abgelenkt«, maßregelte ihn Arthur scharf, was auch gut und richtig war, denn das verschaffte Tom endgültig den entscheidenden Impuls, sein Werk zu vollenden. Er spürte eine nie dagewesene Kraft, so, als wäre ein Schalter umgelegt worden. Wie der sichtbare Kältestrom einer Klimaanlage wurde Phil eingehüllt, ebenso all die Anwesenden und Sanitäter.

Die Temperatur im Diner ging schlagartig um einige Grad nach unten, so als hätte Tom soeben die Tür zum Kühllager aufgestoßen. Die Abstände zwischen den Herzschlägen verlängerten sich.

»Wir verlieren ihn!«, hörte er die Sanitäter rufen.

Gleich ist es geschafft, jubelte er innerlich. Ein Herzschlag war zu hören. Dann folgte eine lange Pause von zwei bis drei Sekunden. Tom horchte gebannt hin. *Jetzt habe ich ihn,* freute er sich, doch seine Vorfreude wurde jäh zerstört, als er ein kraftloses Pochen vernahm. »Verdammt!«, fluchte er, gleichzeitig beflügelten ihn seine Ergebnisse, so weiterzumachen, frei nach dem Motto: Steter Tropfen höhlt den Stein.

Der folgende Abstand zwischen zwei Herzschlägen dauerte einen Tick länger an, kaum wahrnehmbar, aber für Tom dennoch hörbar. Er bemerkte, wie feinfühlig er plötzlich geworden zu sein schien. Nicht auf sein eigenes Wesen bezogen, sondern eher in der Verbindung mit Phil, einem lebenden Menschen.

Beim dritten Abstand verstummte der Herzschlag. Tom lauschte genau hin, um sich absolut sicher zu sein, doch da war nichts. Obwohl es ein Moment des Triumphs war, wirkte diese Stille auf ihn seltsam, ungerecht und irgendwie beschämend.

»Kein Herzschlag«, stießen die Sanitäter aus. »Reanimierung einleiten.« *Das ist nicht gut, gar nicht gut,* stieg die Panik eines möglichen Scheiterns in ihm auf.

Sie befreiten Phil von seinem Hemd und brachten den Defibrillator an. Die Luft war von einem Knistern erfüllt, die Elektrizität war selbst für Tom greifbar; weißbläuliche Blitze zuckten rhythmisch im Takt, als der Sanitäter die beiden Endstücke aneinanderschlug.

»Anlegen!«

Ein aufgeladenes Zischen jagte durch den Raum. Tom

versuchte, dem Herzschlag zu lauschen; es war nichts zu hören.

Wieder legten die Sanitäter an. Eine zweite, stärkere Ladung drang in das Fleisch. Es roch leicht verbrannt, Phil zuckte heftig unter dem Stromschlag zusammen.

Stille. Das Herz machte keinen Mucks.

»Ich glaube, das war es«, konstatierte der Retter.

Tom jubelte innerlich. Er hatte es geschafft. Sein erster Auftrag war vollbracht.

»Lass es uns noch einmal mit der höchsten Ladung probieren. Manchmal funktioniert es«, schlug der ältere Sanitäter vor. Ein kräftiger Mann mit grauen Haaren.

»Also gut. Anlegen.«

Tom hätte am liebsten laut geschrien, sie davon abgehalten. Bevor er seinen Mund vollends zu einem stummen Schrei aufriss, war der Defibrillator ein weiteres Mal angelegt und wurde auf die höchste Stufe hochgedreht.

Ein gewaltiger Strom drang in Phil ein. Der Körper zuckte, krampfte und wand sich unter der Spannung, die von außen in ihn eindrang.

Wieder lauschte Tom. Zuerst war kein Herzschlag zu hören, dann nahm er ein Pulsieren wahr, wie ein Klopfen in weiter Ferne. Dumpf und unwirklich. Die Abstände zwischen den Herzschlägen dauerten lange an, aber sie waren da. Phil war zurück im Reich der Lebenden, auch wenn sein Schicksal am seidenen Faden hing.

Einer der Sanitäter eilte im Laufschritt aus dem Diner, kam nur wenige Sekunden später wieder und brachte mit Hilfe der beiden älteren Herren eine mobile Trage mit sich, die dazu diente, den Patienten in den Krankenwagen zu befördern.

»Wird er es überleben?«, fragte die Besitzerin besorgt.

Tom glaubte, dass es ihr nicht nur um das Wohlergehen des barschen Gastes ging, sondern ebenso um den Ruf, den sie zu verlieren hatte. Schließlich war es für alle Anwesenden offensichtlich, dass er erst durch den vorherigen Clinch und gedrängt durch seine Unzufriedenheit mit dem Diner so in Rage geraten war, dass er einen Herzinfarkt erlitten hatte. Ob dies Phil womöglich so oder so innerhalb der nächsten Zeit widerfahren wäre, aufgrund seiner gesundheitlichen Verfassung, das würde die Bewohner der Kleinstadt und die lokale Presse nicht sonderlich interessieren. Endlich gab es eine Neuigkeit, eine Geschichte, die durch Mundpropaganda, das Ausschmücken mit erfundenen Details und schierer Übertreibung zu einem Ereignis aufgebauscht werden würde, das Gesprächsstoff für Tage bot.

»Er ist nicht sonderlich stabil, aber wir haben keine andere Wahl. Wir bringen ihn ins Krankenhaus. Wenn wir früh genug dort sind, stehen die Chancen nicht schlecht, dass er es schafft.«

Sie packten Phil behutsam auf die Trage, schnallten ihn fest und luden ihn mithilfe von Personal und Gästen in den Krankenwagen. Um diesen hatte sich eine Schar Schaulustiger versammelt und da das Gefährt umständlich im Weg stand, hatte sich ein langer Rückstau gebildet, der auf beiden Spuren bis zum Ende der Hauptstraße reichte. Das war genau die Art von Werbung, die das Diner in seiner gegenwärtigen Lage nicht gebrauchen konnte.

»Was machen wir jetzt?«, richtete sich Tom hilflos an Arthur.

»Na, was denkst du wohl. Wir fahren mit und bringen es im Krankenwagen zu Ende. Er ist viel zu schwach, wenn wir uns ordentlich anstrengen, wird er die Fahrt nicht überleben.«

»Sicher?«

»Vertrau mir. Du bist nicht der Einzige, bei dem mal was schiefgeht. Und jetzt komm schon, bevor sie uns vor der Nase wegfahren.«

Arthurs Drängen war nicht unberechtigt. Die hinteren Türen des Krankenwagens waren bereits geschlossen und beide Sanitäter stiegen ein. Der Motor heulte auf und den Bruchteil einer Sekunde später rollte das Gefährt an, mit jaulender Sirene und laut hupend, um die rücksichtslosen Gaffer aufzumuntern, gefälligst aus dem Weg zu gehen.

Tom und Arthur hetzten im Sprint hinterher. Die Bulldogge war mal wieder wesentlich langsamer unterwegs, sodass Tom sie kurzerhand packte und mit einem etwas ungelenk anmutenden, dafür aber punktgenau gelandeten Hechtsprung durch das Heck des Krankenwagens flog und beinahe Phil unter sich begrub.

Allerlei Gerätschaften piepsten und summten. Phils Herzschlag und Puls waren unheimlich schwach. Es grenzte an ein Wunder, dass er überhaupt noch lebte.

»Los jetzt. Bring dein Seil an. Wir versuchen es nochmal.«

Tom ignorierte Arthurs herrischen Ton und legte stattdessen das Seil um Phils Hals.

Der Krankenwagen jagte mit halsbrecherischer Geschwindigkeit über die Hauptstraße, das Echo der Sirene wurde von den Häuserwänden wiedergegeben und fand einen Weg durch den winzigen Spalt der beiden Hecktüren. Es war sehr laut im hinteren Teil und Tom fragte sich, ob das nur ihm in seiner angespannten Situation so vorkam oder ob dies schon immer so war. Dennoch versuchte er, sich nur auf Phil zu konzentrieren, packte das Seil fest an beiden Enden und zog an.

Ein Schwall aus purer Energie durchströmte ihn. Arthur unterstützte diesmal von Beginn an, indem er sich die etwas schwächere linke Seite vornahm.

Obwohl Tom fest davon überzeugt war, dass seine Bemühungen in weitaus höhere Sphären gelangt waren und Phil schon längst das Zeitliche hätte segnen müssen, reichte seine Kraft dennoch nicht aus, um den Geschäftsmann zu überwinden. Sein Herzschlag blieb unverändert, irgendetwas hinderte ihn daran, von dieser Welt zu treten.

»Verflucht, das kann doch nicht wahr sein«, schimpfte Arthur, der mit seinem ganzen Körpergewicht am Seil hing und wie ein Pendel von einer Seite zur anderen schwang.

»Was machen wir jetzt? Hast du einen Plan B?«

»Ich? Sehe ich aus wie eine Beraterurne?«

»Du bist doch mein Gehilfe!«, antwortete Tom angesäuert. »Aber wenn das deine einzige Idee ist, würde ich vorschlagen, dass wir es erledigen, bevor wir im Krankenhaus sind.«

»Lass uns einfach weitermachen. Deine Kräfte reichen anscheinend noch nicht aus, um ihn auf die entspannte Weise zu töten. Aber mach dir keine Sorgen, irgendwann knickt er schon ein.«

Toms Befürchtung stellte sich als nicht unberechtigt heraus. Der Krankenwagen verlangsamte sukzessive seine Geschwindigkeit und fuhr eine langgezogene Kurve entlang. Dieses Wegstück war alles andere als eben. Zahlreiche Rillen und Schlaglöcher schüttelten sie gewaltig durch, und nicht nur einmal glaubte Tom, dass Phil mitsamt der Trage aus dem Krankenwagen rollen oder gegen eine der Seitenwände stoßen würde. Doch die Sanitäter hatten ihn sorgfältig gesichert, sodass es realistischer war, dass das Gefährt bei einem Unfall in seine Bestandteile zerfiel, als dass Phil sich nur einen Millimeter von der Trage rührte.

Ein heftiger Stoß ereilte den Wagen, wodurch Arthur so großen Schwung in seiner Pendelbewegung gewann, dass er einen Looping schlug und laut fluchend, und nur unter größten Mühen, wieder in seine Ausgangsposition fand.

»Ich habe eine Idee«, gab Tom preis.

»Und die wäre?« Arthur keuchte vor Anstrengung. So wie er da wie ein Stück Elend am Seil hing und sich abmühte, weckte er Mitleid bei Tom.

»Diese Straße ist die reinste Buckelpiste. Vielleicht sollten wir genau diesen Umstand nutzen und immer wieder und mit vollem Körpereinsatz am Seil reißen, anstatt beständig daran zu ziehen.«

Arthur hatte eine Pause dringend nötig, schwang sich deshalb zurück auf die Trage und setzte sich ungeniert auf Phils Bauch. Er keuchte hörbar (wie auch immer das bei einer untoten Bulldogge funktionierte) und musterte Tom abschätzend. Sein Blick drückte eine Mischung aus Arroganz und schierer Überraschung aus.

Tom war sich im Unklaren, welche Antwort ihn gleich erwarten würde. Zu seinem Erstaunen nickte ihm Arthur anerkennend zu und guckte dann abwechselnd in Phils Gesicht und zu ihm auf.

»Du willst es also mit roher Gewalt versuchen?«

»So in der Art, ja. Sobald wir ein tiefes Schlagloch oder eine Bodenwelle erwischen und das gut mit unserem Reißen timen, haben wir eine Chance, dass er endlich aufgibt, sich das Genick bricht, oder sonst was.«

»Hm«, grübelte Arthur nach.

»Zählt das nicht? Oder hast du andere Bedenken?«

»Nein. Hauptsache er stirbt. Die Ausführung ist zwar etwas, ich nenne es mal brachial, aber das Ergebnis zählt. Gibt für dich zwar weniger Seelentaler, doch verhungern wirst du uns schon nicht. Lass es uns versuchen. Wie sollen wir es machen?«

Tom war erleichtert und stolz zugleich, dass Arthur seinem Plan so wohlwollend gegenüberstand. Nur befürchtete er jetzt, dass er von seiner angedachten Ausführung alles andere als begeistert sein würde.

»Wie soll ich es sagen?«, fing er zögerlich an.

»Mach schon, wir haben nicht ewig Zeit«, brummte ihn Arthur ungeduldig an.

»Weißt du, wie Bungeejumping funktioniert?«

Arthur starrte ihn entgeistert an. »Willst du damit sagen, ich soll mit dem Seil von der Trage springen, so oft, bis er endlich das Zeitliche segnet?«

»Das war der Plan«, antwortete Tom kleinlaut.

Das erwartete Unmutsgewitter blieb aus. Arthurs Röntgenblick durchlöcherte Tom ein weiteres Mal, schließlich nickte er zustimmend.

»Dann mal los. Wie willst du vorgehen? Du reißt und ich springe, so oft es geht?«

»Exakt.«

Tom hätte sich nie vorstellen können, dass er mal in einem Krankenwagen landen würde, um dort einem Mann das Leben zu nehmen. Das alles im Teamwork mit einer Bulldogge. Arthur sprang im Sekundentakt von der Trage, fest verbissen in ein Ende des Seils, wurde wieder hochgeschleudert in die Luft wie ein Jo-Jo, nur um daraufhin im freien Fall knapp über dem geriffelten Aluminiumboden des Wagens zu landen.

Eine gewaltige Bodenwelle erfasste sie. Im selben Moment riss Tom am anderen Ende des Seils, während Arthur am Höchstpunkt seines Sprunges angelangt war. Mit weit aufgerissenen Augen starrte er Tom an, dann fiel er wie ein Stein zu Boden und schlug hart auf.

Ein knackender Laut schallte durch den Krankenwagen. Phils Herzschlag verstummte endgültig.

16. Ein Gravequila kommt selten allein

Tom hätte es nicht für möglich gehalten, aber auch Phil besaß eine Seele. Ehrfürchtig beobachtete er, wie diese aus seinem Körper entwich. Dieser Vorgang hatte kaum etwas mit dem gemein, was er aus Filmen und alten Geschichten kannte. Wenn er ehrlich war, lief dieses Ereignis völlig unspektakulär ab und war dennoch von einer seltsamen, aufregenden Schönheit erfüllt. Eine gräuliche Wolke ploppte aus Phils halb geöffnetem Mund. Sie färbte sich, nachdem sie den Körper vollständig verlassen hatte, knallgelb wie eine bunte Sprechblase aus einem albernen Cartoon. Allerdings ohne Inhalt, Abschiedsgruß und letzte Wuttirade eines einst aufbrausenden, selbstgefälligen Mannes.

Die Wolke löste sich auf, fiel herab wie Nieselregen, sammelte sich in einer tellergroßen Pfütze, die von den Fliehkräften des Krankenwagens in Richtung eines Ablassgitters gedrängt wurde und so ihre letzte Begräbnisstätte fand.

Der Herzschlag war endgültig verstummt.

»Haben wir es tatsächlich geschafft?«, fragte Tom zögerlich.

»Hast du seine Seele nicht gesehen?«

»Ja, aber das lief so unspektakulär ab. Was geschieht jetzt mit seiner Seele? Wo kommt er hin?«

»Eure Religionen vermitteln euch utopische Vorstellungen, was mit euren Seelen geschieht. Das ist ein ganz normaler Vorgang, meist nichts Außergewöhnliches und läuft so ab, wie gerade bei diesem Typen geschehen. Wenn es eine wirklich reine Seele ist, kannst du das ganze beeindruckende Klimbim beobachten. Aber das kommt wirklich selten vor und dann tut es selbst mir leid, weil diese Person wohl ein sehr guter Mensch war.

133

Er kommt dorthin, wo am meisten Platz ist. Wenn er Glück hat, ist im Himmel noch ein Plätzchen frei. Aber das soll uns nicht weiter kümmern. Wir verschwinden von hier.«

»Ich verstehe«, gab Tom etwas zerknirscht von sich. Die Wahrheiten, die ihm Arthur auftischte, zerstörten all seine Vorstellungen und das Wissen, das ihm einst vermittelt worden war. *Was nur auf der Welt los wäre, wenn die Menschen wüssten, wie es wirklich mit dem Leben nach dem Tod stand.* Tom mochte sich diese Horrorszenarien kaum ausmalen.

»Dann lass uns verschwinden.«

Er sah sich ratlos um, da er keinen blassen Schimmer hatte, welcher Weg zurück in die Kammer führte. Eine Waschmaschine war im Krankenwagen nicht vorzufinden, nur allerlei Instrumente und Medikamente, Schränke und ein Waschbecken. Sein Blick blieb am Abfluss des Beckens hängen. Arthur war seiner Bewegung gefolgt, nun grinste er ihn gehässig und höchst amüsiert an.

»Genau DAS ist unser Rückflugticket.«

Der Rückweg verlief einen Tick spektakulärer und noch um einiges turbulenter als bei der Ankunft durch die Waschmaschine. Zumindest verstand Tom jetzt grob, wie das Prinzip ihrer Reise zwischen Kammer und Erde funktionierte. Es waren Knotenpunkte, an denen sich eine ihm unbekannte Macht konzentriert sammelte, womöglich verflüchtigte Bestandteile der zuvor entfesselten Seele.

Tom fühlte sich, als hätte ihn ein Pottwal zur Reinigung seines überfüllten Magens ausgekotzt.

Sie waren in einer weiteren Anmeldung gelandet, diesmal war es jedoch nicht der Ort der Urne. Wobei diese

Räumlichkeit eine gewisse Ähnlichkeit aufwies.

Eine weibliche Stimme, von jahrelangem Alkohol- und Zigarettenkonsum geprägt, begrüßte sie in monotoner Stimmlage, die deutlich aufzeigte, dass sie diesen Job schon lange Zeit ausübte und in diesem keine Herausforderung mehr sah. Sie war hinter einem nachtschwarzen Vorhang verborgen, nur eine vergitterte Luke erlaubte einen Blick auf ihren Arbeitsplatz.

»Tom Arkins, bitte zu mir. Deine Belohnung für die Abführung von Mr. Phil sind sieben Seelentaler und siebenundfünfzig Pennys. Zehn Prozent Abzug, weil die Ausführung nicht im Sinne der Urne war.«

Sie schob einen versiegelten Briefumschlag durch einen hauchdünnen Schlitz. Eine ruckartige, über Jahre automatisierte Bewegung, die sich gänzlich der vorherrschenden Monotonie ihrer Stimme angepasst hatte.

Tom empfing sein Salär zögerlich. Es fühlte sich für ihn falsch an, als er mit zitternden Händen das blutrote Totenkopfsiegel abkratzte und eine Handvoll Taler daraus entnahm. Verstohlen wie ein Dieb ließ er das Geld in seine Hosentasche wandern.

»Zufrieden?«

Er war sich unschlüssig, was er Arthur antworten sollte. In ihm tobte ein Sturm. Er hatte einen Menschen getötet. Selbst wenn es dieser verdient hatte; an seinen Fingern klebte Blut, und das Schlimmste daran war, dass er dafür bezahlt wurde. Jetzt, und in der Zukunft vermutlich noch viele tausende Male, würde er das entscheidende Zünglein an der Waage zwischen Leben und Tod sein. Ihm war eine Fähigkeit gegeben worden, die nur dem Schicksal und den Göttern selbst überlassen sein sollte.

»Na komm schon. Ich musste schon wesentlich schlimmere Frischlinge begleiten. Du hast zwar nicht die Höchstpunktzahl erzielt, aber es wird für einige Runden Gravequila und vielleicht für das ein oder andere bessere Ausrüstungsstück reichen.«

»Das ist es nicht.«

»Schlechtes Gewissen? Das wird vergehen. Der Drecksack hat es verdient, da musst du dir keine Vorwürfe machen. Wenn es einen Unschuldigen treffen sollte, dann wirst du noch genug Zeit haben, zu trauern und dir deinen Kopf zu zerbrechen. Doch das gibt sich mit der Zeit. Morgen hast du gleich nochmal die Chance, etwas gegen deine düsteren Gedanken zu tun. Der Weg der Abstumpfung, so nenne ich diesen Vorgang.«

»Oder mich stürzt es endgültig in eine tiefe Depression, ganz besonders, wenn ich einem Unschuldigen das Leben nehmen soll.«

Arthur stupste ihn aufmunternd mit der Schnauze an. Das war die erste liebevolle Geste, die ihm der Hund hatte zukommen lassen.

»Es ist dein Schicksal. Lass mich dir ein kleines Geheimnis verraten: Auch die Urne besitzt ein gewisses System bei ihren Entscheidungen. Normalerweise teilt sie den Frischlingen Menschen zu, die es verdient haben, zu sterben. Also sei gespannt, welcher Abschaum dich morgen erwartet. Ich für meinen Teil bin sehr gespannt, wie du dich weiter machst. In dir scheint großes Potenzial zu schlummern.«

»Wenn du das sagst«, antwortete Tom wenig erquickt. Arthur hatte es nur teilweise geschafft, seine Gemütslage aufzuheitern.

»Vertrau mir. Früher oder später wirst du sehen, dass ich recht hatte. Und da ich gerade das Wort Frischling erwähnt hatte. Wenn mich nicht alles täuscht, ist gerade Verstärkung für unsere Zunft eingetroffen. Lass uns nachsehen, wer es ist.«

Sie verließen die Seelenbank, wie Arthur sie nannte, über eine steil abfallende Wendeltreppe, woraus sich Tom schnell erschloss, dass sie sich in einem Turm aufhielten. Diese Treppe stellte den Zugang für die Sensenmänner, die zum Talereinzahlen und Abheben von Bargeld herkamen, dar. Somit schien es nur bei Erfüllung eines Auftrages so zu sein, dass sie direkt am Schalter landeten. Es war ebenso möglich, dass Arthur etwas nachgeholfen hatte, um ihnen so das Warten in einer Schlange zu ersparen. Bei der bequemen Bulldogge konnte er sich das durchaus vorstellen, vor allem da die Stufen ziemlich steil abfielen und somit ein Aufstieg für die kurzen Beine des Hundes eine nicht zu verachtende Hürde bedeutet hätte.

Als sie am Fuße des Turmes angelangt waren, hatte eine nicht unerhebliche Zahl an Sensenmännern ihren Weg gekreuzt. Manche von ihnen sahen aus wie Paradiesvögel, so als wären sie frisch aus dem Karibikurlaub gelandet und das Flugzeug hätte eine falsche Abzweigung erwischt. Andere schienen schon seit Ewigkeiten als Sensenmann zu dienen; sie trugen Nadelstreifenanzüge aus den frühen Zwanzigern, einen Frack oder Jeanshemden, wie sie einst Bahnarbeiter an den Gleisen getragen hatten.

Tom schenkte ihnen allen kaum Beachtung, zu sehr war er mit sich selbst und den vorangegangenen Erlebnissen beschäftigt. So registrierte er nur nebenbei, wie ihn Arthur aus dem Turm führte und bestens gelaunt ein Labyrinth aus schmalen Gässchen durchquerte. Hier war eine Vielzahl an kleinen Läden angesiedelt, die die Bewohner mit dem nötigsten für den täglichen Bedarf ausstatteten. Im Gegensatz zu den großen Wohnsiedlungen waren die Häuser im Altstadtkern allesamt im gleichen Stil erbaut worden. Gemauert auf grauen und schieferschwarzen Quadern, die Türen waren aus edlem Mahagoni oder Eichenholz gefertigt. Die Fenster in silberne, zum Teil sogar goldene Rahmen und Streben gefasst, die Türklopfer trugen die Form von Totenschädeln, Eberköpfen oder den gebogenen Schnabel einer Krähe. Die Häuser waren schmal, maßen höchstens drei Meter in der Breite, ragten dafür umso weiter in die Höhe. Bis zu zwanzig Meter türmten sie sich über Tom auf und waren bis zum spitzen Giebel mit Fenstern bespickt, die einen Blick in das von Petroleumlampen und Kerzen beleuchtete Innere zuließen. Er beobachtete konturlose Schatten, die sich im Dämmerlicht bewegten und nicht identifizierbaren Tätigkeiten nachgingen. Scheinbar herrschte hier ein ähnliches Geschäftsleben, wie er es von seinen Lebzeiten kannte. Elektrische Klingeln und Glühbirnen schien es nicht oder nur spärlich zu geben, was wiederum dem gesamtheitlichen technischen Fortschritt der Kammer entsprach. Irgendwann war die Entwicklung an diesem Ort stehengeblieben. Bis auf ein paar wenige Ausnahmen, wie die alte Jukebox im Grave, hätte es sich ebenso um eine Stadt des frühen neunzehnten Jahrhunderts handeln können.

Ein unangenehmes, kratzendes Geräusch drang an sein Ohr. Er wagte einen Blick in den Laden, den er gerade passierte und bei dem es sich scheinbar um eine Schmiede handelte. Ein spindeldürrer, hünenhafter Mann verpasste einer Sense den letzten Schliff und somit die tödliche Schärfe. Seine geschickten und vor Kraft nur so strotzenden Handgriffe straften seine übrige Erscheinung Lügen. Er schien ein gefragter Schmied zu sein, denn in den Regalen hinter dem Schleifstein stapelten sich allerlei Mordwerkzeuge wie

Messer, Sensen und sogar Rapiere. Bei diesem Anblick schmunzelte Tom unweigerlich, da er sich bildlich vorstellte, wie ein Pirat mit Papagei auf der Schulter und Säbel in der Schwertscheide einen Auftrag von der Urne entgegennahm.

Auf die Schmiede folgte eine Bibliothek, die vier Stockwerke in die Höhe reichte und die so voll mit Büchern, Schriften und Pergamentrollen gestapelt war, dass selbst ein Blick durch eines der zwei Dutzend Fenster unmöglich war. Tom hatte sich schon immer für Bücher der unterschiedlichsten Genres und Zeiten interessiert, sodass er Arthur ein paar Schritte davoneilen ließ und vor dem großflächigen Schaufenster innehielt. Die Exemplare, die hier ausgestellt waren, waren so selten, dass man sie sonst nur im für die Öffentlichkeit unzugänglichen Archiv des Vatikans vermutet hätte. Es waren satanische Schriften, Bücher über schwarze Magie, Rezeptbücher; allesamt verfasst in Sprachen und Zeichen, die Tom völlig unbekannt waren. So fremd, dass er sich unsicher war, ob die Zeichen überhaupt durch Menschenhand entstanden waren.

Die Bibliothek war rege besucht, was ihn wenig verwunderte, denn Entertainment wurde in seiner neuen Heimatwelt nicht gerade großgeschrieben. Die Exemplare im Schaufenster stellten nur einen kleinen Abriss des Sortiments dar. Toms scharfes Auge erkannte sofort, dass allerlei Romane in den Regalen einen Platz gefunden hatten, die nur zur Unterhaltung und zum Zeitvertreib dienten. In all dem Sammelsurium stachen die ledernen und reich verzierten Einbände von Tolkiens Meisterwerken oder Lovecrafts düstere Erstausgaben ins Auge. Er fragte sich, woher all diese Bücher kamen. Manche von ihnen besaßen einen unschätzbaren Wert, der selbst mit Gold nicht aufzuwiegen war. Der

Duft von Alter, Staub und ungeheurem Wissen, epischen Geschichten und tragischen Schicksalen; all das zog ihn an und führte ihn geradewegs in die Bibliothek. Eine Glocke ertönte angenehm leise, wie durch einen sanften Windhauch angetrieben, als er die Eingangstür nach innen schob. Der Bibliothekar sah kurz hinter seiner Lesebrille auf, kratzte sich etwas verwundet die Halbglatze und widmete sich danach wieder seinen Aufzeichnungen. *Vermutlich kontrolliert er die Liste der verliehenen Bücher und verschickt aufgrund dieser Mahnschreiben an die überfälligen Kunden,* überlegte Tom.

Er ging wie ferngesteuert auf ein Regal zu, das vor Fantasyromanen und Horrorgeschichten nur so strotzte. Er hatte erwartet, dass sich nur Werke auf den massiven Holzböden fanden, die aus der älteren Vergangenheit stammten, doch das war keineswegs der Fall. Selbst neuere Romane und Bände aus den letzten zehn Jahren standen zur Auswahl, was Tom wiederum verwunderte, aber womöglich damit erklärt war, dass es gewiefte Sensenmänner geschafft hatten, diese Bücher mit in ihre Welt zu bringen. Er beschloss, Arthur bei Gelegenheit zu fragen.

»Kein Verleih ohne Ausweis. Bis dahin Finger weg von den Büchern«, ertönte eine scharfe Stimme vom Ende des Raumes. Es war der Bibliothekar, eine gedrungene, giftig aussehende Gestalt, die sich hinter seinem Arbeitsplatz vordrängte und direkt auf Tom zusteuerte. Er trug weite Stoffhosen, ein weißes Hemd mit Hosenträgern und war steinalt. Optisch über hundert Jahre, dennoch waren seine Bewegungen die eines Mannes mittleren Alters. Er riss Tom das Buch aus der Hand, das er wenige Sekunden zuvor aus dem Regal gezogen hatte, und glotzte ihn wutschnaubend an.

»Erst ein Ausweis, dann kannst du leihen, was du

willst, Bürschchen.« Sein Ton vermittelte eindeutig, dass er keine Widerrede duldete.

Wie ein geprügelter Hund folgte er dem Bibliothekar zum Tresen, wo die Formulare zu Beantragung eines Ausweises lagen. Er bemerkte, dass die Tür aufging, langsam und unter großer Kraftanstrengung. Damit war klar, dass es sich um Arthur handelte, dem endlich aufgefallen war, dass Tom ihm nicht mehr folgte.

»Was zur Hölle machst du hier? Ich habe gar nicht bemerkt, dass du verschwunden bist. Ich hab dich überall gesucht.«

»Entschuldige, die Verlockung war einfach zu groß. Ich würde mir gerne in Zukunft ein paar Bücher ausleihen. Oder spricht etwas dagegen?«

»Eigentlich verdurste ich gleich, aber gut, wenn wir schon mal hier sind. Mr. Jenkins, bitte stellen Sie ihm schnellstmöglich einen Ausweis aus.«

Mr. Jenkins runzelte verärgert die Stirn, während er Toms Namen in eine silberne Platte eingravierte. »Ich bin ja schon dabei, ungeduldiger Kerl«, motzte er Arthur genervt an, was Tom zeigte, dass sich die beiden kannten.

»Und was ist mit meinem Roman, den ich bereits vor Wochen bestellt habe: Die Legende der tollkühnen Bulldogge?«

Tom prustete laut aus. *Hatte Arthur wirklich ein Buch bestellt, das von den Abenteuern einer Bulldogge erzählte?* Er malte sich bildlich aus, wie der Hund regelrecht in dem Roman versank und sich vorstellte, genau dieser heldenhafte Vierbeiner zu sein.

»Was lachst du so dumm? Meinst du, ich habe keinen Sinn für Unterhaltung?«

Tom verkniff sich eine Antwort, stattdessen ergriff Mr. Jenkins das Wort: »Nächste Woche, du nerviges

Fellknäuel. Diese Art von Literatur, wenn man diese als solche überhaupt bezeichnen möchte, ist nicht so leicht herzubekommen.«

Dann knallte er Toms Bibliotheksausweis, der gewisse Ähnlichkeit mit einer Lochkarte hatte, auf den Tresen. »Das macht einen Seelentaler. Die Karte speichert alle Bücher, die du ausgeliehen hast. Und bevor du fragst: Wir haben keinen Computer oder andere neumodische Technik. Halt sie einfach an das Cover. Die verbliebene Seelenenergie aus den Seiten überträgt sich dann auf deine Karte. Sobald du den Laden betrittst oder verlässt, wird diese Energie erfasst und im Gefäß des Wissens gespeichert. Ich mache dich dann darauf aufmerksam, wenn du ein Buch zu lange bei dir hast. Das kostet dann einen Seelentaler extra. Verstanden?«

Tom nickte und streckte dem Bibliothekar bereitwillig die Münze entgegen.

Dieser fischte das Geld gierig mit seinen dürren Fingern auf und hob den Kopf, um sich dem nächsten Kunden zuzuwenden. Nicht mal einen Abschiedsgruß hatte er für Tom auf den Lippen.

»Lass uns verschwinden. Du kannst dich hier ein andermal ausgiebig umsehen.«

Tom folgte Arthur bereitwillig, allein schon aus dem Grund, dass dieser Tag doch noch eine positive Wendung gefunden hatte: Es war ihm jetzt möglich, so viele Bücher auszuleihen, wie es ihm beliebte. Das versprach zumindest ein wenig Ablenkung von seinem neuen, ungewohnten und sicher oft tristen Alltag.

Sie erreichten das Zentrum, wo reger Trubel herrschte. Tom fiel sofort auf, dass sich an der Örtlichkeit etwas geändert hatte. Drei Meter über ihm spannten sich Seile, die sich von Hauswand zu Hauswand hangelten, kreuz und quer übereinander reichten oder in parallelen Bahnen ein Rennen ausführten. Daran hingen Lampions, die von innen heraus in roten, grünen und nachtblauen Farbtönen leuchteten. Der seidene Stoff war von dem gleichen Schleier behaftet, der in dieser Welt unabkömmlich schien. Dennoch kämpfte sich das Licht bis zu Tom herab, überschnitt sich, vermischte seine Leuchtkraft und warf die wildesten Schatten und buntesten Farbfetzen auf sie. Wie in einer Discokugel brach sich das Licht, zauberte Arthur einen grünen Kopf und übersäte Toms Gesicht mit roten Punkten, so als wäre von einem Moment auf den nächsten Scharlach bei ihm ausgebrochen.

Die Bulldogge kugelte sich vor Lachen. »Du siehst aus wie ein Streuselkuchen mit roten Punkten.«

»Dann guck du erst mal in den Spiegel, Hulk der Hundewelt.«

Der eitle Arthur brachte sich mit einem tollpatschig anmutenden Satz aus dem Lichtkegel, nur um daraufhin bis zum Stummelschwanz in einem silbernen Blau zu leuchten.

»Was hat das hier zu bedeuten?«

»Ach, du meinst den Festschmuck. Das ist zu Ehren des Todesgottes. Eine überholte Tradition, die dennoch weitergeführt wird. So ähnlich wie euer Weihnachten. Es wird etwas mehr getrunken als sonst, Spiele gemacht und allerlei solcher Dinge.«

Es herrschte eine ausgelassene Stimmung. Die drei Musiker, denen Tom schon mehrfach begegnet war, heizten den Bewohnern mit harten Gitarrenriffs und kernigen Rockgesängen ein. Fast jeder Sensenmann hielt einen Gravequila in der Hand und rauchte Pfeife, was dafür sorgte, dass süßlich duftende Rauchwolken Tom die Luft zum Atmen stahlen. Das Fest war so gut besucht, dass er und Arthur sich teilweise mit sanfter

Gewalt einen Weg durch die Menge bahnen mussten. Erst jetzt wurde ihm das ganze Ausmaß seiner unfreiwilligen Wahlheimat bewusst. Tausende und abertausende Bewohner hatten sich versammelt, saßen auf Bänken, unterhielten sich im Stehen oder lagen lässig auf den Stufen des imposanten Brunnens, der gräulichbraune Wasserkaskaden aus einer Hydra an Totenköpfen ausspuckte.

Sie kicherten und lachten, prosteten sich zu und umarmten einander. All dies wirkte so vollkommen normal, fast schon menschlich, dass Tom sich mehrfach ungläubig die Augen rieb, um das Geschehen zu begreifen.

Unter all den glücklichen Brüdern und Schwestern seiner Zunft fiel ihm ein Mann auf, der an einem Schild mit der Aufschrift: *Sinneskrise? Verzage nicht, besuche Dr. Mindful* kauerte und sich nervös nach allen Seiten umblickte. Zu seinen Füßen stand ein winziger Chihuahua, der energisch auf ihn einredete. Scheinbar wollte er seinen Herrn zum Weitergehen animieren. Doch dieser war wie versteinert an seiner Position verwurzelt, rieb sich zitternd die dünnen Unterarme und zupfte nervös am Gestell seiner altmodischen Hornbrille.

Er war der Typ Mann, der in Toms Jugend auf der Schule immer gehänselt worden war. Er war der Frischling, den Arthur angekündigt hatte.

*

Sie müssen mehr Umsatz machen, Mr. Hipps. Arbeiten Sie an ihrer Ausstrahlung, Mr. Hipps. Ein paar moderne Anzüge dürften es schon sein, Mr. Hipps.

Harry Hipps dröhnten die mahnenden Worte seines Bosses, Mr. Krueger, in einer Endlosschleife durch seine ohnehin halbtauben Gehörgänge, sie hatten sich wie ein

Parasit im Unterbewusstsein niedergelassen, als wären sie die Textzeilen eines Number-One-Hits.

Jetzt saß er in seinem klapprigen Kleinwagen, bei dem das Radlager kurz davor war, sich zu verabschieden. Die Scheidungspapiere lagen auf dem Beifahrersitz. Er hoffte, dass er diesen letzten Kundentermin so schnell und angenehm wie möglich hinter sich bringen würde.

Berater für Rasenmähroboter und Rasenmähtraktoren. Wie konnte es nur so weit kommen? Seine große Leidenschaft, das Programmieren von Videospielen, hatte er aufgegeben, für sie, für seine herrische Exfrau Lizzy, die er vor wenigen Monaten mit einem richtigen Schmierlappen in flagranti erwischt hatte. Ein Gigolo Anfang zwanzig, der fest davon überzeugt war, sich eine reiche Millionärsgattin geschnappt zu haben. Kein Wunder, denn Lizzy investierte einen schönen Batzen der Kohle, die seine selbstprogrammierten Spiele abwarfen, in sündhaft teure Kleidung, Schönheitsoperationen und Make-up.

Aber auch ohne diese Upgrades hatte sie sich über die Jahre wesentlich besser gehalten als Harry. Der hübschere Part der Beziehung war sie schon immer. Warum sie überhaupt mit ihm zusammen war, das wusste er manchmal selbst nicht, störte sich aber nicht daran, als oft belächelter Nerd eine so attraktive Begleitung an seiner Seite zu haben. *Bestimmt hat sie an meinen Durchbruch und das damit verbundene Geld geglaubt*, hatte er oft überlegt, nachdem er Hals über Kopf vor ein paar Monaten ausgezogen war und seitdem in einem Trailerpark am Stadtrand unterkam. Das Geld, sein Erspartes, das sie in ihrer Ehe mit beiden Händen ausgegeben hatte, fehlte ihm jetzt für eine anständige Bleibe. Deswegen Trailerpark, und keine schicke Singlewohnung im Stadtzentrum, wie sie Männer mittleren Alters in ähnlicher Lebenssituation bewohnten, um ihre neugewonnenen Freiheiten auszuleben. Deswegen der Beraterjob, statt der Selbständigkeit, die ihm nur ein unregelmäßiges Einkommen bescherte. Er brauchte das Geld und hoffte, irgendwann wieder sein Hobby zum Beruf machen zu können.

Und zur Krönung des Ganzen der Beratungstermin bei Mr. Applestone: Finanzmogul, Investor und Choleriker. Obendrauf ein Geizhals, der sich zwar einen vollausgestatteten Rasenmähtraktor – den Greenminator – leisten konnte, dafür aber den Gärtner einsparte und lieber selbst mit Anfang siebzig über seine drei Hektar große Grünfläche cruiste.

Sein einziger Lichtblick war Applestones blutjunge russische Lebensgefährtin. Mitte zwanzig, athletische Figur und eine Oberweite, mit der sie die Sonne verdunkelte. Zwar nicht frei von Plastik, doch störte sich Harry daran kaum, da der Ostblockimport nur ein Kleidungsstück zu kennen schien: Bikinis in sämtlichen Farben und Größen.

Er passierte das Haupttor, wo ihm der übergewichtige Wachmann mit vollgestopftem Mund zunickte und fuhr am großzügig angelegten venezianischen Pool vorbei. Er streckte seinen Hals, um einen Blick auf eine der Liegen zu erhaschen, in der Hoffnung, die russische Schönheit zu entdecken. Sie war nirgends zu finden.

Stattdessen fand er Mr. Applestone, der auf der Rasenfläche stand und wütend gegen den Reifen seines Greenminators trat.

Harry parkte direkt vor der gigantischen Villa im modernen Baustil, deren Fronten komplett verglast waren. Wegen der gleißenden Sonnenstrahlung waren die Rollläden heruntergelassen.

»Kommen Sie schon her!«, brüllte Mr. Applestone, der

kurz vor einem seiner berüchtigten Wutausbrüche stand.

Harry eilte auf den alten Mann zu, der trotz seiner kümmerlichen Erscheinung alles andere als gebrechlich wirkte. Er war ein knallharter Unternehmer, der für seinen Erfolg über Leichen ging. Sein unbändiger Wille zeigte sich darin, dass ihn selbst ein nicht funktionierender Rasenmähtraktor so aufregte, dass er alles um sich herum vergaß.

»Einen wunderschönen Guten Tag, Mr. Applestone«, begrüßte er den Mann freundlich.

»Das war er bis jetzt auch. Sehen Sie zu, dass Sie das verfluchte Ding zum Laufen bringen.«

»Wie kam es dazu? Ich müsste vermutlich einen Techniker herbestellen. Der wird aber nicht vor morgen früh auftauchen.«

Applestone schnaubte wütend durch die Nase. »Dann werden Sie das eben reparieren. Ich habe ganz normal gemäht, dann polterte es plötzlich, das Ding ging aus und seitdem bewegt es sich nicht mehr.«

»Da habe ich aber eine andere Info bekommen, Mr. Applestone. Ich bin für den Verkauf, die Erstinbetriebnahme und für Rückfragen zur Software zuständig. Das hört sich mehr nach einem mechanischen Problem an, womöglich hat sich ein größerer Ast im Mähwerk verklemmt. Dazu müsste ich einen Techniker ru…«

»Sie rufen niemanden an, ansonsten kontaktiere ich Ihren Boss und Sie waren die längste Zeit Verkäufer von diesem Schrott. Bringen Sie es zum Laufen, sonst lernen Sie mich richtig kennen.«

Harry hasste seinen Job, doch in der Gosse wollte er nicht landen. Der Trailerpark war schon Absturz genug, seine Ersparnisse beliefen sich auf zweihundertachtunddreißig Dollar. Und die Scheidung würde ihm auch diese letzten Scheine aus der Tasche ziehen.

»Natürlich, Sir«, gab er kleinlaut von sich, legte seinen Aktenkoffer ab und streifte sich die ältere Wolljacke über, um keine grünen Flecken auf das teure Hemd und die Krawatte zu bekommen.

Glücklicherweise verfügte der Greenminator über eine Hydraulik, die es ermöglichte, die Maschine um einige Dutzend Zentimeter anzuheben, sodass in manchen Fällen eine Reparatur vor Ort möglich war.

Harry betätigte den Hebel. Der vordere Teil des Fahrzeugs fuhr so weit hoch, dass er sich bequem darunter legen konnte. Obwohl sein Job nur Mittel zum Zweck war, bewunderte er die Technik, die im Greenminator steckte und aus dem Rasenmähtraktor eine technische Sensation machte.

Harry sah sich geradewegs mit dem nigelnagelneuen Mähwerk konfrontiert. Es roch angenehm nach frisch geschnittenem Gras, doch das war nicht das Einzige, was die scharfen Klingen gierig aufgenommen hatten. Spreißel und Rinde. Es war, wie Harry vermutet hatte. Sogleich entdeckte er den Stock, der sich kompliziert im schwer zugänglichen Teil des Mähwerks verkantet hatte. Er war gerade dabei, seinen rechten Ärmel bis zum Oberarm hochzukrempeln, als ihn ein klimperndes Geräusch, vermutlich Eiswürfel in einem Glas, aufhorchen ließ.

»Hier, dein Drink, mein Schatz«, hörte er eine weibliche Stimme mit russischem Akzent. Eindeutig Applestones junge Liebhaberin, die wieder mal, wie sollte es anders sein, nur im Bikini unterwegs war. Harry rutschte ein Stück in ihre Richtung, um zumindest einen Blick auf ihren perfekten Körper zu erhaschen. Beim Bauchnabel war leider Schluss, weshalb er beschloss, seine Arbeit so schnell wie möglich zu erledigen, um anschlie-

148

ßend die volle Pracht der importierten Ostblockschönheit zu genießen.

»Danke, Schätzchen«, antwortete Applestone lüstern und klatschte ihr mit Schwung auf den Hintern.

»Du kannst meinen Drink erst mal auf dem Sitz abstellen. Ich komme dann zu dir in den Pool und zeige dir, was der alte Applestone noch so draufhat.«

Harry wurde bei der Vorstellung übel, jedoch war das nochmal eine Gelegenheit, einen Blick auf die gewaltige Oberweite der Russin zu werfen. Eigentlich war das überhaupt nicht seine Art und er fühlte sich schlecht dabei, doch er brauchte zumindest etwas Positives, um dieser Woche einen einigermaßen guten Ausklang zu geben.

Er robbte langsam unter dem Mähwerk hervor, da es noch ein paar Zentimeter an Höhe brauchte, um den Ast zu befreien. Im selben Augenblick wollte die Russin das Glas auf dem Sitz der Maschine abstellen, stolperte dabei über Harrys Aktenkoffer, kippte nach vorne, ließ das Glas fallen und bremste ihren Fall auf dem Hebel, der die Hydraulik auf Harry herabsinken ließ.

»Verdammt!«, stieß Harry entsetzt aus.

Das Gefährt senkte sich unaufhaltsam in Richtung seines Gesichts und begrub ihn unter sich.

Wenige Sekunden später war er tot, sein Kopf so platt wie ein Busen, aus dem man das Implantat entnommen hatte.

*

Tom bewegte sich gezielt auf den Frischling zu. Er sah wie ein Mensch aus, der Fremden gegenüber freundlich, höflich und respektvoll auftrat. Oft wurde dieses rücksichtsvolle Verhalten damit bestraft, dass man ausgenutzt, betrogen oder verletzt wurde. Tom kannte das

Gefühl, obwohl er sich nicht alles gefallen ließ. Im Gegenteil – er war empathisch und hilfsbereit, sein ausgeprägter Gerechtigkeitssinn hatte ihm aber schon die ein oder andere Diskussion und auch mal einen Streit eingebrockt.

»Hi, ich bin Tom. Du scheinst neu hier zu sein«, begrüßte er ihn offen und streckte ihm die Hand entgegen.

Zögernd packte Harry die dargebotene Hand und schüttelte sie mit einem sanften, kaum spürbaren Händedruck.

»Hi, ich bin Harry.« Ein verlegenes Lächeln zierte sein Gesicht. Seine Angst und Unsicherheit las Tom wie aus einer aufgeschlagenen Zeitung. Er war offensichtlich erst vor ein paar Stunden gestorben und in der Kammer angekommen. Tom kannte das Gefühl der Hilflosigkeit und Ohnmacht nur zu gut.

»Du bist erst seit Kurzem hier, habe ich recht? Ich bin seit vorgestern da. Mach dir keine Sorgen, wenn du Lust hast, trinken wir einen zusammen und ich klär dich ein bisschen über diesen Ort auf. Zumindest über die Dinge und das Wissen, was ich schon habe.«

»Ich bin Goliath«, meldete sich der Chihuahua mit einer Stimme zu Wort, die einem Bären besser zu Gesicht gestanden hätte, aber nicht einem Hund, der Tom gerade mal bis zum Knöchel reichte.

Tom verkniff sich das Grinsen und begrüßte Goliath freundlich. Arthur und er kannten sich und führten sogleich eine aufgeregte Unterhaltung, ließen so ihre Schüler unter sich.

Harry schien das nicht ungelegen zu kommen, denn seine Körperhaltung entspannte sich merklich und er machte sogar einen Schritt auf Tom zu, um ungestört mit ihm zu reden. »Richtig, ich bin erst vor Kurzem hier angekommen. Alles ging so schnell: Der Kundentermin, dann mein Tod und nun bin ich da. Träume ich oder existiert diese Welt wirklich?«,

»Sie existiert. Und es ist hier gar nicht mal so übel, wie du im Moment glaubst. Auch wenn dir manches sehr fremd und ungewohnt vorkommen mag.«

»Na, wenigstens muss ich nicht für meine Scheidung aufkommen.«

Beide lachten. Ein Lachen, das jäh von einem eisigen Windstoß zerstört wurde, der durch die frohe Festgemeinde jagte und die Bewohner aufgeschreckt zur Seite springen ließ. Die Lampions flackerten und surrten, einige erloschen und tauchten das vorher so farbenfrohe Szenario in ein Wechselbad aus Licht und Schatten. Aus einem dieser Schatten traten zwei Gestalten hervor. Ihre Mäntel fegten über das Pflaster, als wirbelten sie Herbstlaub auf. Schulterlanges Haar flatterte im Wind, den sie mit ihren eigenen Schritten erzeugten. Ihre Präsenz schien den Sauerstoff aus der Atmosphäre zu ziehen, ließ Gespräche verstummen und gewährte ihnen die Aufmerksamkeit von hunderten erstarrter und zugleich faszinierter Augenpaare.

»Geh aus dem Weg«, zischte ihm Arthur zu. »Das sind die Brüder Coan. Extrem verrufene Aschebringer. Schon zu Lebzeiten waren sie üble Typen.«

Die Brüder trugen eiserne Masken in der Form von Wolfsschädeln. Das glattpolierte, chromfarbene Metall schluckte jeden andersartigen, durch die Lichter erzeugten Farbspritzer und sog diesen in die Maske, in eine Materie der Unendlichkeit, so schien es. Ihre bleiernen Schritte hallten wie Miniaturausgaben von Erdbeben über den Platz und brachten die leisen Atemzüge der Menge vollständig zum Schweigen.

Tom kam sich wie ein Statist in einem Western vor;

High Noon, das tödliche Duell zwischen zwei unerbitt-
lichen Rivalen, das meist zwangsläufig im Tod endete.
Nur entdeckte er niemanden, der es mit diesen Bergen
von einstigen Männern und gefürchteten Aschebringern
aufnehmen sollte. Niemanden, der nicht ohnehin schon
tot war.

Als sie an seiner Position angelangt waren, hielten sie
für einen endlos langen Atemzug inne und sahen auf ihn
herab.

Der Blick ihrer von der Nacht geküssten Augen ließ
sich auf seinem Körper nieder, suchte einen Zugang in
seinen Kopf und stellte die Verachtung offen dar, die sie
für ihn empfanden.

Kennen sie mich? Was wollen sie von mir? Geht doch bitte
weiter!

Er war unfähig, sich zu bewegen. Seine Glieder ver-
krampften sich, als spannten ihn die Brüder auf eine
Streckbank, zerrten und rissen unter einem irren Lachen
an seinen Armen und Beinen, bis diese vom Rumpf
getrennt waren.

Er wagte es nicht, zu ihnen aufzusehen, geschweige
denn, sich abzuwenden, um in der Masse zu verschwinden. Stattdessen spitzte er wie ein kleiner Junge auf ihre
Gürtel, die noch erschreckender waren als das übrige
Äußere. Ein jeder von ihnen trug eine Handvoll Totenköpfe, teilweise mit Haarbüscheln und Fleischfetzen
bestückt, an Haken, die sich in das zähe Leder gebissen
hatten.

Tom wandte sich angewidert ab und schloss die
Augen. Er war nie gläubig gewesen, doch jetzt betete er,
dass dieser Albtraum vorüberging.

Einer der Brüder näherte sich ihm bis auf wenige
Zentimeter, der zweite hatte sich Harry als Opfer aus-
erkoren.

Sie verharrten vor den Frischlingen, sicher drei oder vier Minuten. Eine Zeitspanne, die der Unendlichkeit kaum nachstand. Kein Wort verließ ihre Lippen, nur ihr schwerer, rasselnder Atem hing in der Luft.

Dann machten sie auf dem Absatz kehrt und verschwanden, wie ein abklingendes Unwetter der Sonne entfloh.

Harry atmete hörbar auf. Tom wagte es erst nach einigen verstrichenen Sekunden, die Augen zu öffnen. Vorsichtig drehte er sich in die Richtung, in die die Aschebringer verschwunden waren. Die Schneise hatte sich wieder geschlossen und die Bewohner frönten den Festlichkeiten, als wäre nichts geschehen. Von den beiden unheimlichen Todesbringern war weit und breit keine Spur mehr zu sehen. So, als hätten sie niemals existiert und waren nur ein Produkt von Toms blühender Fantasie gewesen.

»Was wollten die von uns? Ich kenne sie nicht und dann das.« Tom schaffte es nicht, sein Entsetzen zu verbergen. Harry erging es kaum besser. Er zitterte am ganzen Leib und scannte hektisch seine Umgebung, damit ihm ja nicht entging, wenn die Aschebringer wieder auftauchten.

»Ihr braucht euch keine Sorgen mehr zu machen«, beruhigte sie Arthur. »Sie suchen wohl einen der speziellen Läden hier auf. Den Umgekippten Grabstein, nehme ich an. Dort gibt es gewisse Werkzeuge und Tränke, die selbst solch furchterregenden Aschebringern noch von Nutzen sein können. Eigentlich stammen sie aus einer anderen Kammer, doch in letzter Zeit werden sie öfter hier gesehen. Ich weiß nicht, was sie vorhaben, aber mir kommt das ein bisschen komisch vor.«

»Aber was wollten sie von uns?«, verlangte Tom eine Antwort auf die Frage, die ihm am meisten auf der

Zunge brannte.

»Nichts. Ihr seid Frischlinge. Die Aschebringer riechen das. Du hast es sicher schon mal in Knastfilmen gesehen. Da stehen die Frischlinge auch unter besonderer Beobachtung, haben Küchendienst, müssen sich nach der Seife bück…«

»Genug, hör auf. Ich habe es verstanden.«

»Ich schlage vor, dass ihr zwei ins Grave geht und euch ein paar Gravequilas hinter die Binde kippt. Das entspannt und damit hat Harry gleich seine Taufe hinter sich. Heute soll es einen Liveact geben – Gesang und Tanz. Fast wie zu euren fleischlichen Zeiten. Na, wäre das nichts?«

Harry sah zu Tom, schwieg aber. Er knabberte noch an seiner neuen Lebenssituation.

»Da geb ich Arthur ausnahmsweise mal recht. Das Grave ist ein toller Schuppen und die Jungs dort spielen echt gute Musik. Lass uns doch auf ein, zwei Drinks vorbeischauen und über alte Zeiten plaudern.«

Harry überlegte einen Moment, dann nickte er Tom lächelnd zu. »Über alte Zeiten und neue Freundschaften quatschen, es gibt sicher üblere Dinge.«

Die Brüder Coan hatten nur für eine kurze Unterbrechung des Festes gesorgt, dessen Stimmung mittlerweile seinen Höchstpunkt erreicht hatte. Feuerspucker stießen weiße Geisterflammen in die Menge, die an Stelle von Hitze eisige Kälte verbreiteten und sternförmige Eiskristalle auf Toms Kleidung und Gesicht hinterließen. Es wurde getanzt, gesungen und gelacht. Akrobaten führten tollkühne Kunststücke an Laternen, Lampions und Häuserfassaden aus; einer von ihnen stürzte ab, verlor dabei seinen Kopf, wanderte orientierungslos mit dem Rest seines Körpers umher, bis ihm ein weiterer Akrobat aushalf und ihm das abhandengekommene Körperteil reichte. Beherzt packte er sein Haupt und vereinte es wieder mit dem Hals. Bei Harry sorgte dieses Schauspiel für eine entsetzte Faszination, für Tom war es nur eine weitere Absurdität in einer Fülle aus Verrücktheiten, die ihm in der Kammer widerfahren waren.

Auf dem Weg zum Grave erstreckte sich eine große Ansammlung an Ständen, die allerlei Köstlichkeiten (zumindest stellten sie das für die alteingesessenen Bewohner dar) feilboten. Von Süßigkeiten wie Lakritzstangen und Schokolade bis hin zu Fleischspießen und Pizza (Tom jubelte innerlich auf) gab es alles, was er aus seinem früheren Leben kannte. Er lud Harry auf ein Stück Pizza und eine Lakritzstange ein, da sein neugewonnener Freund mit leeren Taschen unterwegs war. Logisch, lag sein erster Auftrag noch vor ihm.

So euphorisch Tom zu Beginn war, so enttäuscht war er im Nachhinein. Es war Pizza. Es roch wie Pizza. Selbst der Belag – ein etwas dunklerer, wabbliger Käse unter dem sich weiche Fleischbrocken wie die Gipfel von Eisbergen durch die Schicht drückten und verdächtig nach Thunfisch aussahen – glich dem einer stinknormalen Pizza, doch es schmeckte nicht so. Ebenso die Lakritzstange. Der seltsame Schleier, der wie eine Barriere zwischen einer tieferen Bindung, zwischen wahrem Leben, zwischen all dem stand, was das Leben für einen Menschen ausmachte, haftete auch am Essen und vermittelte ihnen beiden ein Gefühl von Falschheit. Es war eine Illusion, ein Traum, aus dem es kein Erwachen gab. Ein Traum, in dem jegliche Art der Freude hinfällig, nutzlos und reine Maskerade war.

»Schmeckt ein bisschen fad. Irgendwie, wie soll ich sagen … nicht echt. Es fehlt die Liebe in der Zubereitung.«

Harry sprach das aus, was Tom dachte. »Mir geht es

genauso. Vielleicht müssen wir uns einfach nur daran gewöhnen. Ich kann dir jedenfalls versprechen, dass ein Gravequila besser schmeckt.«

»Na immerhin. Dann können wir unseren Hunger wenigstens ertränken. Auch wenn dich die Frage vermutlich nerven wird, aber ist es wirklich in Ordnung, dass du mich aushältst? Ich komme mir schlecht dabei vor.«

Tom reagierte auf die wiederholte, schüchtern vorgetragene Frage mit einem herzlichen Lächeln – zumindest hoffte er das und gab Harry einen freundschaftlichen Schubs. Er war froh, dass er einen neuen Freund gewonnen hatte. Das war niemals in Seelentaler und Gravequilas aufzuwiegen.

»Die nächste Runde geht einfach auf dich, sobald du dein erstes Salär erhältst. Ich denke, wir werden noch sehr viele Gravequilas trinken, in der Zeit, in der wir hier sind.«

Sie ließen den fast schon erdrückenden Trubel hinter sich und gelangten am Grave an. Auf dem Weg dorthin hatte Tom von seinen bisherigen Erlebnissen erzählt und was Harry bevorstand: die Urne, sein erster Auftrag, ein eigenes Haus. Die Übungen mit den Zombies verschwieg er bewusst, da Harry mit jeder Schilderung unruhiger wurde. Sein von Angst und Nervosität geschwängerter Körpergeruch wäre für einen Zombie auf einen Kilometer Entfernung riechbar gewesen.

Tom lenkte das Gespräch in eine andere, fröhlichere Richtung. Er erzählte von den Annehmlichkeiten, die dieses neue Leben mit sich brachte und eröffnete diese Form der positiven Energie, indem der die Schwingtüren zum Pub aufstieß und auf dem Weg zum Tresen zwei Gravequilas bestellte.

Das Grave war zu dieser frühen Abendstunde wie leergefegt, nur die Band steckte mitten in den Vorbereitungen zu ihrem Auftritt. Es waren dieselben drei Musiker, die in der Stadt und an den Abenden zuvor die Gäste mit ihrem ungewöhnlichen Musikmix beschallt hatten. Diesmal hatten sie ihr Outfit komplett auf rechts gedreht; sie trugen lederne Kutten und rote Stirnbänder, die mit weißen Sternen bedruckt waren. Fliegerbrillen, Stiefel und E-Gitarren sowie Schlagzeug und Keyboard vervollständigten das rockige Erscheinungsbild. Die ersten Gitarrenriffs jagten durch das Grave, gefolgt von ein paar »mic check one two«.

Harry setzte sich neben Tom und sah sich um. Einen Moment später brachte ihnen der Barkeeper zwei Gravequilas und nickte Tom beim Servieren mit einem amüsierten Lächeln zu. Scheinbar freute er sich auf das bevorstehende Trinkgeld, das er schon am letzten Abend großzügig mit Arthurs Geld hatte springen lassen.

»Erzähl mir doch ein wenig über dein Leben«, forderte er Harry auf.

Dieser schien auf diese Aufforderung gewartet zu haben. Es sprudelte nur so aus ihm heraus: seine Hobbys, hauptsächlich Videospiele, das Programmieren, seine wunderschöne Exfrau, die ihn nur ausgebeutet und betrogen hatte, sein dämlicher Tod.

Tom stellte fest, dass sie viele Gemeinsamkeiten hatten und sich daraus eine bleibende Freundschaft entwickeln konnte. Er bestellte eine zweite und dritte Runde, während sich das Grave zusehends füllte. Die Band hatte ihren Rhythmus gefunden und heizte dem Publikum jetzt mit den größten Rockhits der Vergangenheit ein, aber auch mit eigens geschriebenen Stücken, die den Klassikern qualitativ kaum nachstanden.

Tom merkte langsam, wie der Alkohol – oder was auch immer für eine betörende Substanz im Gravequila steckte – in seine Synapsen stieg. Eine weitere Runde später stellte er sich auf seinen Barhocker und sang laut zu Journey mit. Er schaffte es, die Menge anzustecken, die ebenso angetrunken in sein Gegröle einstimmte und den Laden zum Kochen brachte.

Pure Ekstase flutete das Grave, Tom kam sich vor, als wäre er beim ersten Gig einer Band, die später Musikgeschichte feierte. Der vierte und fünfte Gravequila beeinflussten seine Motorik und brachten ihn ein ums andere Mal fast zu Fall.

Harry setzte das Getränk deutlich stärker zu. In seinem rechten Arm hielt er einen Mann, dessen halbes Gesicht in Fetzen hing und dessen Knochen hervortrat; er stand kurz davor, sich in ein Skelett zu verwandeln. Sein linker Arm hatte sich um eine üppige Dame, die locker das Doppelte seines Gewichts auf die Waage brachte, geschlungen. Sie war in ein Kleid gehüllt, das farblich in eine Blumenwiese gepasst hätte. Harry war so betrunken, dass er gar nicht bemerkte, dass sie nur einen Arm besaß und von der anderen Schulter nur ein Stumpen übriggeblieben war. Sie hatte fürchterliche Zähne und ihr Gesicht war speckig. Harrys Rausch blendete all diese Makel aus. Er ging sogar einen Schritt weiter: Er schmatzte der Dame auf die Wange, die vom Feuer geküsst zu sein schien, entledigte sich des Skelettes mit einer innigen Umarmung und legte dann mit seiner neuen Flamme einen wilden Twist durch das Grave hin.

Plötzlich trat eine zierliche Gestalt, fast nur ein Schatten, auf die Bühne. Sie trug einen dunklen Schleier und drückte den Sänger mit sanftem Druck vom Mikrofon weg, just in dem Moment, als der Song sein Ende gefunden hatte.

»It´s a dark night«, hauchte sie in das Mikrofon und drehte ihren Kopf genau in Toms Richtung.

Peinlich berührt ließ er sich in seinen Hocker sinken und lauschte andächtig dem Song, der nur ihm zu gelten schien.

So hoffte er.

Nachdem Ivy ihren Auftritt beendet hatte, kippte Harry endgültig aus den Latschen. Als Tom ihn mithilfe des Skelettes aus dem Grave trug, wo Goliath bereits wartete, und er anschließend nach drinnen zurückkehrte, um sich von Ivy zu verabschieden, war diese verschwunden.

Den kompletten Heimweg über, auch als er Harry in seinem neuen Zuhause abgeliefert hatte und selbst als er stark betrunken in seinem Bett lag, kreisten Ivy und der Song in seinem Kopf umher. Zufrieden schlief er ein.

17. Ein tödlich toter Kater

Die Gravequilas hatten ihn ausgeknockt wie ein Schwergewichtsboxer in Runde 1. Er schlief so fest, dass er Arthur selbst dann nicht gehört hätte, wenn dieser mit einem Orchester und drei Rockbands angetanzt wäre und diese alle zusammen einen Auftritt direkt neben seinem Bett hingelegt hätten.

Leicht benommen wachte er auf, rieb sich die Augen und versuchte festzustellen, welcher Teil seines Körpers am meisten schmerzte. Es war sein Schädel. Das Pochen hinter der Stirn war kurz davor, sich durch den Knochen zu schlagen. Sofort umflossen seine Gedanken den vorherigen Abend. Wie es nach einem richtigen Rausch üblich war, setzte die Erinnerung bruchstückhaft ein und beschämte ihn zusehends, je vollständiger sich das Puzzle seines Tuns zusammensetzte. Das Grölen, sein wildes Springen auf dem Barhocker, Harrys Sturz, Ivys Gesang. *Ivy* ... Er war noch immer betört von ihrer Stimme, wie sie ihn angesehen hatte. Er musste mit ihr reden, gleich, nachdem er seinen zweiten Auftrag erledigt hatte.

Der Auftrag! Schlagartig holte ihn der Ernst zurück in die Realität und sorgte für einen positiven Impuls, der sein verkatertes Leiden etwas milderte. Womöglich lag es aber auch daran, dass er nur noch rein faktisch ein Mensch war und die Schwächen seines vorherigen Lebens, so wie alles in dieser Welt, eine geringere Gewichtung hatten.

Als wäre sein Gedanke das passende Stichwort gewesen, erklang die anmutige Melodie der Klingel, die seine Gehörgänge in Honig rieb. Er kannte diese trügerische Wonne, auf die nur wenige Sekunden später das Horn folgen würde, das den Turm zum Wanken brachte. Umständlich sprang er aus dem Bett und hetzte die Treppen hinunter.

Er atmete tief durch und öffnete die Tür.

»Scheiße verdammt, es ist Mittag und du bist gerade erst aufgestanden?!«, begrüßte ihn Arthur barsch. »Dein neuer Kumpel hat gerade Ektoplasma gekotzt, wie mir Goliath berichtet hat.«

»Mir geht es ehrlich gesagt auch nicht viel besser«, gestand Tom. Eine unangenehme Übelkeit kroch seinen Rachen hoch. Bisher hatte sich diese für ihn schlimmste Begleiterscheinung eines Katers versteckt gehalten, doch jetzt stand er kurz davor, Arthur auf den Kopf zu kübeln.

»Untersteh dich! Komm, hol dein Zeug. Wir besorgen dir was, damit du wieder fit wirst. Wir haben zum Glück noch etwas Zeit, bis dir die Urne deinen nächsten Auftrag übergibt. Na ja, ehrlich gesagt habe ich auch etwas verschlafen. Goliath hatte noch ein paar von den neuen Assistentinnen im Schlepptau und wir sind etwas versumpft …«

Obwohl es Tom wahrlich dreckig ging, lachte er bei der Vorstellung, wie sich Arthur und Goliath als große Helden und alteingesessene Alleskönner aufspielten, nur um den Hundedamen zu imponieren.

»Was gibt es da zu lachen?«, fuhr die Bulldogge Tom in einem Tonfall an, der nicht verriet, ob die Entrüstung gespielt oder ernstgemeint war. »In Zukunft keine Saufgelage mehr am Tag vor einem Auftrag. Zumindest, bis du nicht ein gestandener Sensenmann bist. Ich habe beide Augen zugedrückt, weil du mit diesem unbeholfenen Tollpatsch offensichtlich einen guten Freund gefunden hast, der dir dein Leben hier erträglicher machen wird. Und jetzt hol deine Sachen und folge mir. Ich habe keine Lust, stundenlang in der Schlange zur

Urne zu stehen.«

Tom verschwand kleinlaut und war insgeheim froh, dass Arthur einigermaßen milde auf ihn zu sprechen war. Er hatte nicht verantwortungsvoll gehandelt und sich zu sehr von seiner Euphorie, einen neuen Freund kennengelernt zu haben, leiten lassen. Das wollte er in Zukunft vermeiden, zumindest dann, wenn ihm ein Auftrag bevorstand.

Er holte geschwind seine Kiste und eilte auf Arthur zu, der ungeduldig am Gartentor wartete.

Tom setzte sein freundlichstes Grinsen auf, doch die Bulldogge ignorierte ihn eiskalt. Erst, als sie wieder im Zentrum der Kammer angekommen waren, besserte sich ihre Laune.

Arthur führte ihn erneut durch ein Labyrinth schmaler Gässchen, die eine Vielzahl der unterschiedlichsten Läden des täglichen Bedarfs beherbergten. Ihr Ziel war ein winziges Café namens „Blühender Grabstein", das die untote, vegane Ökovariante der zahlreichen Hipster-Cafés darstellte, die sich zu Toms Lebzeiten in den Staaten wie die Pilze vermehrt hatten.

Arthur bestellte und Tom trank das giftgrüne Gesöff, das einen Smoothie darstellen sollte. Da er bisher kaum Pflanzen entdeckt hatte, ersparte er sich weitere Nachfragen, was denn genau die Zutaten seines Wachmachers waren.

»Bis zum letzten Tropfen. Danach wird es dir besser gehen.« Arthur beobachtete Tom mit Argusaugen, während dieser sein Glas leerte. Strenger als eine Mutter, die darauf bedacht war, dass ihr Kind den Teller blitzblank leer aß.

Er hätte es nicht für möglich gehalten, doch die Wirkung trat innerhalb weniger Sekunden ein. Als sie ihr Ziel erreichten und sich geduldig in der Schlange anstellten, die sich vor der Urne gebildet hatte, war sein Kater fast verflogen.

Wenn ich am Leben wäre, dann wäre das die Geschäftsidee des Jahrhunderts.

»Das kann sich nur noch um Stunden handeln«, motzte Arthur. Die vergangene Stunde hatte er nichts anderes gemacht, als sich über Toms Rausch zu ärgern und über Harry lustig zu machen. Tom schwieg, da er absolut keine Argumente gegen die Bulldogge vorzubringen hatte. Er konzentrierte sich lieber auf seinen bevorstehenden Auftrag, den ihm die Urne in wenigen Minuten, so hoffte er, aber wahrscheinlicher in einer weiteren Stunde, überreichen sollte. Jetzt verstand er, warum Arthur so erpicht darauf war, diesen Ort so früh wie möglich aufzusuchen. Die Schlange ähnelte einem typischen Gang zum Amt.

Es verging eine weitere halbe Stunde, in der sich Arthurs Laune glücklicherweise gebessert hatte, bis Tom endlich wie ein kleiner Schuljunge vor der Urne stand und mit zitternder Hand den Deckel vom Gefäß hob.

»Nicht so hastig, Tom Arkins.« Die schneidende Stimme ließ ihn zusammenzucken und in seiner Bewegung erstarren.

»Ich habe gehört, du hast dich für dein erstes Mal ganz gut geschlagen. Ich spüre aber auch deine innere Unruhe. Hast du etwa Angst vor deinem nächsten Auftrag?«

Tom hätte die Urne am liebsten vom Podest geboxt, verwarf diese irrsinnige Idee, die aus den Ausdünstungen des Restalkohols geboren worden war, aber sogleich wieder.

»Sollte ich das haben?«, antwortete er trotziger als beabsichtigt.

Die Urne vibrierte kurz, so als verdaute sie die patzige

Antwort. »Ah, ein Rebell. Dann lass uns mal sehen, was die Schicksalsströme für dich haben, Tom Arkins. Greif zu, ich bin ganz gespannt, was dich als nächstes erwartet«, kicherte das Gefäß amüsiert.

Schicksalsströme. Tom hatte aus der Stimmlage eindeutig herausgehört, dass die Urne nur den Ahnungslosen mimte, und genau im Bilde darüber war, was auf ihn zukam.

Beherzt griff er in das Innere. Zunächst war es nur Leere, die seine Hand umfing, gefolgt von warmer Luft, die sich zu kochend heißen Dampfschwaden erhitzte, die winzige Bläschen auf seine Haut warfen. Tom stieß ein gequältes Stöhnen aus, wollte der Urne und Arthur aber nicht die Blöße eines Rückzugs geben. Seine Hartnäckigkeit wurde belohnt. Die Temperatur sank auf eine erträgliche Gradzahl und er erfuhr sogar eine Abkühlung durch Wasser, mit dem sich das Gefäß füllte. Die Erfrischung linderte seine Schmerzen und kühlte seine Haut, doch das war nur ein kurzer Moment der Erholung, der ihm gegönnt war. Die Temperatur steigerte sich wieder und blieb auf Badewassertemperatur. Etwas berührte seine Hand, eine kratzige, unangenehme Berührung, die ihn nur wie ein Lufthauch gestreift hatte. Er fasste das unbekannte Objekt und stellte nach sekundenlangem, vorsichtigem Abtasten fest, dass es sich um ein Haarbüschel handelte.

Seine Miene spiegelte den Ekel wider, den Arthur von seinem Gesicht ablas.

»Mach weiter!«, ermutigte er ihn. »Ich befürchte, du ziehst dir einen Flutsch.«

»Einen was?«

»Einen besonders ekelhaften Auftrag. Hier nennen wir das Flutsch.«

»Hundewelpen. Denk an Hundewelpen«, wiederholte

er murmelnd, schob das Haarbüschel beiseite, bis er merkte, wie sich die Urne verengte, und sein Handgelenk zu einer unnatürlich verformten Bewegung zwang. Kurz bevor er steckenblieb, fassten seine Finger eine härtere Substanz als Haare. Entschlossen packte er zu, befreite sich aus den engen Windungen und zog den Gegenstand aus der Urne.

Es war Klopapier, Lagen von zusammengepresstem Klopapier. Glücklicherweise ohne braune Flecken und gelbe Spritzer behaftet, aber dennoch blieb es ekelhaft.

Zumindest war die Botschaft auf der feuchten Oberfläche lesbar geblieben:

ELIAH SWAKOWSKY
VERTRETER
NEW ORLEANS
IN-AND-OUT-SERVICES
BEVORZUGTER TOD: TOD DURCH ERSTICKEN
CHARAKTER: KAUM SELBSTBEWUSSTSEIN, NERD, FETISCH

»Hört sich spannend an. Was das wohl für Dienste sind, die diese Firma anbietet?«, unkte Arthur.

Tom ereilte eine vage Vorahnung, wohin sie der Flutsch führen würde, als er das Klopapier in der Mulde ablegte.

Eine Sekunde darauf verschwanden sie.

18. Gibs mir, Schweinchen

Der Schleudergang war das Letzte, das Tom gebrauchen konnte. Wenigstens war die Trommel doppelt so groß wie bei ihrer vorherigen Ankunft, wodurch er und Arthur nicht wie durch eine Tube Mayonnaise aus der Tür gepresst wurden.

»Ich bin blind! Hilf mir! Ich bin blind!«, schrie die Bulldogge panisch und rannte wie von der Tarantel gestochen durch den Waschsalon, der gerade einmal Platz für eine Handvoll Maschinen bot.

Die äußerst knapp bekleidete Dame bekam weder mit, wie sich Tom vor Lachen kugelte, noch wie Arthur damit kämpfte, wieder klar zu sehen.

»Du siehst aus, als hättest du eine Raubkatze erlegt«, lachte er und befreite die Bulldogge aus dem XXL-Höschen im gefleckten Leopardenlook, das sich im Schleudergang vollständig über ihren Kopf gelegt und so die Sicht verdunkelt hatte.

»Damit sind wir quitt.« Arthur starrte beschämt zu Boden, lachte dann ebenso wie Tom lauthals, nachdem sein Blick den Bereich um dessen bestes Stück erfasst hatte. Ein roter, mit weißen Punkten gefleckter Slip, der eine Nummer kleiner als der erlegte Leopard war, hatte sich um Toms Hüften verfangen.

»Ich glaube, die In and Out Services haben hier eine Flatrate auf die Waschmaschine gebucht und die Dame passt auf, damit ja nix verfärbt wird.«

Die Prostituierte, deren Haar zu glatt aussah, um echt zu sein, tat alles, nur nicht auf die Wäsche aufpassen. So bemerkte sie nicht, wie die beiden Slips aus der Waschmaschine gelangt waren, ohne dass sich die Tür geöffnet hatte, und wie sie nun wie von Geisterhand bewegt durch die Luft schwebten und zu Boden fielen. Sie war zu sehr damit beschäftigt, Nachrichten auf ihrem Smartphone zu tippen, dämliche 7-Sekunden-Videos anzusehen oder das Gerät vor sich auf der Handfläche zu halten, um zu telefonieren, anstatt es wie jeder normale Mensch ans Ohr zu legen.

»Lass uns von hier verschwinden. Der Laden muss gleich nebenan sein. Wie nennt ihr das nochmal? Pub?«

»Puff. Das Grave ist ein Pub. Würden da noch Mädels mit gewissen Vorzügen im Hinterzimmer warten, dann könnte man es auch als Puff bezeichnen«, schmunzelte Tom.

»Ja, mein ich doch. Puff! Mein Wortschatz ist ziemlich eingeschlafen. Wenn wir zurück sind, werde ich mir ein paar Wälzer ausleihen und was für meine grauen Zellen tun.«

Diesmal schritt Tom problemlos durch die Glastür. Es war nur ein sanfter Hauch von Widerstand, der mit seinem Körper kollidierte.

Sie waren in einer wenig belebten Seitenstraße angelangt. Rundliche Gaslaternen aus dem frühen neunzehnten Jahrhundert wirkten der einsetzenden Dämmerung mit gelblichen Lichtkegeln entgegen, die wie die unteren Landelichter von Ufos ihre Form auf das Kopfsteinpflaster warfen. Ein in Flieder getunkter, von Wolkenbergen durchsetzter Abendhimmel verschlang die Sonne des Tages mit süßer Gnadenlosigkeit und rollte den Teppich für all das nervige Getier aus, das sich tagsüber in den Sümpfen und Flüssen der umliegenden Natur herumtrieb.

Von der gegenüberliegenden Straßenseite übertönte Musik das Summen der Moskitos, die glücklicherweise nichts von ihrer Existenz bemerkt hatten. Trompete, Saxophon, Piano, Klarinette, Kontrabass und Schlagzeug vereinten sich zu einem wilden Kompositum, das

Besucher unterschiedlichster Hautfarbe, Gesellschafts-
schicht und Alters wie der Gesang einer Sirene anlockte
und sie so lange in den Laden namens „Sweet Clap"
strömen ließ, bis sich eine Schlange bis zur Straße gebil-
dete hatte.

Das Jazzlokal passte perfekt in das Gesamtbild des
Viertels, das sich aus kleinen Geschäften, Galerien,
Cafés und eben dem In-and-Out-Service zusammen-
setzte.

Sie standen genau davor. Die Leuchtreklame blinkte in
verführerischem Rot, das sich übergangslos an die Vorhänge anschmiegte, die meist zugezogen waren, und
somit zeigten, dass hinter der glasigen Front Betrieb
herrschte.

Tom und Arthur wurden von einer Wand aus Rot
erschlagen. Der Puff war in seiner Rushhour angekommen und diese würde nicht abreißen, bis sämtliche Bars
geschlossen und der Liveact gegenüber beendet war.
Insbesondere Männer, die ordentlich einen sitzen
hatten, ließen alle Hemmungen fallen und begaben sich
für ihre letzten Dollars in die geübte Hand einer professionellen Dame, die genau wusste, wie sie ihren Kunden
einen gelungenen Abschluss des Abends bereiten
konnte.

»Dann mal los. Du warst doch schon mal in so einem
Puff, oder?«

Tom schüttelte den Kopf. »Nein, außer Tara gab es
nicht viele Frauen in meinem Leben. Und wenn ich ehrlich bin, verstößt es gegen meine Prinzipien, für Sex zu
bezahlen.«

»Beim heiligen Pudel. Wenn du nicht in den Himmel
kommst, dann weiß ich auch nicht mehr.«

»Klingt fast so, als wärst du der Aufreißer schlechthin
gewesen.«

»Hast du eine Ahnung, Jungchen. Nicht umsonst nannten mich die Damen Arthur The Diggler, weil ich so unverschämt gut …«

Tom fuchtelte hastig mit den Armen. »Stopp, sprich nicht weiter. Ich kann es mir gut vorstellen.«

»Herrje, bist du prüde. Hoffentlich kippst du mir da drinnen nicht gleich aus den Latschen, wenn du die Damen und Herren beim Stöpseln siehst.«

»Das ist es nicht, nur dachte ich vor ein paar Tagen noch, dass Hunde nur rammeln, damit sie Nachwuchs zeugen und dann kommst du als vierbeiniger Don Juan daher.«

»Natürlich rammeln wir. Und ich besonders gut, deswegen auch der Spitzname Dig…«

Tom verschwand durch die Tür und somit in das Innere des Etablissements. So entging er Arthurs Prahlerei und dem unangenehmen Kopfkino, das seine Filmrolle samt antiquierter Soundeffekte angeworfen hatte.

Hatte das *In and Out* von außen betrachtet einen Hauch von Schäbigkeit und Absteige, so präsentierte sich der Innenraum von seiner Sahneseite.

Tom setzte seinen Fuß auf einen weichen, dunkelroten Teppich, der jegliches Geräusch schluckte (abgesehen davon, dass er sowieso keinen Laut erzeugte).

Er schob den Vorhang beiseite und trat in einen offenen Raum, von dessen Decke Kristallkronleuchter hingen, die neben der Vermittlung eines luxuriösen Erscheinungsbildes die Bar auf der linken Seite in ein angenehmes Licht hüllten. Dies lud zum Verweilen und zum Genuss des einen oder anderen Drinks ein.

Drei Gäste zählte Tom, die sich zur frühen Abendstunde an diesem speziellen Ort aufhielten und darauf warteten, von der Dame ihres Herzens oder Vermittlerin ihrer Neigungen abgeholt zu werden.

Einer von ihnen war so breit, dass er sich zwei Barhocker unter den fetten Hintern geschoben hatte, um zum einen zu verhindern, dass das Möbelstück zusammenbrach, und zum anderen so für seine Bequemlichkeit zu sorgen. Seine Jeans hätte als Zelt dienen können, und sein ausgewaschenes Holzfällerhemd ergab sich dem Kampf gegen die Fettmassen, die sich von allen Seiten unter dem Baumwollstoff hervordrängten. Paradoxerweise trank er weder Bier noch Whiskey, sondern nippte an einem Glas Schampus.

Der Typ neben ihm stellte das genaue Gegenteil dar. Er brachte höchstens ein Drittel des Gewichts auf die Waage und war noch altbackener gekleidet als sein Nebenmann – die Hose reichte ihm nur bis zu den Knöcheln und gab so ein alpinweißes Paar Socken preis. Grau in Grau dominierte seinen Stil, der irgendwann in einer Zeitschleife hängengeblieben war. Sein unendlich langweiliges Äußeres besiegelten grün-weiß karierte Hosenträger und eine Hornbrille, die sein halbes Gesicht einnahm.

»Der Dürre dort an der Bar ist bestimmt noch Jungfrau und seine Mama hat ihm die Klamotten rausgelegt. Meine Güte, da hatte ich Herrchen, die bereits vor einigen Jahrzehnten moderner angezogen waren. Kein Wunder, dass der fürs Stöpseln bezahlen muss. Aber selbst dann bekommt er nur eine, die bei uns einen Maulkorb tragen müsste.«

»Ist das unser Mann?«

Arthur schüttelte den Kopf so weit, wie es sein faltiger Nacken zuließ. »Nein, oder siehst du irgendetwas an ihm, das dir anders erscheint?«

»Mir fällt nichts Ungewöhnliches auf. Auch nicht an dem Typen neben ihm.«

Der Dritte im Bunde kam der Beschreibung eines

Vertreters schon näher. Er trug einen piekfeinen Nadelstreifenanzug und Schuhe, die auf Hochglanz poliert waren. Er war die Sorte von Mann, die man sich in der Werbung eines Modelabels vorstellte. Der geborene Aufreißer, der alles nötig hatte, nur nicht den Besuch in einem Puff.

Die Bardame mit den gemachten Brüsten und aufgespritzten Lippen beugte sich über den Tresen und hauchte ihm etwas ans Ohr. Er hingegen erwiderte ihre Zuneigung nur mit einem sanften, aber entschlossenem Kopfschütteln und einem wissenden Grinsen. Seine Interessen lagen woanders verborgen, was wohl auch der Grund seines Besuches in einem derartigen Etablissement war.

Gekränkt wandte sich die Bardame ab und bediente den Fettsack, der sich ein weiteres Glas Schampus gönnte.

»Der ist es auch nicht. Lass uns nach oben gehen. Ich denke, unser Mann ist schon längst bei der Sache.«

Als sie sich in die obere Etage aufmachten, kamen zwei Personen die Stufen hinabgestiegen. Eine von ihnen stand der Figur des Fettsacks in nichts nach. Die üppigen Gebirgsketten ihres Körpers waren unter dem Stoff eines dunklen Kleides verborgen, das als Nachthemd hätte dienen können. Die speckigen Handgelenke waren mit goldenen Armringen übersät, die melodisch klangen, wenn sie im Rhythmus ihrer Bewegung aneinanderschlugen. Pechschwarzes Haar fiel ihr über den breiten Rücken und ihr Mondgesicht war auffällig blass geschminkt, sodass sie auf Tom wie eine übergewichtige, westliche Geisha wirkte. An der Hand führte sie eine junge Frau Richtung Bar, kaum volljährig und mit einem Körper bestückt, der einem vierzehnjährigen Mädchen gehört haben konnte. Golden glänzende

Locken kräuselten sich über ihr makelloses, jugendliches Gesicht, aus dem ein Paar strahlend blaue Augen verlegen auf die Männer an der Bar schielte.

»Das scheint die Chefin hier zu sein«, mutmaßte Arthur.

»Und sie führt das arme Ding genau zu diesem Fleischkloß.« Tom wurde übel. Er wusste, dass das Geschäft genügend Schattenseiten besaß, dass das Mädchen sicher volljährig war (das hoffte er inständig) und er hoffte umso mehr, dass sie sich ihr Leben freiwillig ausgesucht hatte und es nur als Job ansah.

Als sie mit erstarrtem Blick ihre Kundschaft die Treppe hinaufführte, wurde Tom klar, dass all seine Hoffnungen reine Illusion waren. Hier zählte nur das knallharte Geschäft.

Die Puffmutter verschwand nicht wieder nach oben, sondern wandte sich an die Bardame.

»Schätzchen, ist mein spezieller Kunde schon hier? Mr. Swakowsky. Er hatte extra nach mir verlangt und ein hübsches Sümmchen geboten.«

»Ja, Elfrieda. Er ist vor ein paar Minuten auf die Toilette verschwunden. Er müsste jeden Moment da sein.«

»Sehr schön. Dann warte ich eben auf ihn. Rufe Keira und Michelle, sie sollen sich um die beiden Hübschen hier kümmern. Falls neue Gäste auftauchen, halte sie mit einem kühlen Getränk bei der Stange, bis ich wieder hier bin.«

»Wird gemacht«, gab die Bardame zurück, griff an den Hörer, wählte eine Nummer, legte auf, wählte eine zweite Nummer, legte wieder auf und widmete ihre Aufmerksamkeit den beiden Freiern.

»Hast du gehört? Gleich kommt Swakowsky aus dem Scheißhaus. Wir folgen ihnen nach oben und bringen es hinter uns.«

»Hoffentlich reibungsloser als beim letzten Mal«, gab Tom mit leisem Zweifel von sich.

»Na klar, sei doch mal etwas optimistisch. So sind wir ja gleich zum Scheitern verdammt.«

Eine Tür öffnete sich und fiel mit einem langanhaltenden Quietschen ins Schloss, just in dem Moment, als Eliah Swakowsky vor Elfrieda trat.

Die blasse Hautfarbe hatten sie gemeinsam. Ansonsten wirkte der Vertreter völlig deplatziert an diesem Ort. Er reichte Elfrieda gerade mal bis zum wulstigen Hals und sein ockerfarbener Anzug schlabberte an Handgelenken und Knöcheln. Seine wenigen Haare waren vom Feuer geküsst und stellten sich wie die Borsten eines jungen Schweines nach vorne auf. Tiefe Falten zierten seine Stirn, die seiner jugendlichen, fast schon kindlichen Miene spotteten. Ein Stoppelbart umschloss seine dünnen Lippen.

Tom war sich sicher, dass Swakowsky nicht mehr als sechzig Kilo auf die Waage brachte. Obwohl er nervös von einem Bein auf das andere trat, so als stünde sein allererstes Mal bevor, war da dieses irre Flackern in seinen dunklen Augen, das Tom verwirrte und ihn sofort an einen Perversen oder Serienkiller erinnerte. Es war oft so, dass solche dürren, unscheinbaren Kerle auf Frauen wie Elfrieda standen.

»Du bist aber ein Hübscher«, begrüßte sie ihn verführerisch. Swakowsky schwieg und starrte stattdessen mit Stielaugen auf ihre überdimensionalen Rundungen.

Kein Wort brachte er hervor, nur Sabber tropfte aus seinen Mundwinkeln und er zitterte am ganzen Leib, als sie seine rechte Hand ergriff, sie streichelte, dann fest packte und mit sich zog.

»Lass uns mal nach oben gehen, mein Hübscher.«

»Ich, ich tu, tu, tue, was du willst. Du, du, du unglaubliche Schö… Schö… Schönheit«, stotterte der Freier und folgte seiner neuen Herrin wie ein Hündchen, in der Aussicht auf einen riesigen Berg Knochen, an dem frische Fleischreste hingen.

Nachdem sie im oberen Stockwerk verschwunden waren, nahmen Tom und Arthur die Verfolgung auf. Sie brauchten sich nicht zu eilen, denn seit Swakowsky aus dem Klo gekommen war, war wieder der graue Schleier da, der den Vertreter begleitete und eine Spur in die nächste Etage legte.

Im oberen Stockwerk, dort, wo es zur Sache ging, säumten sich im langgezogenen Flur fünf Türen pro Seite, neben die jeweils eine Lampe auf Toms Kopfhöhe angebracht war. Nur vier dieser zehn Lampen leuchteten in einem grellen Rot, was bedeutete, dass reger Betrieb herrschte.

»Gibs mir, du wilder Tiger!«

»Schlag härter zu, Herrin!«

»Nicht das Loch! Falsche Straße!«

Zimmer Nummer 4, ihr Ziel lag am Ende des Flures auf der östlichen Seite. Dort endete die Spur vor einem zentimeterdicken Spalt, der einen fächerförmigen Lichtschein in den Gang warf.

»Nimm den Knüppel. Nein, nicht den aus Plüsch, den mit den Nieten! Schlag zu, ich flehe dich an – schlag fester!«

Ein gequälter Aufschrei jagte durch den Flur, gefolgt von einem erleichterten, abgehackten Seufzen. Tom und Arthur sahen sich wissend an – die Bulldogge verdrehte die Augen.

»Herrje, ihr Menschlein und eure komischen Vorlieben. Könnt ihr nicht einfach stöpseln, ohne diesen ganzen Firlefanz? Da kommt mir ja der letzte Knochen wieder hoch.«

»Vielleicht hast du dich einfach nur überfressen«, spottete Tom.

»Sieh du lieber zu, dass dich dieses Prachtweib da drin nicht frisst. Los, lass uns reingehen. Mir ist das viel zu ruhig. Verdächtig ruhig.«

Sie durchschritten die Tür, im selben Moment stieß Arthur ein erschrockenes Bellen aus, so als hätte Tom in eine seiner Hautfalten gezwickt. Er hielt sich eine Pfote vor die Augen, kippte dabei fast vornüber mit der Schnauze auf den butterweichen Teppich, senkte das Bein wieder und drehte sich stattdessen um.

»Ich hab das nicht gesehen. Nein, nein, ich hab nichts gesehen.«

Tom lachte. »Ich dachte, du bist Arthur The Diggler. Und jetzt erschrickst du dich vor einem Typen, der in Boxershorts auf dem Bett liegt und vor einer Frau, die ein paar Kilo zu viel auf den Rippen hat und sich jetzt …«

»Igitt, das ist echt zu viel des Guten«, stieß Tom angewidert aus und drehte sich wie Arthur zur Wand.

Auslöser seines Ekels war, dass Elfrieda ihr Kleid hob und ihren planetengroßen Hintern über Swakowskys Gesicht gleiten ließ. Der Mann stöhnte unter der Berührung lüstern auf, rutschte aufgeregt auf dem herzförmigen, mit weinrotem Stoff bezogenen Bett umher und streckte seine dürren Finger nach den von Cellulite und Fettpölsterchen geformten Schenkeln der Puffmutter aus.

Elfrieda schlug ihm züchtigend auf die Hand, worauf er lustvoll aufheulte und gierig sabberte.

»Verdammt, bin ich hier der Hund oder er? Was ist nur los mit dem Typen?«

Tom zuckte mit den Schultern. »Bei uns Menschen

kennt das Stöpseln, wie du es nennst, die unterschiedlichsten Vorlieben.«

»Ich ahne Schlimmes«, stöhnte Arthur wenig begeistert auf.

Elfrieda fing an, sich auszuziehen. Zuerst löste sie einen Netzstrumpf von ihrem baumstammbreiten Bein, unendlich langsam und unter wippenden Bewegungen. Sie schien eine völlig fremde Wahrnehmung von sich zu haben; sah sich als Teil eines Tanzensembles, als graziler Schwan, der mit purer Eleganz über das Wasser glitt. Dem ersten Netzstrumpf, der als kleineres Fischernetz hätte dienen können, folgte der zweite Strumpf, der ein paar größere Löcher aufwies.

Tom war froh, dass der Raum nur dürftig beleuchtet war; eine Handvoll Kerzen, eine Nachttischlampe mit rotem Schirm, Licht, das durch die Straßenlaternen nach innen fiel.

Elfrieda nutzte diese Symbiose aus Licht und Schatten, wie es ein talentierter Fotograf für seine Porträts verwendete. In Zeitlupentempo stülpte sie sich das Kleid über den Körper. Zentimeter für Zentimeter wurden ihre Massen, unzählige Kilo an Fleisch und Haut, preisgegeben.

Swakowsky zuckte unter jedem offenbarten Wegstück an Körperfülle zusammen, bevor Elfrieda überhaupt Hand an ihn angelegt hatte.

Dann stand sie da, wie sie Gott (über den Tom jetzt etwas andere Ansichten hatte) geschaffen hatte. Ein Berg aus bleichem Fleisch, aus dem riesige Brüste wuchsen, die bis zum Bauchnabel hingen, und Beine, mit denen sie ein kleines Buschfeuer hätte ersticken können.

Ihrem Freier raubte der unverhohlene Anblick den Verstand. Seine brabbelnden Laute wechselten zwischen »Oh, du göttliche Schönheit« und »Ich will in deinem

176

Fleisch versinken« bis zu »Komm, ich will dich spüren. Jedes einzelne Kilo soll mir gehören.«

Elfrieda bewegte sich rhythmisch vor seinem Gesicht, so als hätte sie sich einen unsichtbaren Hula-Hoop-Reifen über den Körper geworfen und versuchte jetzt zu verhindern, diesen auf den Teppich fallen zu lassen.

»Wie sehr willst du mich?«, stöhnte sie die Frage verrucht aus.

Tom konnte nicht abstreiten, dass ihre Stimme eine gewisse erotische Ausstrahlung besaß, Arthur hingegen war gänzlich angewidert und hatte sich nach kurzer Beobachtung der Darbietung erneut zur Wand gedreht. »Reicht schon, wenn ich mir seine jämmerliche Bettelei anhören muss. Tu mir einen Gefallen und stopf mir was in die Ohren, dann muss ich keine Angst haben, taub zu werden, bis du den Typen erledigt hast.«

»Unendlich! Bitte, komm zu mir!«, flehte der Mann und unterbrach somit Toms Antwort, die ihm auf der Zunge lag.

Elfrieda gab seinem Verlangen nach und stieg zu ihm auf das Bett, das unter dem Gewicht von mehr als zwei Zentnern knarzte und ächzte wie uralte Holzbalken, die sich gegen den Zahn der Zeit wehrten.

Geschickt und gelenkig robbte sie über seine Beine, bis ihr Gesäß an seiner Unterhose angekommen war. Sie senkte ihren Hintern genau so weit, dass sich ihre beiden intimsten Stellen streiften. Nicht mehr. Keine längere, intensivere Berührung, nur eine Andeutung, die bei Swakowsky eine neuerliche Explosion seiner Gefühlswelt auslöste.

Elfrieda wiederholte dieses fast schon perfide Spiel, bis ihr Kunde kurz davorstand, wahnsinnig zu werden. Als sie ihn genau an dem Punkt hatte, wo er ihr jeden Wunsch erfüllt hätte, vermutlich sogar zu Fuß bis ans

Ende der Welt gegangen wäre, streifte sie seine Unterwäsche ab. Ohne Hektik, dafür wiederum unendlich langsam, knisternd und vor purer Dominanz strotzend, dass sie es war, die die Zügel in den Händen hielt.

Sein Penis schoss kerzengerade unter dem Stoff hervor, zeigte wie eine Antenne Richtung Decke. Zumindest die wenigen Zentimeter, die nicht von gekräuseltem Schamhaar verborgen waren.

»Verdammt, warum habe ich nur hingesehen!«, schrie Arthur entsetzt auf.

Elfrieda rieb ihren Unterleib an Swakowskys bestem Stück. Zuerst betrieb sie dies in einer ähnlichen Machart wie zu dem Zeitpunkt, als die Unterhose noch am Körper des Mannes gewesen war. Ein gekonntes, jahrelang trainiertes Schauspiel einer professionellen Verführerin. Langsam steigerte sie ihre Bewegungen und setzte sich in länger andauernden Intervallen auf ihm ab, ohne eine Vereinigung zu erlauben.

Eliah gefiel, was sie mit ihm veranstaltete, auch wenn sein Verlangen nach mehr immer größer wurde und er es in nicht vollendeten, von unstillbarer Lust getriebenen Sätzen durch das Zimmer brüllte.

Tom war sich sicher, dass man ihn bis zur Bar hörte.

»Wie zur Hölle soll ich den Typ jetzt ersticken?«, wandte er sich an Arthur, da das Liebesspiel minutenlang so fortschritt, ohne dass sich grundlegend etwas änderte. Das Seil erschien Tom kein geeignetes Werkzeug zu sein; Swakowsky lag mitten auf dem Bett, sodass es ihm nicht möglich war, den Strick um seinen Hals zu legen und nach unten zu ziehen.

»Zu einem guten Sensenmann gehört auch, dass man geduldig ist und auf seine Gelegenheit wartet.«

»Wow, Arthur, du hörst dich wie ein Lehrer an. Woher stammt diese Weisheit?«

»Spar dir den Spott. Kodex und Leitfaden der Sensenmänner, Kapitel 3, Absatz 4, Zeile 5. Wenn wir zurück sind, werde ich dir dein Exemplar aushändigen. Die Druckerei hat zurzeit ein paar Engpässe, doch heute Morgen kam eine Nachlieferung. Da hast du allerdings noch mit deinem Rausch im Bett gelegen.«

Wieder war es Swakowsky, der Tom von einer Antwort abhielt, was ihm gar nicht so ungelegen kam.

»Zieh dir eine Maske über und setz dich auf mein Gesicht.«

Elfrieda schüttelte den Kopf. »Warte, ich bin gleich so …«

»Sofort!«, schrie er sie in Befehlston an. »Ich bezahle eine Stange Geld für das hier. Jetzt tust du, was ich dir sage.«

Die Puffmutter war so perplex, dass sie in ihrer Bewegung stockte, aber sofort weitermachte, als Swakowsky ihr mit einer harschen Handbewegung zeigte, was er von ihrem Zögern hielt. Sie griff mit der linken Hand nach einer Garderobe, die neben dem Bett an der Wand angebracht war. Dort hingen allerlei Sexutensilien wie Peitschen, Fesseln und Dildos sowie drei Masken, die ein abgefahrenes, teils befremdliches Rollenspiel zuließen.

»Der Typ kann ja auch ganz anders«, staunte Arthur. »Ich hoffe nur, er hat nicht für die ganze Nacht bezahlt. Sonst können wir uns dieses jämmerliche Schauspiel noch länger anschauen.«

Arthur hatte sich inzwischen überwunden und beobachtete mit einer Mischung aus Neugierde und Ablehnung, wie sich Elfrieda nach Swakowskys Anleitung die Maske in Form eines Schweinekopfes überstülpte.

»Jetzt setz dich auf mein Gesicht.«

Sie kämpfte sich bis zu seinem Kopf vor. Von ihrer Eleganz, die sie bei der Ausübung ihres Berufes beherrschte, war nichts mehr zu sehen. Sie fand ihren Kunden abstoßend. Sein plötzlicher Sinneswandel hatte sie verstört und aus dem Konzept gebracht. Sie war es gewohnt, dass die Männer ihr aus der Hand fraßen, sich als Sklave unterordneten, nur ein Teil ihres Spiels, ihrer perfekt inszenierten Aufmachung waren. Sicher gab es zwischendrin immer mal ein Arschloch, einen, der zur Gewalt neigte. Das brachte das Geschäft so mit sich.

Swakowksy war keiner dieser Sorte, sondern übler. Ein Psychopath, den man bloß nicht verärgern sollte, weil sonst im schlechtesten Falle ein größeres Unheil drohte als ein Veilchen.

Elfrieda ließ sich auf seinem Gesicht nieder, das vollständig unter den Pfunden aus Fleisch verschwand. Erneut bewegte sie ihr Gesäß auf und ab. Sie hatte die erste Erschütterung ob Swakowskys Sinneswandel überwunden und zurück in die über Jahre angeeignete Routine gefunden. Stückchenweise brachte sie den Freier seiner ultimativen Ekstase näher.

»Meinst du nicht auch, dass jetzt der beste Zeitpunkt wäre, den Typen zu ersticken?«

»Wie meinst du das?«, fragte Tom perplex. »Er liegt doch noch so da wie vorhin.«

Arthur seufzte genervt. »Mensch Junge, das nächste Mal lass ich dir ein Hausverbot im Grave am Vorabend eines Auftrages geben. Mit ihrem Arsch! Drück sie auf ihn, bis ihr fetter Hintern das letzte Quäntchen Sauerstoff aus ihm rausgepresst hat!«

Tom hätte sich selbst ohrfeigen können, dass er nicht auf diese simple Lösung gekommen war. Es lag auf der Hand und er ärgerte sich darüber, dass er sich diesen Umstand vermutlich ewig vorhalten lassen durfte.

Zögernd näherte er sich mit seinen Werkzeugen des Todes dem Bett. Die Schweinsmaske, gepaart mit Swakowskys grunzenden Stöhnlauten besaß einen perversen Charakter, den Tom nur aus B-Movies und Groschenromanen kannte.

Elfrieda stimmte in das Lustkonzert mit ein; ob es Schauspielerei war oder eine Kehrtwende in ihrem Empfinden, die der plötzliche Sinneswandel des Mannes ausgelöst hatte, war Tom völlig gleich. Das Bild, das sich ihm bot, war seltsam.

Feine Schweißperlen kullerten über Elfriedas Hals. Unter der synthetischen Maske mussten die Temperaturen unerträglich sein, und er bewunderte sie dafür, dass sie trotz ihres Übergewichts eine so erstaunliche Ausdauer an den Tag legte.

Der Schweiß fand seinen Weg, ergoss sich über Schultern, die wippenden Brüste, den wulstigen Bauch und fiel in ein Becken, wo er sich sammelte. Dieser See menschlicher Ergüsse war Swakowskys Körper, seine Schamhaare, die sich bis zu den Anfängen seines Bauchs vorgedrängt hatten und dann fast nahtlos von der lockigen, rötlichen Brustbehaarung abgelöst wurden.

Als sich Elfrieda an den tiefsten Punkt gesenkt hatte, packte Tom zu. Seine Hände wirkten in Relation zu ihren bulligen Schultern wie die Fäustlinge eines Kleinkindes.

Beherzt grub er seine Finger in ihr Fleisch und drückte sie nach unten. Sie heulte kurz auf, doch es waren keine Schmerzen, die sie dazu brachten, sondern Swakowsky, der energisch mit seiner Zunge in ihre intimste Zone vorstieß.

»Gibs mir, Schweinchen«, raunte er.

Elfrieda spielte mit, gab grunzende Laute von sich und schien zu genießen, was unter ihr geschah.

Ich muss energischer vorgehen, dachte Tom, der soeben von Elfriedas ruckartiger Bewegung abgeschüttelt worden war. Er stieg aufs Bett, spannte seine Muskeln wie Drahtseile an und drückte sie erneut nach unten. Er schaffte es, den wuchtigen Körper einige Sekunden an gleicher Stelle zu halten, bis Elfrieda merkte, dass sie den Mann, der sich schweinisch an ihr verging, zu ersticken drohte. Sie bäumte sich auf, spürte einen seltsamen Widerstand, der sie mit einem Anflug leichter Überraschung zurückließ, aber nicht davon abhielt, ihren Unterleib eine Handbreit von Swakowsky zu entfernen. Ihre abrupte Bewegung brachte Tom ins Straucheln, wodurch sein Griff nachließ und er mit dem Hintern voran auf das Bett plumpste.

Elfrieda war kräftig, womöglich ein Stück mehr, als er es war.

»Verdammt, willst du mich umbringen«, schimpfte Eliah nach Luft schnappend.

»Es tut mir leid. Ich habe nicht aufgepasst«, entschuldigte sie sich, spulte ihr Programm weiter ab, als wenn nichts geschehen wäre.

»Nimm den Gürtel«, mischte sich Arthur ein.

»Welcher Gürtel denn?«

»Der in deiner Kiste. Sag bloß, du hast nicht all deine Werkzeuge eingängig inspiziert.«

Tom ignorierte Arthurs Gemotze und klappte stattdessen die Kiste auf. Zuerst fand er den Gürtel unter all den Mordinstrumenten nicht, bis er einen doppelten Boden entdeckte. Aus einem dünnen Spalt blitzte etwas auf. Er öffnete das leicht versteckte Fach und holte einen Gürtel hervor, der vollends aus einem metallischen Material gefertigt war, auf den ersten Blick Blei, aber weder Schnallen noch eingestanzte Löcher besaß. Er legte sich das Kleidungsstück um die Hüften und hielt die beiden Enden aneinander. Er hätte es nicht für möglich gehalten, doch das Metall verschmolz miteinander. Ein Ruck durchfuhr seinen Körper, so als wäre er der tragende Part einer Reihe von Artisten, die auf ihm die finale Figur einer grandiosen Show aufbauten.

Wieder packte er Elfrieda an den Schultern. Diesmal war es anders. Hunderte Kilo an Gewicht durchströmten seine Arme, seine Beine, seinen ganzen Körper. Die Puffmutter sank vollends in Swakowskys Gesicht ein. Tom verschärfte seinen eisernen Griff und beugte sich mit dem Oberkörper über sie.

»Runter!«, röchelte Eliah erstickt, erdrückt von der zentnerschweren Last.

Elfrieda mühte sich, aufzustehen, doch immer, wenn sie sich erhob, drückte Tom fester zu. Sie wollte sich zur Seite fallen lassen, womit der Sensenmann gerechnet hatte. Er umfasste sie mit seinen langen Armen und presste diese an ihre riesigen Brüste, wodurch er ihr die Luft zum Atmen nahm.

»Beeil dich, der Effekt des Gürtels hält nicht ewig«, drängte Arthur.

Als hätte Elfrieda das gehört, bäumte sie sich in Todesangst auf, nicht nur wegen ihres Freiers, sondern um ihr eigenes Leben besorgt, schüttelte und sträubte sich gegen die unsichtbare Macht, die von ihrem Körper Besitz ergriffen hatte.

Tom hatte seine redliche Mühe, die Frau an Ort und Stelle zu halten. Sie schaffte es ein paar Mal, sich leicht zur Seite zu neigen und so Swakowsky ein, zwei kurze Atemzüge zu gönnen. Dieser schlug mit schwächlichen Hieben auf ihre Schenkel ein.

Die Situation wurde für Tom immer brenzliger.

»Willst du mir nicht mal helfen? Ich kann sie nicht länger halten!«

»Ich wusste, dass das kommen würde«, grummelte Arthur, eilte geschwind auf das Bett zu, sprang umständlich hoch, fiel fast rückwärts wieder herunter, schaffte es dann doch und kletterte auf Elfriedas rechten Oberschenkel. Dieser bot genug Platz für die Bulldogge, die verzweifelt Halt auf der schmierigen, rosafarbenen Oberfläche suchte.

»Ich bringe dich um. Ein zweites Mal. Ich bringe dich nochmal um, wenn das hier vorbei ist.«

»Soll mir recht sein. Und jetzt los! Drück, lieg oder tu was auch immer in deiner Macht steht!«

Arthur war das entscheidende Zünglein an der Waage. Gemeinsam schafften sie es, Elfrieda so lange auf dem Gesicht zu halten, bis der zappelnde und um sich schlagende Swakowsky erstarrte und der seltsame graue Schleier verschwand, der seinen Körper umhüllte.

Die Frau hatte um Hilfe geschrien und gefleht, doch bis endlich jemand durch die Tür gestürmt kam, war es zu spät. Elfrieda verlor geschockt und völlig erschöpft das Bewusstsein. Im selben Moment verließ die Seele den toten Körper, schwirrte durch den winzigen Spalt, der in die Toilette führte und verschwand mit einem gurgelnden Laut.

Tom fühlte sich schlecht. Nicht wegen des ausgeführten Auftrages, sondern wegen Elfrieda, die sich jetzt sicher als Schuldige sah und gehörige Probleme bekommen würde.

»Mach dir keinen Kopf«, mimte Arthur den Psychologen. »Du kannst stolz auf dich sein. Das war dein erster Flutsch und dafür hast du es bravourös gemeistert. Und was sie betrifft: Die Bullen stellen an so einem Ort keine größeren Nachforschungen an. War halt Herzversagen eines Perversen. Wen kümmert das schon.«

»Ich hoffe, du hast recht.«

»Klar, hab ich doch fast immer. Dann mal los, hier geht es raus.«

Ihr Rückweg führte sie durch eine verstopfte, stinkende Toilette. Wie sollte es bei einem Flutsch auch anders sein?

19. Von Freunden und Feinden

Dreizehn Seelentaler und zwei Pennys. Diesmal war die Ausbeute wesentlich höher ausgefallen, fast das Doppelte dessen, das er bei seinem letzten Auftrag verdient hatte. Wenn Arthur nicht als zusätzliches Gewicht gedient hätte, wären es sogar volle fünfzehn Münzen geworden. Ein Umstand, mit dem Tom leben konnte.

Er steckte das Geld gleichgültig ein und verließ mit Arthur die Bank. In der Kammer waren dreizehn Seelentaler ein schönes Sümmchen, kostete ein Gravequila nur ein paar Penny, Kost und Logis waren zudem fast frei. Es gab keine Versicherungen und Steuern, das Rauchen hatte er sich gar nicht erst abgewöhnen müssen, denn er verspürte kein Verlangen danach; und auch sonst war das Leben eines Sensenmannes angenehm preiswert.

Arthur trennte sich von ihm mit den Worten »Ich muss noch etwas besorgen. Wir sehen uns nachher. Und meide das Grave.«

Das wäre sein letztes Ziel gewesen. Alles, wonach er sich sehnte, waren sein warmes Bett und eine Mütze voll Schlaf.

Am großen Platz begegnete er Harry, einem von wenigen Bewohnern, die unterwegs waren. Er sah aus wie ein Häufchen Elend, das von Goliath von einem Laden zum nächsten geschleppt wurde. Als der Chihuahua in den Spezialitätenladen für Hundeknochen eingekehrt war, nutzte Tom die Gelegenheit, um mit seinem neugewonnenen Freund einen kurzen Plausch zu halten, bevor er sich endgültig auf den Heimweg begab.

»Geht es dir besser?«

»Schwierig zu sagen. Ich fühle mich immer noch wie ausgekotzt.«

»Das geht vorüber. Frag mal Goliath nach dem hippen Laden mit den Shakes. Dorthin hat mich Arthur geführt und mir ging es nach meinem Getränk gleich besser.«

»Danke für den Tipp. Ich frage ihn, wenn er endlich aus diesem stinkenden Knochengeschäft rauskommt.«

Harry trat nervös von einem Bein auf das andere, druckste herum, als wolle er Tom eine Frage stellen, vor deren Aussprache er sich schämte.

Tom entging das nicht. »Was ist los? Liegt dir was auf dem Herzen?«

»Dieses Mädchen von gestern …«, begann er zögernd. »Weißt du noch, wie sie heißt und wo sie wohnt?«

Tom musste all seine Beherrschung aufbringen, um nicht lauthals zu lachen, als ihm das Bild der einarmigen Dame vom Vorabend in den Kopf schoss.

»Darf ich dir als dein Freund einen Ratschlag geben?«

»Ich bitte darum«, antwortete Harry mit zitternder Stimme. Er war clever genug, um sich die folgende Antwort ausmalen zu können.

»An diesem Ort ist es mit der Liebe nicht so einfach. Mach dir da keine großen Hoffnungen.«

»Ich verstehe, ich wollte nur …«

Goliath kam aus dem Laden gewankt, im Maul trug er eine Tüte, die bis zum oberen Saum prall gefüllt war, sodass er es gerade mal schaffte, sie über den Boden zu schleifen.

»ilf mi ma«, nuschelte er zwischen Tütenstoff und der schmalen Lücke hervor, die sein Maul freigab.

»Wir sehen uns später«, verabschiedete sich Harry und eilte seinem Gefährten zur Unterstützung bei.

Tom war die Unterbrechung ganz recht. Er kam nicht weit, da ihn dürre Finger tippend am Rücken berührten.

»Ivy! Du hast gestern so wunderbar gesungen«, sprudelte es nur so aus ihm heraus. In diesem Augenblick war er froh, dass er tot war, sonst wäre sein Gesicht vermutlich knallrot angelaufen wie bei einem verliebten Teenager, der auf seinen Schwarm im Flur der Schule traf.

»Und du und dein neuer Freund wart ziemlich betrunken, gelinde gesagt«, gab sie trocken durch ihren Schleier hindurch zurück.

»Wir haben es ein bisschen übertrieben. Tut mir leid, wenn du ein schlechtes Bild von mir hast.«

»Du brauchst dich nicht bei mir entschuldigen, Tom. Und wenn ich ehrlich bin: Dein Lob schmeichelt mir. Hast du heute Abend schon etwas vor? Wir könnten uns im Cemetery Park treffen.« Mit einem Grinsen (zumindest glaubte Tom, dies unter dem Schleier erkannt zu haben) fügte sie hinzu: »Diesmal ohne anschleichen.«

»Ist das ein Date?«

»Wir werden sehen, Tom Arkins«, antwortete Ivy nichtssagend und verschwand so plötzlich, wie sie aufgetaucht war.

Tom rieb sich die Hände. Ein Tick, den er immer an den Tag legte, wenn er nervös war. Das bevorstehende Treffen mit Ivy hatte einen Hauch von seinem allerersten Date mit Tara, mit dem Unterschied, dass er diese unter den strengen Blicken ihres Vaters abgeholt hatte.

Auf Ivy wartete er bereits geschlagene zwanzig Minuten im Cemetery Park, wo er sich auf einer Bank mit altersdunklem, verwittertem und von Moos befallenem Holz im Schatten eines prächtigen Baumes niedergelassen hatte. Zuvor hatte er ein Fläschchen Gravequila light besorgt, wie es der Verkäufer bezeichnete, und zwei dünne Gläser mitgebracht. Dazu gab es Snacks;

Nüsse, die mit einer hauchzarten Schicht glasiert waren und süß-säuerlich wie beim Asia-Imbiss nebenan schmeckten sowie frittierte, hauchdünn geschnittene Scheiben, die zwar eine gewisse Ähnlichkeit mit Chips hatten, aber an den deftigen Geschmack nicht ansatzweise herankamen. Aus welchen Zutaten all diese Leckereien hergestellt waren, wollte Tom erst gar nicht wissen. Es reichte, dass er dadurch bestens auf einen unterhaltsamen Abend mit netten Gesprächen und der Intensivierung seiner Beziehung zu Ivy vorbereitet war.

Ein dürrer Arm griff über seine Schulter hinweg in die Tüte und schnappte sich eine der glasierten Nüsse.

»Guter Geschmack. Die mag ich am liebsten.«

»Ivy!«, fuhr Tom erschrocken zusammen. »Ich habe dich gar nicht kommen hören.«

»Das macht wohl einen guten Sensenmann aus«, entgegnete sie süffisant. »Lass uns zum See. Da lässt es sich angenehmer quatschen.« Ihr Kopf wanderte zum Eingang des Parks, wo die Umrisse zweier Gestalten zu erkennen waren, die den Ort ebenso aufsuchten.

»Du hast recht. Hoffentlich sind wir dort ungestörter«, stimmte Tom zu, der nicht scharf darauf war, dass ungebetene Gäste sein Date versauten.

Sie redeten über eine Stunde, ohne dass ihnen die Themen ausgingen. Ivy vermittelte ihm das Gefühl, dass er mehr für sie war als nur eine flüchtige Bekanntschaft. *War es möglich, dass daraus Liebe entstand?* Er hatte sich oft dabei ertappt, dass er sich diese Frage stellte. *Gab es an diesem Ort überhaupt Liebe? Körperliche Zuneigung? Gar Sex?*

»Wie laufen deine Aufträge so?«, riss sie ihn aus seiner Träumerei.

»Ich hatte heute einen Flutsch, der lief aber wesentlich besser als mein erster Auftrag. Wie viele hast du schon erledigt?«

»Viele«, antwortete Ivy leise. »Zu viele.«

»Waren auch Kinder dabei?«

»Zwei«, entgegnete sie knapp.

Tom war von vornherein klar, dass sich das Gespräch früher oder später in diese Richtung entwickeln würde. Es war besser zu schweigen, doch seine Neugierde war größer.

»Nur zu«, forderte sie ihn auf. »Ich hatte haargenau die gleichen Fragen wie du, als ich hier ankam«

»Hast du …?«

Ivy drehte sich von ihm weg und senkte den Kopf. Ihre sonst so selbstsichere Fassade fiel wie eine entlarvte Maskerade ab. »Beim ersten Mal habe ich mich noch geweigert. Doch mir wurde klar gemacht, dass wir unsere Pflicht erfüllen müssen, ansonsten haben wir mit Konsequenzen zu rechnen. Schwerwiegenden Konsequenzen. Deswegen habe ich es beim zweiten Mal durchgezogen. Aber es wird dich verändern, Tom. Du kannst dir gar nicht vorstellen wie sehr. Ich würde es kein weiteres Mal tun. Scheiß auf die Konsequenzen. Es gibt Opfer, die sollte man nicht bringen müssen. Aber du, du musst für dich selbst entscheiden.«

»Verstehe«, antwortete er zerknirscht. »Ich wollte dir nicht zu nahe treten.«

»Alles gut. Komm, ich will dir etwas zeigen. Du erinnerst dich doch sicher an das unbeschriftete Schild?«

»Aber Arthur hat gesagt …«

»Arthur«, lachte Ivy. »Was meinst du, wie beschwörend Cinderella auf mich eingeredet hat. So sind sie, unsere Assistenten. Also, was ist? Haste Schiss, Tom Arkins? Oder biste ein richtiger Mann? Ein geborener Sensenmann.«

Tom wusste, wohin solche Gespräche führten. Dennoch folgte er Ivy.

»Ich weiß wirklich nicht, ob wir nicht einen sehr großen Fehler begehen«, redete Tom unentwegt auf Ivy ein, erst recht, als sie das Wegschild passierten und ihren Marsch in die Richtung fortsetzten, in der alles Mögliche lauern konnte. Nur nichts Gutes.

»Dir ist schon klar, dass du mich mit deiner weinerlichen Art kaum beeindruckst, oder?«

»Tot wohl noch weniger. Also der Zustand, der nach dem hier kommt, meine ich.«

»Touché.« Sie blieb stehen und stupste ihn sanft in die Seite. »Na komm schon. Lass uns nur einen minimini-mini Blick riskieren, was uns dort hinten erwartet. Du bist doch genauso neugierig wie ich. Ich seh es in deinen Augen. Das Funkeln hat dich verraten.«   Ivy sprach in einer piepsenden Stimmlage wie ein fünfjähriges Mädchen zu ihm, das vor dem Regal mit Barbiepuppen im Spielzeugladen stand und die wunderhübsche Prinzessin im königsblauen Kleid, Hochsteckfrisur und Ballerinas anschmachtete.

»Na schön«, brummte er.

Ivy sprang vor Freude in die Luft und hakte sich bei Tom ein, der zuerst stockte, da er mit der Situation überfordert war.

»Diese Kälte. Spürst du es auch?« Sie schmiegte sich enger an ihn und Tom ließ es zu. Er genoss ihre Nähe.

»Ja, und auch die Umgebung verändert sich mehr und mehr.«

Der Pfad verengte sich sekündlich, bis sich ein Tunnel aus nach unten gebogenen Bäumen formte, der es gerade so ermöglichte, nebeneinander zu gehen. Im Gegensatz zum Eintritt in den Cemetery Park hatte die von natürlicher Hand geschaffene Wand eine Struktur angenommen, die künstlich nachbearbeitet worden war. Die Oberfläche schimmerte auf der linken Seite in einem goldenen, blendenden Farbton, die rechte war tiefschwarz, so als wollte sie jedwedes Leben in sich aufsaugen und dadurch wie ein schwarzes Loch unendlich wachsen.

Wo ihnen vor ein paar Atemzügen ein kalter Hauch entgegengeweht hatte, war es jetzt ein Wechsel aus warmer und eiskalter Luft. Das Gold strahlte Wärme aus, das Schwarz eine eisige, fast schon unwirkliche Kälte.

Die gewölbten Wände drückten auf Toms Gemüt. Er stellte sich missgebildete, mit Klauen besetzte Hände vor, die nach ihm griffen; Horrorgestalten, die er in seiner Kindheit mit Kuscheltieren und Kissen abgewehrt hatte. Auf der anderen Seite war das Licht, das der Dunkelheit trotzte, ihm einen mutigen Ritter schickte, der all die Albträume, die ihn bis in das Erwachsenenalter begleitet hatten, ins Nirwana verbannte und dort für immer hinter Gittern verschlossen hielt.

Licht und Dunkelheit spreizten sich an einer y-förmigen Gabelung auf, die den Weg in zwei Richtungen lenkte.

»Und nun?«

»Lass uns erst nach links gehen.«

»Warum habe ich mir das nur gedacht?«, entgegnete Ivy kichernd und jagte den Weg entlang.

Das Verhalten muss sie sich von Arthur abgeguckt haben, überlegte er, war aber zugleich erleichtert, sich eine Diskussion über das weitere Vorgehen erspart zu haben.

Sie folgten dem neuen Pfad, der sie durch einen goldenen Tunnel führte, dessen Wände mit Inschriften und Symbolen übersät waren, die Tom unbekannt waren und ihn am ehesten an eine Mischung aus keltischen und hebräischen Zeichen erinnerten. Ab und an erkannte er zwei zueinander gewandte Flügel, womöglich lag das aber auch an seiner blühenden Fantasie und an Wunschvorstellungen, die sich fanatisch in seinem Unterbewusstsein eingepflanzt hatten. Aus den Wänden drangen sanfte Töne, Melodien, die wie ein Klingen im Wind läuteten, unterlegt von Stimmen, die im Chor sangen und weit entfernt schienen.

Der Weg beschrieb einen langgezogenen Bogen. Auf diesem Teilstück schwang sich die Melodie zu einer imposanten Lautstärke auf, was Tom und Ivy dazu brachte, sich die Ohren zuzuhalten. Die Dichte an Symbolen nahm ebenso zu, goldene Strahlen drangen aus den Konturen der Zeichen und hüllten ihre Körper in ein strahlendes Korsett aus Licht.

Der Weg endete innerhalb eines Wimpernschlages in einer Felswand, in die ein greller Lichtbogen gebrannt war, der das Tor zu einem Ort dahinter darstellte. Zahlreiche Runen und erneut die seltsamen Symbole waren in den Felsen gemeißelt worden. Diesmal strahlten sie kein Licht aus. Selbst bei einer Berührung geschah rein gar nichts. Einzig die Melodie und der Gesang fanden einen Weg zu Tom und Ivy und riefen mit sehnsüchtigen Stimmen.

Der Zutritt blieb ihnen verwehrt.

»Ist es das, was ich denke?«

»Was denkst du denn? Etwa der Himmel?«

»Womöglich.«

»Sieht unspektakulär aus. Aber wie dem auch sei. Unsere Zeit ist anscheinend noch nicht gekommen. Und wenn dies nicht einer der Zugänge zum Himmel ist, dann fehlt uns die Losung, mit der wir die Runen in Kraft setzen können. Oder einfach nur *Gottes Segen.*«

»Du hast recht«, gab Tom enttäuscht zurück. »Lass uns den anderen Weg nehmen.«

»So gefällst du mir.«

Der dunkle Tunnel stellte genau das dar, was er durch sein unheimliches, bedrückendes Aussehen ankündigte. Die Wände waren glattgeschliffen und leuchteten in pulsierenden Linien, rötliche Ströme, die sich wie blutige Wellen aus der Oberfläche drängten und so eine Helligkeit schufen, die dafür sorgte, dass sie sich nicht gegenseitig über den Haufen rannten.

Tom bildete sich ein, ein Wehklagen zu hören; Stöhnen, Schmerzensschreie, erstickte Laute. Er wartete darauf, dass Ivy eine Reaktion zeigte, aber sie folgte unbeirrt dem Weg.

Vermutlich nur Einbildung, überlegte er. Wenn sie vorhin tatsächlich an einer der Pforten zum Himmel angelangt waren, dann führte dieser Weg … er traute sich nicht, seinen Gedanken zu Ende zu spinnen. Es erschien ihm zu banal, dass die Zugänge nur durch zwei Tunnel voneinander getrennt waren, zu denen jeder Zutritt hatte. Abgesehen vom runenbesetzten Tor, das ihnen den Einlass verwehrt hatte. *Womöglich ist es eine Schatzkammer für Relikte,* besänftigte er seine eigene Neugierde und die Gedankengespinste, die um seinen Kopf kreisten.

Ein weiterer langgezogener Bogen führte sie sanft bergab. Die rötlichen Adern hatten sich von der Decke und den Wänden bis zum Boden ausgebreitet und fluteten die Umgebung um ihre Füße wie Magma, die aus dem harten Kern eines Vulkans drang.

Diesmal endete der Weg vor einer Treppe, die in die Tiefe führte. Ein Ende war von oben nicht zu sehen. Der klirrend kalte Windstoß, der von unten über die Stufen fegte, weckte alles andere als Zuversicht und Mut, die sie benötigten, um den Abstieg zu wagen. Tom hörte ein metallisches Scheppern; ein schleifendes, rasselndes Geräusch, das sich unter dumpfen Schritten die Treppe hinaufquälte.

»Was ist das? Was kommt da auf uns zu?« Blanke Furcht schwang in Ivys Stimme mit.

»Ich glaube, das wollen wir gar nicht wissen. Lass uns verschwinden!«

Ein Knall jagte durch den Tunnel. Das Echo brach sich tausendfach in den Biegungen und Schrägen der Wände und verflüchtigte sich die Treppe hinab, wo die letzten Ausläufer des Geräusches auf die klirrenden Ketten trafen, die sich an die Oberfläche schleppten.

Drei dunkle Staubwolken schossen wie Geysire aus dem Nichts in Richtung Decke, materialisierten sich zu Silhouetten, die Tom, und sicher auch Ivy, kannten: Ash und die Brüder Coan. Sie alle trugen Masken – den Krähenschädel und die furchteinflößenden Schädel von Wölfen. Bebend und bedrohlich drang ihr Atem aus den wenigen offenen Schlitzen und Löchern, die in das glatte Metall gestanzt und gestochen worden waren. Der süßliche Duft des Todes haftete an ihnen, wie Schmeißfliegen dem Mist von Traktoren und Ochsenkarren folgten.

Tom vermied es, sie offen anzusehen. Er schielte zu Ivy, doch sie war wie ein Schulmädchen in sich zusammengesunken und wagte es nicht, ihren Kopf über die Kniehöhe der drei Sensenmänner zu heben.

»Na, wen haben wir denn hier?«, fragte Ash scharf und kam auf sie zu, sodass sich ihre Gesichter fast berührten. Tom wurde mit der unnatürlichen Kälte konfrontiert, die von dem Metall ausging. Hinter der grauenhaften Fassade fehlte jegliches Leben.

»Die Witwe und der Frischling. Was habt ihr hier zu suchen?«

»Wir, wir«, stammelte Ivy. Von ihrem sonst so selbstsicheren Auftreten waren nur poröse Bruchteile übriggeblieben, die gierig von den blutroten Linien der Wände verschlungen wurden.

»Wir haben uns verlaufen. Und eigentlich waren wir bereits wieder im Begriff zu gehen«, log Tom, dessen Worte vom hellen, metallischen Klingen der Ketten fast vollständig übertönt wurden. Hastig warf er einen Blick in die andere Richtung. Eine massige Gestalt, die den Treppenaufgang in der Breite einnahm, mühte sich zu ihnen hoch. Er erkannte eine spitze Kapuze, die aus dem Schatten wuchs und eine scharfe Klinge, die sich in den Konturen schnell als Metzgerbeil herauskristallisierte.

Ash sog mit einem schneidenden Zischen die Luft durch die Öffnung seiner Maske ein. Sein Kopf neigte sich zur Treppe, wo die dumpfen Schritte auf den letzten Metern waren. Anschließend wandte er sich wieder Tom und Ivy zu. Er zog seine Sense, die er bedrohlich nah in ihre Richtung führte.

»Verschwindet von hier. Und kein Wort, dass ihr uns gesehen habt. Zu niemandem. Sonst erfahrt ihr, was es für Orte außerhalb der Kammer gibt.«

Tom verstand die Warnung. Er packte Ivy und flüchtete mit ihr durch den Tunnel, aus dem Cemetery Park heraus, bis sie völlig außer Atem zurück in den Wohngebieten waren. Er hoffte, dass sie niemand beobachtet hatte, denn das wäre ein höchst seltenes Schauspiel gewesen: Zwei Sensenmänner, die vor etwas Schlimmerem als dem Tod davonrannten.

20. Fame, Filter, Make-up, Speck-up

Der Unbekannte wartete, bis der Wärter hinter der nächsten Ecke verschwunden war. Dahinter endete der ewig lange Gang, von Mondlicht geflutet und so gar nicht zur Dunkelheit und dem Leid passend, das den Ort erfüllte.

Der Wärter hasste ungebetene Gäste. Niemand kannte sein wahres Alter. Unter den Sensenmännern verbreitete sich das Gerücht, dass er mit dem Tod aus dem Schacht gekrochen kam und seither die Aufgabe hatte, die abtrünnigen und außer Kontrolle geratenen Sensenmänner und Aschebringer zu bewachen. Doch selbst er war machtlos gegen die ureigensten Gesetze dieser Welt. War das Gefäß der Bewahrung erst einmal leer, gab es kein Halten mehr. Der Gefangene wurde in seine rechtmäßige Freiheit entlassen. Bis dahin sorgte der Wärter dafür, dass niemand manipulativ Hand anlegte. Ein jeder, der die Geschichten um ihn und seine eiserne Kette kannte, war sich darüber im Klaren, dass kein Sensenmann dazu in der Lage war, aus einem Kampf siegreich hervorzugehen.

Deswegen vermied es der Unbekannte, gesehen zu werden, huschte geschickt und lautlos durch die Gänge, bis er an der Zelle angelangt war, die er erst kürzlich aufgesucht hatte. Von außen war kein großer Unterschied zu erkennen, doch jeder, der schon ewig an diesem Ort weilte, seinen Weg mit Flüchen und Wehklagen begleitet hatte, wusste genau darüber Bescheid, wer Insasse dieses winzigen Kerkers war.

Nur wenige Tröpfchen bedeckten den Boden des Gefäßes der Bewahrung. Eine verheerende Entscheidung, das Scheitern eines unentschlossenen oder zu unerfahrenen Sensenmannes, konnte Freiheit für einen

Verstoßenen bedeuten.

»Weißt du, wie sie mich früher nannten?«

Der Unbekannte schwieg. Er kannte den Namen, hatte ihn in Aufzeichnungen und verbotenen Schriften gelesen, wagte es aber nicht, ihn auszusprechen.

»Ich bin die Asche. Und sie werden bald erfahren, was es bedeutet, mich eingesperrt zu haben. Die Menschheit sieht ihrem Ende entgegen. Danach nehme ich mir jeden einzelnen Schacht persönlich vor.«

Der Häftling drängte sein Gesicht an das Gitter. Nie zuvor war ihm sein Gehilfe so nahegekommen. Ruckartig taumelte dieser zurück und senkte das Haupt, doch der Gefangene zog ihn nur durch die Kraft seiner Gedanken an sich. Sein Antlitz war unter einer Kapuze verborgen, die bis zu den spröden Lippen nach unten gezogen war.

»Wie lange noch? Wann bin ich frei?«, drängte sein Atem scharf durch das von Rostflecken überwucherte Metall, das trotzdem intakt genug war, um einem Erdbeben zu trotzen.

»Sehr bald. Die Schwäche ist greifbar. Der entscheidende Augenblick naht. Wenige Tage.«

Der Häftling zog sich wieder bis an das Ende seiner Zelle, das ebenso die Unendlichkeit bedeuten konnte, zurück.

»Mach dich bereit, den Lohn für deine Dienste zu empfangen. Sei darauf vorbereitet, eine neue Ära einzuleiten«, schwang sich seine Stimme euphorisch auf. Dann verschmolz er mit der Dunkelheit. Nur noch das Wehklagen und das Scheppern der Eisenkette des Wärters waren zu hören.

Der Unbekannte verschwand wie ein Geist, so lautlos, wie er gekommen war.

Ihr gemeinsames Ziel war nah. Die Zeit war reif.

*

Tom und Ivy setzten ihre Unterhaltung aufgeregt fort. Was führten die Aschebringer im Schilde? Wer war dieser Wärter? Wohin führte die Treppe? Sie zermarterten sich das Hirn über all diese Fragen, bis sie an Toms Haus angelangt waren. Er hätte sie gerne gefragt, ob sie mit reinkommen wolle, der Klassiker schlechthin, den man aus jeder schnöden Liebesschnulze kannte. Er verkniff es sich. Ivy drückte ihn sanft an sich, bedankte sich für das Date und verabschiedete sich bis zum nächsten Tag.

Ich mache Fortschritte, jubelte Tom innerlich, ehe er sich glücklich ins Bett fallen und den Abend Revue passieren ließ. Tausende Fragen schwirrten in seinem Kopf, noch mehr mögliche Antworten warfen sich ihm auf, bis die Müdigkeit die Überhand gewann und ihn einen rastlosen Schlaf durchleben ließ.

Es dauerte bis Mittag, ehe Arthur wieder auf der Schwelle stand. Diesmal sah Tom ihn schon von Weitem kommen. Er hatte es sich soeben mit einer Abenteuergeschichte von Jules Verne auf der Holzbank im Schatten eines prächtigen Kastanienbaumes bequem gemacht, als sein Assistent durch das Gartentor getrottet kam. Im Maul trug er ein in Leder gebundenes Buch und einen Ring, an dem ein Glöckchen hing.

Tom griff sich das Buch und betrachtete skeptisch den Einband: *Sensenmann-Kodex, Auflage 657*.

Arthur warf das Glöckchen achtlos vor seine Füße, Tom hob es auf und ließ es von einer Hand in die andere wandern. Ein heller Ton entschwand dem dünnen Metallgerüst, immer wenn es durch Schwingungen in Bewegung geriet.

199

»Was soll ich damit?«

»Dein Date hat dich anscheinend noch selbstbewusster gemacht«, antwortete Arthur sarkastisch. »Ich glaube, bei euch Menschen nannte man das Piepser. Wenn die Urne einen neuen Auftrag hat, wird die Glocke läuten. Ein Läuten bedeutet, dass du deinen Auftrag in einer Stunde empfangen kannst, zweimal Läuten in zwei Stunden und so fort. Das hat den Vorteil, dass ich dich nicht mehr abholen muss, sondern du auch mal bei mir vorbeischauen kannst. Der größte Clou daran ist, dass wir miteinander reden können, wenn du in die Glocke sprichst. Wie mit einem Telefon. Und was den Kodex betrifft: Lies ihn sorgfältig, ich werde dich abfragen.«

»Daran habe ich nie gezweifelt«, entgegnete Tom spöttisch.

»Gut. Dann nutze die Zeit. Die Glocke ist soeben erklungen, als ich auf dem Weg zu dir war. Zweimal. Du weißt, was das bedeutet?«

»Wir sehen uns in zwei Stunden bei der Urne. Ohne Umwege und bleib dem Grave fern.«

»Ich sehe, du lernst schnell. Bis nachher. Und vergiss den Kodex nicht. Goliath hat deinem Kumpel deswegen erst in den Hintern gebissen. Oder es lag daran, dass er mit seinem Restalkohol im Blut die Tüten in den Fluss hat fallen lassen«, lachte Arthur und verschwand.

Tom konnte sich ein Schmunzeln nicht verkneifen, obwohl ihm sein Gewissen sagte, dass er Mitleid mit Harry haben sollte.

Zwei Stunden später reihten sie sich in die Schlange ein, die aus drei weiteren Sensenmännern bestand. Einer von ihnen trug einen breiten Hut, wie es einst gang und gäbe bei Bestattern war. Die Damen kamen in Kleidern daher, die ihnen während eines Ballabends perfekt zu

Gesicht gestanden hätten. Die Urne schien das wenig zu beeindrucken, sie war an diesem Tag launisch, was das Prozedere unnötig verzögerte und sie fast dreißig Minuten warten ließ, bis sie endlich an der Reihe waren.

Bei Tom hatte sich eine gewisse Routine eingeschlichen, die dennoch im Unterbewusstsein mit der Furcht behaftet war, das Leben eines Kindes zu besiegeln.

»Oh, Mr. Arkins«, begrüßte ihn die Urne künstlich erregt. »Mal sehen, was sich das Schicksal heute für dich ausgedacht hat.«

Tom entfernte den Deckel und griff ins Ungewisse. Eine zähe, beißende Flüssigkeit streichelte seine Hand, verflüchtigte sich dann aber in Sekundenbruchteilen und hinterließ ein wabbelndes, schwer zu greifendes Etwas, das mehrfach seinen Fingern entglitt, bis er es nach geschätzt hundert Fehlversuchen schaffte, es zu kontrollieren.

Mit einem Ruck zog er es aus der Urne und bestaunte es mit einer Mischung aus Verwunderung und Ekel.

War das ein Brustimplantat, das er gerade in seinen Händen wie ein feuchtes Stück Seife hielt?

»Sag bloß, das ist eines dieser Dinger, mit denen sich eure Frauen die Möpse aufblasen?«, fragte Arthur skeptisch.

»Sieht ganz danach aus. Ich befürchte das Schlimmste. Bitte nicht schon wieder ein Flutsch.«

»Sei nicht so negativ. Ein Flutsch ist das nicht. Es kommt so gut wie nie vor, dass ein Sensenmann zweimal hintereinander einen Flutsch zieht. Also, was steht drauf?«

Tom kniff die Augen zusammen, um zu erkennen, was in das Silikonkissen geritzt war. Er las die Botschaft laut vor, sodass auch Arthur ihr nächstes Ziel kannte.

JESSICA AVENS

INFLUENCER
SPRINGFIELD, NEW JERSEY
BAUSTELLE
BEVORZUGTER TOD: STURZ IN DIE TIEFE
CHARAKTER: PÜPPCHEN,   KÜNSTLICH,
DÜMMLICH UND GELTUNGSSÜCHTIG

»Ich wusste gar nicht, dass die Grippe mittlerweile zum Beruf geworden ist«, staunte Arthur.

»Ist sie auch nicht. Du verwechselst es mit Influenza. Ein Influencer ist jemand, der Bilder oder Videos von sich ins Internet stellt und Werbung macht.«

»Also auch kein Beruf«, antwortete Arthur trocken.

Ausnahmsweise stimmte ihm Tom schweigend zu.

»Dann mal los. Ich kann es kaum erwarten, dieses Püppchen zu sehen. Möpse mochte ich schon immer gern.«

Tom ersparte sich eine Antwort auf Arthurs Doppeldeutigkeit, stellte sich auf das Nadelöhr und legte das Silikonkissen in die Mulde.

Auftrag Nummer 3 konnte kommen.

Tom sah Arthur um sich herumfliegen, immer wieder aufs Neue, während er selbst damit beschäftigt war, einen Halt und zugleich einen Ausweg aus dem drehenden Objekt zu finden, das keine Waschmaschine war.

Die Bulldogge war von Kopf bis Fuß in eine graue, bröckelige Masse gehüllt, die es sogar geschafft hatte, sein sonst so vorlautes Maul zu stopfen. Tom erging es nicht besser. Bis auf sein Gesicht war fast jeder Zentimeter seines Körpers mit Beton bedeckt.

Sie waren mitten in einem Betonmischer gelandet, der glücklicherweise nur einen Bruchteil der einstigen Masse in sich trug.

Aus Arthurs Maul presste sich ein langgezogener Angstschrei, der sich unter der Drehbewegung zu einer abscheulich klingenden Sirene verzerrte. Tom verstand trotzdem deutlich die Worte, die sich hinter dem Schrei verbargen: »*Hilf mir, verdammt!*«

Obwohl die Geschwindigkeit, mit der sich der Betonmischer drehte, alles andere als schnell war, hatte Tom seine redliche Mühe, sich am Metall festzuhalten.

Nach einigen Fehlversuchen, die dramatisch von Arthurs Brüllen untermalt wurden, schaffte er es endlich, an der Innenwand Halt zu finden. Mit dem anderen Arm packte er die Bulldogge beim fünften Versuch, nachdem ihm diese bei den vorherigen Anläufen stets knapp aus den Fingern entglitten war.

Arthur spuckte den Mörtel unwirsch aus. »Halt mich ja fest. Mir ist schon ganz schlecht von dieser ganzen Dreherei.«

Er hatte seinen Satz kaum ausgesprochen, da neigte sich der Mischer schräg in die Vertikale.

Toms Finger verließen die Kräfte. Er verlor seinen Halt und Arthur, der einen entsetzen Schrei ausstieß. Sie fielen auf eine schmale, viereckige Öffnung zu, die sie kurzerhand durch einen Schacht quetschte. Zusammen mit Zentnern von Beton wurden sie in die Freiheit ergossen. Mitten in ein Auffangbecken, in dem sich die restliche Masse sammelte.

Tom rappelte sich auf und fischte nach Arthur, der unter der zähflüssigen Suppe verschwunden war, obwohl diese Tom nur bis zu den Knien reichte. Er hob ihn über den Rand und kletterte anschließend selbst aus der Grube, aus der die Arbeiter die letzten Schubkarren füllten und von dort in alle Richtungen ausströmten. Erstaunlicherweise fiel der Zement schon nach wenigen

Schritten von ihnen ab, sodass Tom eine weitere Wut-tirade seitens Arthur erspart blieb.

Sie standen inmitten einer Großbaustelle, auf der ein Reihenhaus nach dem anderen aus dem Boden gestampft wurde. Alle Rohbauten sahen gleich aus; viereckige Form, flaches Dach, generische Fenster. Die geteerte Straße wurde zu beiden Seiten von jeweils einem Dutzend dieser Häuser gesäumt, die zum Teil schon vollständig errichtet oder zumindest kurz vor der Vollendung waren. Hinter ihnen standen allerlei Gerätschaften wie Bagger, Radlader, Schubkarren und eine Vielzahl an Baucontainern, die weitere Werkzeuge, das Büro des Bauleiters, Schlafplätze und den Pausenraum beherbergten. Die Container waren in knallgelbe Farbe getüncht, die im gleißenden Sonnenlicht blendete. Der Name der Baufirma M. G. Works zierte das Metall in roten Buchstaben.

Am anderen Ende der Straße bewegte sich ein ebenso knallgelber Kran leicht im Wind. Von Weitem machte es den Eindruck, das riesige Stahlkonstrukt würde jeden Moment zur Seite kippen und das zwölfstöckige Gebäude unter sich begraben, dessen Rohbau ebenfalls in der Fertigstellung war.

»Der Klotz dort hinten ist wohl für die weniger Betuchten«, stellte Arthur sarkastisch fest.

»Und ganz offensichtlich unser Ziel, wenn es um einen Tod aus großer Höhe geht. Ich kann mir gut vorstellen, dass Jessica auf den Kran klettern wird.«

»Um was zu machen?«

»Fotos von sich, um diese dann auf Social Media zu posten.«

»Ihr Menschen kommt auf Ideen«, schüttelte Arthur den Kopf. »Dann lass uns mal dorthin. Vielleicht ist sie schon da.«

Tom schätzte die Chancen hoch, dass Jessica bereits auf dem Weg zum Kran war.

Es war später Nachmittag und die Sonne verabschiedete langsam mit einem letzten Aufbäumen den Tag. Damit endete auch die Schicht der ersten Bauarbeiter, die jetzt aus sämtlichen Richtungen auf die Container zuströmten, während Sensenmann und Hund genau die entgegengesetzte Richtung anpeilten.

Der Weg zog sich, was der Tatsache geschuldet war, dass Arthur unendlich langsam hinter Tom hertrottete und mit argwöhnischem Blick die moderneren Bauten mit ihren insektenfeindlichen Steingärten und blassen Wandfarben musterte.

»Da ist ja die hässlichste Hundehütte ein Kunstwerk dagegen«, spottete er.

»Und dennoch geben viele Menschen ein Vermögen dafür aus.«

»Ich sag ja: Menschen«, erwiderte Arthur abfällig.

Sie erreichten den Kran, ein Ungetüm aus Stahl, das fast siebzig Meter in die Höhe reichte und direkt in der Sonne zu enden schien. Gleichzeitig bedeutete er das Ende des Wohngebietes, das mit einem grobmaschigen Drahtzaun weitläufig abgesperrt war. Kein wirkliches Hindernis, sondern eher eine Attrappe, die Kinder und gelangweilte Rentner fernhalten sollte.

Von Jessica hingegen fehlte jede Spur. Sie warteten sicher eine geschlagene halbe Stunde, als plötzlich Stimmen im angrenzenden Kiefernwald lauter wurden. Äste knackten, ein Schwarm aufgeschreckter Vögel floh in dichter Formation aus den Baumwipfeln, direkt auf das zweithöchste Stockwerk des Wohnblocks zu, wo keine Fenster angebracht waren. Hoch von dort oben beobachteten sie genauso gebannt wie Arthur und Tom, wer sich aus dem Dickicht kämpfte und zielgerichtet auf eine Lücke im Zaun zusteuerte, die mit ein wenig Kraft und Geschick den Einlass zum Grundstück gewährte.

»Da ist sie endlich. Und sie hat Begleitung.«

Die Frau mit den wasserstoffblonden Haaren wurde von einem untersetzten Mann begleitet, der den Zaun auseinanderschob und sie durchließ, sich danach selbst durch die zu schmal geratene Lücke quetschte. Mehr erkannte Tom nicht, da die beiden fast vierzig Meter von ihnen entfernt waren.

Unbeholfen stöckelte sie über den unebenen Boden, die zwölf Zentimeter hohen Absätze erschwerten dieses Unterfangen.

Tom erkannte schon von Weitem die makellose Solariumbräune, Hotpants, die gerade mal den Schritt bedeckten und einen Vorbau, der ebenso als Anbau eines der Häuser hätte dienen können. Das Erscheinungsbild vervollständigte sich, als Jessica kaum zwei Meter von ihnen entfernt stand; die Brüste waren mit Implantaten auf Doppel-D aufgestockt worden und glotzten aus einem Hauch von Stoff hervor, der gerade mal ein größeres Taschentuch war. Sie schürzte die Lippen zu aufgeblasenen Schlauchbooten, die auf einem hellbraunen See aus dick aufgetragenem Make-up und botoxgeschwängerter Haut umherschipperten. Der Lidschatten schimmernd, die Kontaktlinsen strahlend blau – und falsch.

Tom war es unmöglich, ihr Alter zu schätzen – fünfundzwanzig oder fünfunddreißig? Ihre gestraffte Haut verwehrte dem Gesicht jedwedes aussagekräftige Mienenspiel.

»Du willst wirklich da hoch, Jess?«, fragte der Mann mit Blick auf die Eisenleiter, die senkrecht den Kran hinaufführte. Er stellte das krasse Pendant zu Jessica dar, trug beige Cargoshorts und ein Hawaiihemd in

Triple-XL. Sein Gesicht war aufgedunsen und kreidebleich, das schwarze Haar zu einem Seitenscheitel gekämmt und die Augen stierten wie Murmeln hinter den rundlichen Gläsern seiner braun-schwarz-gefleckten Intellektuellenbrille hervor. Seine Stimme hätte problemlos einem Eunuchen gehören können. Seine Gestik war seidenweich und trotz seiner Körperfülle von einer gewissen Ästhetik erfüllt. Er war der beste Freund mit dem femininen Einschlag, den sich jede Frau wünschte.

»Klar doch, Fred. Der Post wird durch die Decke gehen. Und jetzt komm, bevor noch einer von den Bauarbeitern auftaucht«, drängte Jessica und erklomm die Stiegen der Leiter.

»Wir müssen da auch hochklettern?«, fragte Arthur zögerlich.

»Natürlich. Wie soll ich sie denn sonst vom Kran schubsen?«

Arthur druckste herum.

»Sag bloß, du bist nicht schwindelfrei.«

»Ja«, gab er kleinlaut zu.

»Schau einfach nicht nach unten. Ich mach dich mit dem Seil an mir fest und werde vorsichtig nach oben klettern.«

»Einverstanden. Aber wehe, du sagst nur ein Sterbenswörtchen zu irgendjemandem. Und ganz besonders nicht zu Goliath. Der erzählt das nur wieder den Assistentinnen und lässt mich als Winsler dastehen.«

»Werde ich nicht. Lass uns los. Sie sind schon einige Meter über uns.«

Tom schnürte Arthur um sich und begann den Aufstieg. Bepackt mit einer Bulldogge und seinen Werkzeugen war das kein unkompliziertes Unterfangen, fiel ihm aber erstaunlich leicht, was wohl an seinen neugewonnenen Fähigkeiten als Sensenmann lag.

Jessica und Fred hatten fast die Hälfte hinter sich gebracht, was Tom überraschte, da er dem übergewichtigen Mann kein derartiges Tempo zugetraut hatte.

Die Zwischenrufe, die er immer aufschnappte, wenn der Wind günstig stand, schafften Klarheit, warum die beiden so zügig vorankamen: Jessica trieb ihn an und ließ ihm kaum eine Verschnaufpause. Erst als sie kurz vor dem Führerhaus angekommen waren, hielt sie inne und gestattete Fred eine Pause, bevor dessen Kopf als Leuchtturm in der Ferne zu erkennen war. Tom und Arthur nutzten die Gelegenheit und schlossen auf.

»Ich werde sterben, nur wegen deiner verdammten Geltungssucht. Du bist eine richtige *Fame Bitch*, Jess, weißt du das?«, keuchte Fred. Er hatte seine redliche Mühe, genügend Luft zu bekommen.

»Wollen wir diesen verweichlichten Fettsack auch gleich erledigen?«

»Das hättest du wohl gern. Mir geht er auch auf die Nerven. Aber nein, nur sie. Ich will es mir nicht mit der Urne verscherzen. Und außerdem ist er nicht vom Schleier befallen.«

»Langweiler«, brummte Arthur enttäuscht.

»Sei nicht so eine Diva«, fauchte Jessica den nörgelnden Fred schnippisch an. »Nur noch ein paar Meter und wir sind am Ziel. Komm schon, mein süßer Teddy. Dafür spendiere ich dir nachher ein leckeres Eis und wir gucken Beautiful Girls of White Town.«

»Ach, du Schnuckel«, sinnierte Fred. »Du kriegst es echt jedes Mal hin, mich um den Finger zu wickeln. Dann mal auf, husch husch. Umso früher kann ich mein Eis schlemmen und Girls mit dir gucken.«

Jessica grinste zufrieden, zumindest blieb es bei dem Versuch, dem das Botox seine Grenzen aufwies. Sie kletterte die letzte Leiter hinauf und Fred folgte ihr, dicht in seinem Rücken Tom, von dem der übergewichtige Mann nicht mal die leiseste Ahnung hatte, dass dieser ihm auf den Fersen war.

Tom hörte das metallische Klingen ihrer Absätze, als sie über das Gitter stöckelte. Er zog sich die Leiter hoch, setzte seine Werkzeuge ab und kümmerte sich um Arthur.

Währenddessen waren Jessica und Fred am Ende des Gitters angekommen, das das Schlussstück des Kranes darstellte. Jessica hatte sich lasziv an ein Geländer gelehnt, das ihr wegen ihrer monströsen Absätze bis zur Taille reichte. Sie spitzte die Lippen, hob die Arme, fasste sich an die Brüste und verrenkte sich zu Posen, die perfekt in einem zweitklassigen Hinterhofporno aufgehoben gewesen wären.

»Wie viele denn noch, Jess?«

»Wir haben doch gerade erst angefangen. Mach weiter. Ich hab noch tausende Posen im Kopf.«

»Aber mir ist schon ganz schwindelig von der Höhe.«

»Ich kann den Fettwanst verstehen«, gab Arthur von sich.

»Dann sieh einfach nicht nach unten«, rief sie genervt. Der vorbeipreschende Wind gab ihrer Stimme einen dröhnenden Unterklang.

»Und ich muss ihr recht geben«, antwortete Tom trocken.

»Pah, sieh lieber zu, dass du die Schreckschraube endlich vom Kran feuerst. Ich kann ihr Gequake und diese komischen Bewegungen nicht mehr ertragen. Was soll das nun wieder werden?«

Arthur und Tom beobachteten mit aufgerissenen Mündern und hängenden Lefzen (zumindest Arthur), wie sich Jessica das eh schon viel zu knapp geratene Oberteil vom Leib riss, während Fred das billige Schauspiel filmte.

»Jetzt live für euch, meine treuen Fans«, quiekte sie in die Kamera und fasste sich dabei ein weiteres Mal an die Brüste, formte die aufgespritzten Lippen zu einem Kussmund und hauchte einen satten Schmatz in die Weiten des Internets hinaus. Mit einem Finger deutete sie auf die Handykamera vor sich. »Mehr heiße Bilder gibt es nachher im Link in meiner Bio. Schaut vorbei und gönnt euch jeden Zentimeter eurer Hot Jessica.«

»Ist das eine Räudige, oder warum führt die sich so auf?«, fragte Arthur.

»Räudige? Was meinst du?«

»Diese leicht bekleideten Mädels aus unserem letzten Auftrag. Die für Geld alles machen.«

»Ach, du meinst Prostituierte.« Er lachte. »Nein, sie ist nur eine Influencerin, die alles für ein bisschen Anerkennung tut«, erklärte er. Als Jessica Wasser über ihr Dekolleté tröpfeln ließ, fügte er hinzu. »Zumindest glaube ich das.«

Es folgten einige weitere, mehr oder weniger erotische Posen und Fred filmte und fotografierte geduldig, bis der Wind auffrischte und sich ein Unwetter über dem Horizont aufbaute. Dunkle Wolken schoben das orange-gelbe Licht der untergehenden Sonne zur Seite und gezackte Blitze durchstießen das Firmament. Sieben Sekunden später war ein urtümliches Grollen zu hören, das in Wellen gegen den Kran brandete.

»Ein Unwetter! Lass uns endlich verschwinden, Jess. Meine Haare sind schon ganz zerzaust von diesem ekelhaften Wind«, drängte Fred.

»Fang wieder an zu filmen. Nur noch diese eine Pose.« Sie setzte erst einen Fuß auf die untere Strebe des Geländers, danach den zweiten und ließ sich dann wagemutig auf der obersten Strebe nieder.

»Bist du verrückt? Wenn ein Windstoß kommt, fällst du runter!«

»Jetzt film schon, bevor ich wirklich noch vom Kran geweht werde.«

Fred seufzte und tat, wie ihm geheißen.

Tom legte sein Werkzeug ab. Er brauchte es nicht.

Er sprintete los und rammte seine Schulter ungebremst gegen Jessicas Oberkörper. Im selben Moment erfasste eine Windböe, so zumindest aus Freds Sicht, die junge Frau und wirbelte sie vom Kran. Schrill kreischend verschwand sie in der Tiefe. Der Mann schaffte es nicht einmal mehr bis zum Geländer, um nach seiner Freundin zu sehen. Er wurde ohnmächtig und fiel wie ein nasser Sack in sich zusammen.

Tom erschrak vor sich selbst. Er hatte die Frau vom Kran befördert, ohne mit der Wimper zu zucken. *Verlor er bereits seine Menschlichkeit?*

»Wow. Du bist ja zum richtigen Killer geworden. Also ich hätte zumindest noch ein letztes Mal an die Möpse gefasst.«

»Danke, ich steh nicht auf Plastik. Wie kommen wir hier wieder weg?«

Arthur tippelte vorsichtig zum Geländer und Tom folgte ihm.

Der Blick der Bulldogge wanderte in die Tiefe und zögerlich zurück zum Sensenmann. Die ersten Bauarbeiter eilten zu der Unfallstelle. Zwischen ihren Körpern, die von hoch oben kaum größer als wuselnde Ameisen waren, hatte sich ein Wirbel, gleich einem Portal, gebildet.

»Wir müssen springen. Das ist unser Ausweg«, sagte er mit bebender Stimme.

Tom packte Arthur kurzentschlossen, kletterte auf das Geländer und sprang.

21. Bis(s) zum letzten Tropfen

Tom nahm die Seelentaler bereitwillig entgegen. Diesmal waren es so viele Münzen, dass er die zweite Hand brauchte, um sie in seiner Hosentasche zu verstauen.

»21,80 Seelentaler. Mein lieber Grabstein, da siehst du mal, was ein ordentlich ausgeführter Auftrag einbringt.«

»Kaum verzichte ich mal auf deine Hilfe, werde ich auch ordentlich bezahlt. Vielleicht sollte ich dich das nächste Mal gleich hierlassen.«

»Ich merk mir das für den kommenden Schlamassel, bei dem du meine Hilfe brauchst.«

Tom beugte sich zu der Bulldogge runter und tätschelte ihren Kopf. »Ach komm schon, Arthilein. Das war doch nur ein Spaß. Zur Entschädigung spendiere ich dir eine Leckerei. Na, wie wäre das?«

Arthur verpasste ihm einen Kopfstoß mit seinem breiten Schädel. Tom kippte nach hinten und hielt sich mit schmerzverzerrtem Gesicht die Stirn.

»Aua, für was war das denn?«

»Dafür, dass du mich bestechen wolltest und mir den Kopf getätschelt hast. Das kann ich nämlich so gar nicht leiden. Und dafür, dass du mich verarscht hast. Die Leckerei nehme ich trotzdem. Sozusagen als Entschuldigung. Und jetzt komm, wir erledigen das gleich, bevor du deine Taler wieder im Grave mit dieser Bohnenstange und für Weiber verprasst.«

Tom hielt sich die Stirn und folgte Arthur zum Laden mit den Hundeleckereien. Er war sich sicher, dass er als Lebender eine Platzwunde davongetragen hätte. Jetzt blieb nur der stechende Schmerz, der aber fast schon wieder verflogen war, als sie Arthurs El Dorado der Gaumenfreude erreichten.

»Her mit den Münzen.«

»Wie viele?«

Arthur überlegte kurz. »Zwei sollten für einen schönen Vorrat reichen. Gib sie dem Kassierer und dann verschwinde. Ich will mich in Ruhe umsehen. Wir treffen uns später oder morgen.«

Toms Weg führte wieder über den großen Platz. Als er diesen betrat, erspähte er eine dürre, hochgewachsene Gestalt, die abweisend mit den Armen fuchtelte und sich so eine zweite Person vom Leibe hielt, die Tom sofort wiedererkannte. Es waren Harry und die Dame, die nur einen Arm besaß.

Verdammt, ich glaube, er braucht einen Wingman. In seiner Zeit vor Tara war das ein probates Mittel, um einen Kumpel die Herzensdame näherzubringen, oder, wie im Falle von Harry, eine weniger attraktive Dame in ihre Schranken zu weisen.

Er schickte sich an, seinem Freund zu Hilfe zu eilen. Inzwischen hatte sich schon eine kleine Traube Schaulustiger um die beiden Streitenden gebildet, die das gebotene Schauspiel amüsiert kichernd und aufgeregt tuschelnd untermalten.

»Im Grave bist du mir nicht von der Seite gewichen. Und jetzt? Jetzt ignorierst du mich und tust so, als wären wir uns nie begegnet!«, brüllte sie ihn an.

»Ich war betrunken und habe mich von der Stimmung treiben lassen. Jetzt sehe ich die Dinge mit anderen Augen. Tut mir leid«, stammelte Harry, der beschämt zu Boden starrte und sich am liebsten in Luft aufgelöst hätte.

»Soll das etwa heißen, dass du mich schön getrunken hast?«, schrie sie.

»Nein, natürlich nicht. Du bist nur nicht mein Typ Frau«, flüchtete er sich in Ausreden.

Autsch, falsche Antwort, dachte sich Tom.

Die Verschmähte verstand das genauso. Mit einem Satz stürzte sie auf Harry zu und versuchte, mit ihrem Stumpen seinen Kopf zu treffen. Er wich umständlich aus und stolperte. Bevor ihn die aufgebrachte Verehrerin endgültig zu Boden rammte, schritt Tom ein, warf sich zwischen die Streithähne, packte Harry am Kragen und schleifte ihn kurzerhand mit sich mit.

»Ich muss ihn im Auftrag der Urne mitnehmen«, entschuldigte er sich, da ihm keine bessere Erklärung einfiel. Lautes Gelächter brach aus, als die Frau zur Verfolgung ansetzte. Harry und Tom waren glücklicherweise wesentlich flinker zu Fuß, sodass sie schon nach wenigen Schritten aufgab und ihnen lediglich wütende Flüche und allerlei Beschimpfungen hinterherjagte.

»Danke, du hast echt was gut bei mir.«

»Schon ok. Dafür sind Freunde schließlich da. Warum war sie denn so aufgebracht?«

»Ich habe sie schlichtweg nicht erkannt. Sei bitte ehrlich: war ich wirklich so besoffen?«

»Ja, du hattest wirklich einiges intus. Aber es ist nichts passiert, wofür du dich schämen musst.«

»Mir ist es aber sehr peinlich. Gibt es noch andere Konsequenzen, die ich befürchten muss? Weitere Verehrerinnen wie sie?«

»Wenn sich das Skelett nicht in dich verguckt hat, dann dürfte nun alles im Reinen sein.«

»Skelett?!« Harrys Augen weiteten sich, als würden sie jeden Moment aus dem Gesicht schnalzen. »Sag mir nicht, dass ich …«

»Halb so wild«, lachte Tom. »Du wirst schon keinen Ärger bekommen. Und falls doch, kannst du dich auf mich verlassen.«

»Du bist ein wahrer Freund. Ich bin dir was schuldig. Wollen wir auf einen Drink ins Grave? Also wirklich nur ein oder zwei Drinks. Ich würde gerne mit dir über meinen ersten Auftrag reden. Ich fühl mich noch ganz schmutzig, dass ich das getan habe und würde die paar Seelentaler gerne wieder loswerden. Bist du dabei?«

Tom überlegte kurz, ob es eine gute Idee war, das Grave erneut aufzusuchen. Andererseits wollte er Harrys Angebot nicht ausschlagen; der Mann wirkte auf ihn, als könne er einen Gesprächspartner dringend gebrauchen. Außerdem hoffte er, dass Ivy dort war und er ein paar Worte mit ihr wechseln konnte.

»Klar, wir haben uns sicher viel zu erzählen.«

Harry grinste ihn an. »Aber diesmal ohne Skelette und einarmige Verehrerinnen. Wenn ich dabei bin, Unsinn zu machen, halte mich auf.«

Tom gab ihm einen freundschaftlichen Klaps auf den Rücken. »Dann mal los. Ich hab einen Mordsdurst.«

Das Grave war zur frühen Abendstunde nur spärlich besucht. Der Barkeeper begrüßte sie mit einem angedeuteten Lächeln und widmete sich wieder der gründlichen Politur seiner Gläser, die er in exakt gleichen Abständen in die Regale über sich stellte. Von dort nahm er zwei frische Becher und bereitete unaufgefordert Gravequilas für Tom und Harry zu.

»Das ist ja wie in meiner Stammkneipe zu Lebzeiten«, lachte Tom.

»Wir scheinen ganz schön berühmt zu sein«, stellte Harry erstaunt fest.

»Eher berüchtigt.«

»Wirklich?«, fragte Harry entsetzt. Sein Blick wanderte sogleich wieder zu Boden.

»Ach Quatsch, das war nur ein Späßchen«, beruhigte er ihn, nippte von seinem Gravequila und blickte zu dem Musiker, der dabei war, die Saiten seiner Gitarre zu stimmen, während Harry ebenfalls von seinem Grave-quila trank. Im Gegensatz zu Tom leerte er das Getränk in einem Zug und bestellte sofort eine weitere Runde.

»Du scheinst ganz schön bedrückt zu sein. Was ist dir denn während deines ersten Auftrages widerfahren?«

»Ach, wo soll ich beginnen? Es fing schon mit dieser verrückten Urne an, die meine Hand minutenlang nicht loslassen wollte und die ganze Zeit über Sprüche gebracht hat wie: *Oh, ist Harry Potter jetzt erwachsen geworden* oder *Vom Zauberlehrling zum Sensenmann, was ein Abstieg.* Als ich etwas Festes zu fassen bekam, fühlte es sich an wie ein Stein oder eine Platte. Nachdem ich schließlich meine Hand aus der Urne befreit hatte, hielt ich einen viereckigen Klostein in den Fingern, auf dem mein Auftrag winzig klein eingeritzt war. Goliath kugelte sich vor Lachen und jauchzte immer wieder das Wort Flutsch. *Dein erster Auftrag ist ein Flutsch, man bist du ein Pechvogel,* gackerte er ständig vor sich hin, sogar, als wir bereits in der Nähe meines Opfers waren.«

»Mach dir nichts draus. Ich habe auch einen Flutsch hinter mir. Was genau ist passiert?«

Harry atmete hörbar durch. »Putzfrau, verstopftes Klo bis obenhin. Ich sollte sie in der Kloake ersticken, sie hat sich gewehrt, die Fliesen waren rutschig. Den Rest kannst du dir sicher denken.«

»Aber du hast es geschafft«, versuchte Tom ihn aufzu-heitern.

»Mit Goliaths Hilfe. Man glaubt gar nicht, dass seine zwei Kilo Körpergewicht so einen Unterschied aus-machen können.«

»Ich musste Arthurs Hilfe auch schon in Anspruch nehmen.«

»Das ist es gar nicht, Tom. Ich fühle mich schlecht, einen Menschen ermordet zu haben. Auch wenn es der

Lauf der Dinge sein soll. Und ich habe Angst, wie es hier weitergeht. Was noch auf mich zukommt. Das ist alles so fremd. Dieser Ort, die Aschebringer, die Veränderung, die ich durchmachen werde, die wir beide durchmachen. Wir verlieren unsere Menschlichkeit. Früher oder später. Das ist viel schlimmer als die Angst vorm Tod, als ich noch am Leben war.«

Tom blickte ihn entschlossen an. »Bis dahin vergehen noch viele Jahre, Harry. Sehr viele Jahre. Du darfst die Hoffnung nicht aufgeben. Das macht uns aus. Und du musst dir den Glauben an das Gute bewahren. Mit ein bisschen Glück und Geduld wartet bald ein viel schönerer Ort auf uns. Willst du nicht auch die wiedersehen, die du so sehr vermisst, dass es dir manchmal die Luft zum Atmen raubt? Dass die Tränen einfach so kommen, nur weil du eine schöne Erinnerung hast?«

»Ja, das wünsche ich mir sehnlicher als alles andere auf der Welt«, antwortete Harry bedrückt.

»Dann gib jetzt nicht auf und lass uns gemeinsam für dieses Ziel kämpfen.«

»Das werden wir. Zusammen schaffen wir es in eine bessere Welt.«

Sie stießen mit einem Gravequila an und besiegelten so das Versprechen, das sie einander gaben. Ein Versprechen, das von Freundschaft und Hoffnung handelte.

Tom unterhielt sich den ganzen Abend mit Harry, sie vertrauten sich ihre intimsten Geheimnisse an und sinnierten über die Vergangenheit, die viele schöne, aber auch einige dunkle Stunden mit sich gebracht hatte.

Jedes Mal, wenn die Salontür aufschwang, flog Toms Blick in Richtung Eingang, doch nie war es Ivy, die das Grave betrat.

Als er sich am späten Abend von Harry verabschiedete und den Heimweg antrat, wehte ihm eine steife Brise entgegen. Die Kälte unterschied sich von den frostigen Tagen, die er von der Küste kannte. Es war eher das Empfinden, direkt neben einem Klimagerät zu stehen, das unentwegt einen Kältestrom mit sechzehn Grad aus den Düsen stieß, während alles herum in Schweiß und Hochsommer versank. Er vergrub die Hände in den Taschen und rieb sie am Stoff, um wenigstens ein bisschen Wärme abzubekommen.

Die Straßen waren wie leergefegt, bis auf ein paar Krähen, die ihn von den Straßenlaternen aus argwöhnisch beobachteten. Er schenkte ihnen keine Beachtung und schlug die Gasse ein, die auf seinen Garten zuführte. Als er dabei war, das Tor zu öffnen, bemerkte er einen gleißenden Lichtstrahl, der über dem Cemetery Park aufleuchtete. Es war nur der Bruchteil einer Sekunde, der jedoch genügte, um seine volle Aufmerksamkeit zu erregen. Er dachte an Arthurs Worte, an die pelzige Stimme der Vernunft. Und er dachte an Ivy, schloss das Tor wieder und jagte durch die Dunkelheit, seiner Neugierde hinterher.

*

»Du kommst spät«, raunte der Insasse. Seine Stimme spiegelte seinen Zustand wider; rau brachte sie die Gitterstreben zum Beben. Seine Kräfte waren dabei, sich vollständig zu erholen. Sein waches Auge fiel auf den Gehilfen und dann zurück zum Gefäß der Unendlichkeit. Ein einzelner Tropfen war verblieben. Dieser Tropfen war einst Teil eines Ozeanes gewesen, der den Insassen von der Welt der Sensenmänner ferngehalten hatte. Viele Jahre waren seither vergangen. Jahre, in denen sich die Gesellschaft gewandelt hatte, Schwäche und Überheblichkeit aufkamen und so ein Nährboden geschaffen wurde, der ihm seine Freiheit stückchenweise näherbrachte.

»Ich musste meinen Verfolger abschütteln. Es gab Zeugen.«

»Wurdest du erkannt?«

»Seht mich an, Herr. Dank Euch besitze ich die Gabe, mich in den Schatten zu bewegen.«

Der Insasse trat einen Schritt zurück und seufzte zufrieden. »Sie können uns nicht mehr gefährlich werden. Morgen ist der Tag gekommen. Ein großes Scheitern wird dazu führen, dass ich endlich diese Zelle verlasse. Die alte Ordnung erhebt sich wieder. Nur noch Geschichtsbücher und die ältesten Sensenmänner wissen um unser Bestehen, doch auch unter den Jüngeren mehren sich meine Anhänger.«

»Ich bin einer von ihnen.«

»Und das weiß ich zu schätzen. Wenn die Zeit gekommen ist, eine neue Ära einzuleiten, wirst du an meiner Seite schreiten. Schwäche und Barmherzigkeit werden keinen Bestand haben. Die eiserne Hand des Todes soll regieren, so wie sie unser aller Urvater in jedem Jahrhundert über die Menschheit gebracht hat. Viel zu lange schon genießen sie ihre Leben in Wohlergehen und ohne Schrecken. Der Mensch ist zu mächtig geworden, die Angst vorm Tod schwindet von Jahr zu Jahr. Pest, Krieg, Epidemien; das alles hat nur noch Seltenheitswert. Ich werde sie daran erinnern, was Ehrfurcht vor dem Tod heißt.«

»Ich werde da sein, sobald der letzte Tropfen gewichen ist.«

»So soll es sein. Und nun verschwinde, ich spüre, dass dein Verfolger nah ist.«

Der Gehilfe verschmolz mit der Dunkelheit der Gänge, so als wäre er ein ureigenster Bestandteil dieser.

*

Tom hatte es geschafft, den Cemetery Park in wenigen Minuten zu erreichen. Er war die Straße entlanggehetzt, als ginge es um Leben und Tod. Erst als er im Tunnel angekommen war, der den Zugang in den Park darstellte, verlangsamte er sein Tempo und verhielt sich vorsichtiger. Schließlich begab er sich mitten in der Nacht auf eine Reise ins Ungewisse. Der gleißende Blitz konnte ein Wetterphänomen gewesen sein oder eine ernsthafte Gefahr. Arthur würde ihn ein zweites Mal töten, wenn er wüsste, dass er sich zu dieser späten Stunde in den Cemetery Park wagte. Er riskiert es trotzdem, seine Neugierde war zu groß.

Schwirrende Lichter in den unterschiedlichsten Maßen, Formen und Farben – von Blassweiß bis bläulich – begleiteten seinen Weg und führten ihn auf ein Ziel in unmittelbarer Nähe hin. Er folgte und sie schwebten in östliche Richtung voran; gezielt auf den Pfad zu, der sie zur seltsamen, himmlisch anmutenden Tür und dem düsteren Ort geführt hatte, an dem sie Ash und den Aschebringern begegnet waren.

Die Lichter leiteten ihn durch ein Meer aus schwarzweißen Gräsern und Bäumen, die jedem seiner Schritte mit ihren Kronen zuzunicken schienen und ihn so ermutigten, seinem eingeschlagenen Weg weiter zu folgen. An manchen Stellen waren sie ineinander verwachsen und bildeten so eine knorrige Decke aus Holz, die den goldenen Strahlen, die von oben herabfielen, den Zutritt verwehrte. Dadurch blieb Tom fast in völliger Dunkelheit zurück, einzig die Lichter dienten ihm zur Orientierung. Je länger seine Pupillen den seltsamen Wesen folgten, umso mehr gaukelten ihm seine Augen vor, dass sich die Punkte zu einer Lichterkette verbanden. Diese schlängelte sich wie eine Riesenschlange zwischen Stämmen und Sträuchern hindurch und fraß sich hungrig durch das tiefe Schwarz.

Nur vereinzelte, golden gesprenkelte Lichtfetzen vermochten es, einen Weg durch das natürliche Dach und bis hinab ins Unterholz zu finden.

Nach einer Weile ebbte der Wildwuchs ab, wodurch Tom ohne die Lichter vorankam. Unter das Surren ihrer Schwebebewegung mischten sich weitere Geräusche. Stimmen und Schreie, wie sich herausstellte, die weiter entfernt waren, deren Lautstärke und Intensität aber rasch an Fahrt gewannen.

Tom vernahm Sekunden später einzelne Wortfetzen, die sich zu Rufen formten: »Bleib stehen« und »Diesmal entkommst du mir nicht«.

Vorsichtig bewegte er sich im Schutz der Baumstämme und suchte systematisch die Richtung ab, der er die Stimmen am ehesten zuordnen konnte. *Osten*, schoss es ihm durch den Kopf. Jemand kam von dorther, wohin ihn die Lichter geführt hatten. Er schlich voran, bis der Pfad nur einen Steinwurf von ihm entfernt war. Dort verharrte er hinter zwei Bäumen, die im Laufe der Zeit zu einem Stamm zusammengewachsen waren, der in der Mitte eine Öffnung aufwies, als hätte der Blitz eingeschlagen. Diese Lücke gab Tom genügend Sicht, um den Eingang zum Tunnel im Auge zu behalten. Gleichzeitig war sein natürlicher Spähposten kaum einsehbar.

Er hörte seinen eigenen Herzschlag pochen, dumpf und hektisch hämmerte es unter dem Brustkorb. Sein Atem ging schwer, er wagte es nicht, auch nur einen Pieps von sich zu geben.

Eine drahtige Gestalt hetzte aus der Öffnung. Sie trug einen nachtfarbenen Mantel, der bis zum Schaft ihrer

Stiefel reichte. Dunkles Haar drängte sich unter einer schimmernden Totenkopfmaske hervor, die sich unter den wippenden Bewegungen der Schritte zu einer furchterregenden Fratze verzog und in Toms Richtung starrte.

Wieder jagte ein gleißender Blitz durch den Park, diesmal auf Brusthöhe der Gestalt, die er haarscharf verpasste. Der scharfe Windzug genügte, um den Unbekannten ins Schwanken zu bringen und zu verlangsamen. Im selben Augenblick stürmte eine zweite Person aus der Öffnung, die Tom sofort an der schier überwältigenden Wucht ihrer Bewegung und der unheilvoll über dem Haupt geschwungenen Sense erkannte.

Ash, der Aschebringer.

»Was geschieht hier nur?«, entfuhr es Tom laut. Für einen kurzen Moment befürchtete er, entdeckt worden zu sein. Hastig zog er den Kopf ein. Als er sich wieder aus seiner Deckung wagte, hatte Ash bis auf wenige Meter zu der flüchtenden Gestalt aufgeschlossen.

Ein Kampf stand unmittelbar bevor.

Ash hechtete auf sein Opfer zu. Ehe seine Füße den Boden berührten, sauste die Sense in hohem Bogen herab. Sein Ziel wich mit einer fließenden Bewegung aus, Stahl blitzte auf und er ging seinerseits mit zwei ellenlangen Dolchen zum Angriff über. Ash wurde von der Kaltschnäuzigkeit seines Widersachers überrascht. Ein Schlag touchierte seine Maske und brachte der Oberfläche einen tiefen Kratzer bei, auf den zweiten Stich reagierte er gefasster und parierte diesen mit dem Stiel seiner Sense. Ehe sein Gegner in einen weiteren Schlaghagel verfallen konnte, übernahm Ash die Initiative. Er täuschte einen Hieb mit seiner Sense an, ahnte die daraus resultierende Ausweichbewegung seines Gegenübers voraus und verpasste ihm einen krachenden Haken mit seiner linken Faust. Der Getroffene taumelte und brauchte einen Moment, um gegen die aufkommende Bewusstlosigkeit anzukämpfen. Diese Sekunde der Schwäche nutzte der Aschebringer aus und versetzte ihm einen schweren Tritt mit seinem Stiefel. Die Totenkopfmaske wurde durch die Wucht ein Stück zur Seite geschoben, dann kippte der Träger um und landete hart auf dem Rücken.

Regungslos blieb er liegen, auch als Ash seine Sense niederlegte und sich zu ihm kniete. »Jetzt werden wir das Geheimnis lüften, wer sich hinter dieser Maske verbirgt«, triumphierte er in seiner gewohnt selbstsicheren Art. Seine Hand griff an das Kinn der Totenkopfmaske. Aus dem Hintergrund beobachtete Tom ebenso gespannt, wer der geschickte Unbekannte war, der es geschafft hatte, sich einem Aschebringer tapfer in den Weg zu stellen.

Ein Dolch schnellte, Knauf voran, nach oben und krachte seitlich gegen Ashs Schläfe, als dieser dabei war, die Maske zu heben. Er bäumte sich auf und brüllte seinen Schmerz in den Nachthimmel hinaus. Diesen Umstand nutzte sein Gegner, rollte sich zur Seite, sprang auf und schlug mit dem Griff des zweiten Dolchs zu. Dieser Hieb brachte sogar den hünenhaften Ash ins Wanken. Er schaffte es dennoch, nach seinem Kontrahenten zu greifen, doch dieser wich mit Leichtigkeit aus, griff in das Innere seines Mantels und holte ein ledernes Säckchen hervor. Mit einer gekonnten Bewegung öffnete er den Bund und kippte den Inhalt aus. Feine Staubkörnchen entwickelten sich binnen einer halben Sekunde zu einer riesigen Wolke, die alles im Umkreis von zehn Metern wie im Zentrum eines Sandsturmes einhüllte und Tom sowie Ash die Sicht raubte.

Als sich der Staub wieder gelegt hatte, war der Träger der Totenkopfmaske verschwunden. Zurück blieben ein verdutzter Aschebringer und ein ratloser Tom.

22. Von Geheimnissen, Freunden und irdischen Problemen

Tom verharrte sicher eine halbe Stunde, bis er felsenfest davon überzeugt war, dass sowohl Ash als auch der Unbekannte verschwunden waren. Wenn er etwas nicht gebrauchen konnte, dann war es, zwischen die Fronten zweier verfeindeter Gruppierungen zu geraten. Ganz egal, welche Fehde zwischen diesen herrschte und welche Ziele sie verfolgten.

Auf dem Rückweg begegnete ihm keine Sterbensseele. Glücklicherweise auch nicht Arthur, der ihm sicher einige unangenehme Fragen gestellt hätte. Es reichten die, die ohnehin in seinem Kopf spukten.

Warum trug der Unbekannte eine Totenkopfmaske? Was war der Grund für den Streit? Welche geheimen Gruppierungen gab es in dieser Welt und welche Ziele verfolgten sie?

Die Antworten blieben aus, doch eine Erkenntnis überkam ihn. Dieser Ort war ebenso wenig vor Intrigen, unterschiedlichen Gesellschaften und gewalttätigen Auseinandersetzungen gefeit, wie es die Erde war. Einerseits hatte das etwas von einem vertrauten Gefühl, eine Gemeinsamkeit zwischen seinem alten und neuen Leben. Andererseits signalisierte es ihm, dass er auf der Hut zu sein hatte. In der strukturierten Gesellschaft der Sensenmänner schien es zu brodeln. Sein Instinkt sagte ihm, dass der vorhergehende Kampf nur die Spitze eines Eisberges war, der sich ihm schon bald offenbaren sollte.

Endlich zurück in seinem trauten Heim angelangt, gönnte er sich eine heiße Tasse Tee und schnappte sich aus dem Bücherregal einen Wälzer, den er aus der Bibliothek ausgeliehen hatte. An Schlaf war nach den aufregenden Geschehnissen nicht zu denken, deswegen machte er es sich in seinem roten Ohrensessel bequem und schlug das Buch auf.

„Geschichten, Legenden und Sagen aus der Kammer" war der Titel, der wie die Faust aufs Auge passte.

Tom versank in den Erzählungen über seine neue Heimat. Es war Jahre her, dass es ein Buch geschafft hatte, ihn derart zu fesseln, dass er alles um sich herum vergaß. Vieles klang erfunden und weit hergeholt. Bei der Beschreibung mancher Geschehnisse konnte er sich sehr wohl vorstellen, dass diese so eingetreten waren. Oft war über Geheimbünde, Kriege und Revolutionen die Rede. Versteckte Orte und geheime Gänge, die vor tausenden von Jahren angelegt worden und deren Existenz zum Mythos geworden war. Das weckte seine Neugierde, da eine recht einfach gehaltene Karte Hinweise auf unterirdische Wege in unmittelbarer Nähe zu seinem Grundstück gab. Diese Wege führten weit ins Erdreich und endeten direkt in der Hölle oder an noch gefährlicheren Orten, die bis zur Decke mit Schätzen und Reichtümern untergegangener Zivilisationen gefüllt waren und streng bewacht wurden. Deswegen hatten die früheren Sensenmänner diese Wege verschlossen und auf ewig versiegelt.

Eine unsichtbare Treppe fand Erwähnung, deren Stufen angeblich bis zu den Toren des Himmels führten. Nur wer vorher das versteckte Losungswort in einem der verbotenen Räume gefunden hatte, würde Zutritt in das Reich des Lichts finden.

Viele dieser Geschichten stempelte Tom als Humbug ab, wenngleich sie seine Neugierde nach Geheimnissen und Mysterien weckten. Er beschloss, bei Gelegenheit selbst nachzuforschen. Ivy wäre für solche Vorhaben sicher zu begeistern und Harry wäre mit ein wenig Überzeugungsarbeit auch nicht abgeneigt.

Er gelangte schließlich an eine Stelle, an welcher der Schacht der Sense zur Sprache kam. Die Beschreibungen waren vage gehalten. Über Mutmaßungen kam der Autor nicht hinaus oder vermied dies bewusst. Er flüchtete sich in Umschreibungen und über jedem Satz hing ein Hauch von Zensur. Ein Siegel wie die, die angeblich den Zutritt zu den gefährlichsten Teilen dieser Welt verwehrten. Nur ein Satz ließ ihn stutzig werden, passte er so gar nicht in die Schreibweise der vorherigen Zeilen:

So entdecket ein Leben, **erwählter Neuling.**

Ein Leben entdecken in einer Welt der Toten? Und was hatte dies mit einem Neuling auf sich, der gerade erst zu Tode gekommen war und sich an seinen Alltag als Sensenmann gewöhnte?

Tom grübelte eine Weile über den Sinn oder Unsinn dieser Worte nach, bis seine Augenlider schwer wurden und er mitsamt dem auf seinen Beinen gebetteten Wälzer einschlief.

Diesmal war es nicht Arthur, der ihn aus dem Schlaf riss, sondern seine verdrehte Haltung, die er im Ohrensessel eingenommen hatte, und das Klingen der Glocke, die einen neuen Auftrag ankündigte. Der erste Aufruf drang nur wie ein weit entferntes Rufen in seinen Schlaf vor. Beim zweiten Anlauf erklang die Glocke um einiges lauter: Zehn Klangschleifen schlugen sich als fast nahtlos ineinandergreifende Tonstücke in seinen Gehörgang. Er schielte schlaftrunken auf die Kuckucksuhr, die an der Wand hing und glatt aus dem Schwarzwald stammen konnte. Es war 8:30 Uhr, was bedeutete, dass er fast den ganzen Tag vor sich hatte, bevor er sich mit Arthur an der Urne traf.

Sofort galt seine Aufmerksamkeit wieder dem Wälzer, der ihn bis in die tiefen Nachtstunden wachgehalten

227

hatte. Abgesehen von dem einen Satz, der nicht so recht in den übrigen Text passte, fand er keine Information, die sein Wissen über den Schacht der Sense erweiterte.

So entdecket ein Leben, erwählter Neuling.

Die Worte begleiteten ihn eine ganze Weile, auch als er sich eine Kanne aromatisch duftenden Tee kochte (die Sorte war geschmacklich eine Mischung aus Pfefferminz und schwarzem Tee) und mit süßem Gebäck sein Frühstück im Garten gestaltete. Es war ein angenehmer Tag, zumindest waren die Temperaturen um ein paar Grad gestiegen. Vielleicht bildete er sich das aber auch nur ein.

Mit einem unangenehmen Quietschen schwang das Gartentor auf und Harry kam mit einem zufriedenen Grinsen auf den Lippen auf ihn zu.

»Hey, mein Freund«, begrüßte er ihn freudig.

»Hi Tom, du bist ja schon früh wach. Ich habe laut Goliath meinen freien Tag und da dachte ich, ich schau mal bei dir vorbei.«

»Das freut mich. Setz dich. Warte, ich hol dir eine Tasse Tee. Du trinkst doch Tee, oder?«

»Klar, ich bin gebürtiger Engländer. Dort trinkt jeder Tee. Und Bier. Viel Bier. Aber von Alkohol und speziell von Gravequila hab ich erst mal genug«, lachte Harry.

»Das glaube ich dir erst, wenn du das nächste Mal im Grave keinen Tropfen anrührst«, neckte ihn Tom und verschwand im Turm, wo er ein reich verziertes Teegedeck herrichtete und unter dem Klappern des Porzellans servierte. Vorsichtig goss er die siedend heiße, tiefschwarze Flüssigkeit randvoll in die Tasse. Ein wohliger, leicht herber Duft stieg nach oben und umspielte seine Nasenlöcher.

Harry lud zwei Würfel Zucker auf seinen Löffel und versenkte diese im dampfenden Tee. Anschließend rührte er. Sicher eine geschlagene Minute am Stück. Ein Tick, den Tom hasste, aber er schwieg, schmunzelte sogar darüber, da er genau damit bei Harry gerechnet hatte. Dessen Blick fiel auf den Wälzer, den Tom mit nach draußen geschleppt hatte.

»Was liest du da? Sieht interessant aus.«

»Darin sind allerlei Dinge und Ereignisse aus der Geschichte dieses Ortes beschrieben. Auch viel Erfundenes, ebenso erstaunlich genaue Beschreibungen von geheimen Gängen, die zu Schatzkammern führen.«

»Meinst du, dass irgendetwas davon wahr ist?«

»Gut möglich, das müssten wir schon selbst herausfinden. Aber wenn wirklich etwas dran sein sollte, begeben wir uns in große Gefahr. Ich befürchte auch, dass das nicht die einzige Gefahr wäre, in der wir uns befinden.«

»Wie meinst du das?«, fragte Harry zitternd.

Tom berichtete von den Aschebringern, die Ivy und ihn vor der Pforte ertappt hatten. Und er schilderte ihm den Kampf im Park.

»Also gibt es auch hier so etwas wie Geheimbünde. Das hört sich fast so an, als würde uns ein großes Ereignis bevorstehen. Und ich befürchte, das wird nicht friedlich ausfallen.«

»Das denke ich auch. Je länger ich in dem Buch lese, umso mehr verfestigt sich diese Theorie. Harry, pass bitte auf dich auf. Irgendetwas ist hier im Gange. Die Aschebringer, der Kampf im Park. Wir wissen noch viel zu wenig über diese Welt. Deswegen müssen wir gegenseitig auf uns aufpassen.«

»Das werden wir. Was hast du nun vor? Willst du dich auf die Suche nach einem dieser geheimen Gänge begeben? Oder warten wir erst mal ab?«

Tom stützte nachdenklich sein Kinn in die Handfläche und nippte von seinem Tee. »Vorerst nicht. Wir sollten es aber im Hinterkopf behalten. Vielleicht kann uns dieses Wissen den Hintern retten. Ich denke mal, dass diese Gänge und Verstecke nur den wenigsten hier bekannt sind. Falls wirklich ein Krieg oder sonst was ausbricht, können wir uns dort verstecken und überlegen, was wir als nächstes tun. Aber vielleicht machen wir uns gerade auch nur unnötig verrückt. Lass uns abwarten, was geschieht. Trotzdem sollten wir vorsichtig sein und auf uns achtgeben.«

»Einverstanden. Wie geht es mit dir und Ivy voran? Habt ihr euch schon angenähert?«

»Ich mache Fortschritte. Zum Abschied nach unserem Date gab es eine leichte Umarmung. Seitdem habe ich sie nicht mehr gesehen. Das war vorgestern.«

»Mir ist sie gestern auf dem Marktplatz begegnet. Ich soll dir Grüße bestellen.«

»Mehr nicht?«

»Na ja, Tom, du weißt ja, wie verschlossen sie ist. Sie sagte nur noch, dass man sich sicher die Tage im Grave sehen würde und ließ mich dann stehen. Vielleicht war sie gerade auf dem Weg zu einem Auftrag.«

»Frauen«, seufzte er. Sie beide lachten.

»Man hat es nicht leicht«, stimmte Harry mit ein. An seinem breiten Grinsen erkannte er, dass sein Freund Neuigkeiten zu berichten hatte, die er ihm bis jetzt vorenthalten hatte. Jetzt musste er seine ganze Beherrschung aufbringen, dass es nicht nur so aus ihm heraussprudelte.

»Wie heißt sie?«, fragte Tom geradeaus.

Harry lächelte verlegen und fing an zu erzählen.

Die Zeit verging wie im Flug und Tom hätte vermutlich seinen Auftrag verpasst, wenn die Glocke nicht ein letztes Mal geschlagen hätte, um anzukündigen, dass es in einer Stunde so weit war. Er erklärte Harry, was es mit dem Gegenstand auf sich hatte, woraufhin sich sein Freund verabschiedete und sie vereinbarten, sich am späteren Abend im Grave zu treffen.

Tom packte seine Werkzeuge des Todes und marschierte los. Am großen Platz traf er auf Arthur, der anders als sonst aussah. Sein Fell war akkurat in eine Richtung gebürstet und ein purpurnes Halstuch schmückte seinen kräftigen Hals.

»Wie siehst du denn aus?«

»Erspar mir deine Fragen und nimm mir lieber dieses alberne Halstuch ab«, grummelte er.

»Sag mir zuerst, was diese Aufmachung soll.«

»Na schön. Du kannst manchmal echt hartnäckig sein, weißt du das?«

»Diese Worte aus deinem Munde«, lachte Tom. »Also, ich warte.«

»Ach, daran ist Goliath schuld. Es gibt da eine neue Assistentin, auf die er ganz scharf ist, der alte Schwerenöter. Und die hat auch eine Freundin, die recht neu hier ist. Deswegen hat er mich sozusagen als seinen *Wingdog* gebraucht. Als guter Freund konnte ich ihn natürlich nicht im Stich lassen. Und jetzt sieh mich an, ich seh aus wie ein Schoßhündchen.«

»Ich find es niedlich, steht dir ausgesprochen …«

»Tom!«, bohrte sich Arthurs verärgerte Stimme in seine Ohren.

»Schon gut, schon gut. Ich befreie dich davon«, gab er nach und löste das Tuch vom Hals.

»Wurde auch Zeit. Dann lass uns los. Es wartet ein Auftrag auf uns, den ich schnellstmöglich hinter mich bringen will, um mich danach von diesem schrecklichen Tag zu erholen.«

Sie waren die Einzigen im Raum der Urne. Lediglich der uralte Sensenmann, dem Tom vor ein paar Tagen begegnet war, kam ihnen entgegen.

Eine leichte Unruhe stieg in ihm auf. Sonst hatte er sich immer Gedanken darüber gemacht, was ihn bei seinem nächsten Auftrag erwarten würde, während er in der Schlange stand. Jetzt zeigte ein weißlicher Lichtkegel wie ein Spotlight direkt auf Arthur und ihn, so als hätte die Urne auf ihr Kommen gewartet.

»Komm nur näher, Tom Arkins. Heute ist ein ruhiger Tag. Mal sehen, was ich für dich bereithalte.« Kalt und gefühllos dröhnte die Stimme der Urne durch den Raum. Tom überkam ein Frösteln, das er so nicht erwartet hatte. Selbst Arthur schwieg und trottete nur zögerlich hinter ihm her.

Er hob den Deckel und versenkte seinen Arm in der Urne. Eiskalte Luft umwob seine Haut, eine tiefschürfende Leere umfing ihn, klammerte sich an ihm fest. Seine Finger fassten eine Unendlichkeit, die ihm sofort wieder entglitt. Dann trafen sie auf Widerstand, er griff zu, packte etwas, das unter dem Druck seiner Berührung nachgab und zurück in seine Ausgangsposition fand, als er losließ. Er riss den Gegenstand an sich und zog diesen aus der Urne.

Es war eine tragbare Spielkonsole, mit roten Knöpfen, Schultertasten und einem LCD-Display, das flackerte und gelb-grüne Streifen warf. Die Streifen formten sich zu Buchstaben und dann zu vollständigen Sätzen, die sich in das Glas brannten.

Tom traf diese Botschaft wie ein Faustschlag mitten ins Gesicht. Er ließ das Gerät fallen und sank zitternd in die Knie.

23. Entscheidungen, die wir treffen. Tränen, die wir weinen

Arthur eilte an seine Seite. Seine Augen waren von aufrichtiger Sorge erfüllt. »Was ist los? Was hast du?«

»Ich kann das nicht. Ich kann das nicht«, stammelte Tom immer wieder vor sich hin, so als würde er unter Drogen stehen oder hätte einen tiefgreifenden Schock erlitten, der ihn völlig aus der Bahn warf.

»Was kannst du nicht?«, fragte Arthur. In seiner Stimme lag das gleiche Entsetzen, das auch Tom übermannt hatte. Er drängte sich mit seinem kompakten Leib gegen Toms Oberkörper, der sich über der Spielkonsole krümmte. Sanft, aber bestimmt schob er ihn zur Seite.

Fassungslos las er, was in flackernden Buchstaben auf dem Display flimmerte:

BILLY MONROE
ZWÖLFJÄHRIGER SCHÜLER
GOLD ROCK, OREGON
BEVORZUGTER TOD: VERKEHRSUNFALL
CHARAKTER: INTELLIGENT, AUFGEWECKT, LEBHAFT, ZOCKT GERNE VIDEOSPIELE, VERMISST SEINEN FREUND TOM ARKINS

»Verdammt, das ist der Nachbarsjunge. Dein Kumpel. Oh Tom, das tut mir so leid. Wie ist das möglich? Die Chance, dass ein Sensenmann jemanden töten muss, den er kennt, ist so verschwindend gering, dass es geradezu absurd ist, dass es dich bei deinem vierten Auftrag erwischt.«

»Arthur, ich würde alles tun, aber nicht das. Niemand kann mich dazu zwingen, ein Kind zu töten. Und schon gar nicht Billy. Er ist so unschuldig und jung. Das ist ungerecht. Mir sind die Konsequenzen egal. Ich werde es nicht tun.«

»Nimm das Ding und lass uns zuerst von hier verschwinden«, flüsterte die Bulldogge ihm zu.

Er schnappte nach Toms Hosenbein, als dieser nicht reagierte, und zog ihn mit sich mit. Er ließ erst locker, als sie das Nadelöhr erreicht hatten und somit außer Reichweite der Urne waren.

»Tom«, sprach er ihn sanft an. Dieser war erneut in sich zusammengesunken und lehnte sitzend mit dem Rücken an der Wand, den Kopf in den Armen vergraben.

»Ich kann das nicht tun«, schluchzte er verzweifelt. In seinem Leben hatte er schon so einige Schicksalsschläge und Verluste zu bewältigen gehabt. Doch das Kind zu ermorden, das er als seinen Freund sah, war ein völlig anderes Kaliber. Er war sich seiner Pflichten bewusst und dass früher oder später das Unvermeidliche auf ihn zugekommen wäre, ein Kind zu töten, aber jetzt, und ausgerechnet Billy, das warf ihn aus der Bahn. Er war wie versteinert. Das hier überstieg einen gewöhnlichen Schockzustand. Er schaffte es nicht, ein einziges Wort zu sprechen. Seine Lippen formten sich zu Buchstaben, doch seine Kehle blieb stumm.

»Tom«, startete Arthur einen zweiten Versuch. Diesmal verlieh er seiner Stimme den gewohnten Nachdruck, ohne aggressiv zu klingen.

»Du kannst das nicht von mir verlangen.«

»Ich würde das nie von dir verlangen«, antwortete Arthur traurig. »An diesem Punkt war ich schon oft. Es gab viele wie dich, die das durchmachen mussten. Doch keiner von ihnen war so wie du. Und dennoch musst du dich an die Gesetze dieser Welt halten.«

»Und wenn ich das nicht tue? Was dann?«, schrie ihn Tom hysterisch an.

»Dann hat es Konsequenzen. Nichts geschieht ohne Konsequenzen. Auch hier nicht. Ich habe dir längst noch nicht alles über diesen Ort und die Städte der Sensenmänner erzählt.«

»Scheiß drauf, Arthur. Mich jucken die Konsequenzen nicht. Es gibt keinen erklärbaren Grund, ein Kind zu töten. Ich weigere mich, diesen Auftrag zu erfüllen. Ganz egal, was mit mir geschehen mag.«

»Wenn du wüsstest. Die Folgen wären weitreichender, als du dir nur im Ansatz vorstellen kannst«, prophezeite Arthur düster.

»Selbst wenn«, gab er trotzig zurück, wenngleich er hellhörig geworden war. Arthur öffnete sich, auch wenn es der schlimmstmögliche Zeitpunkt war, um aus dem Nähkästchen zu plaudern. *Erfuhr er jetzt mehr über die Geschichte dieser Welt? Wahre Fakten, die sich nicht nur auf Legenden und Mutmaßungen beriefen.*

»Die Aschebringer, so grausam sie sind, haben vereinzelt noch viel schlimmere Artgenossen hervorgebracht. Sensenmänner, die mächtig sind und sich weder an Gesetze noch an Bräuche unserer Zunft halten. Die Gefäße der Bewahrung halten sie unter Verschluss, doch die Sicherheit, die uns über viele Jahre Frieden beschert hat, trügt. Sobald die Flüssigkeit aufgebraucht ist, kommen diese Aschebringer frei. Jedes Scheitern, ein Auftrag, der nicht erfüllt wird, zehrt an dieser Essenz, die das Böse unter Verschluss hält. Besonders die Verweigerung ein Kind – das Symbol der Unschuld – zu töten, trägt entscheidend dazu bei, unseren größten Feinden wieder Eintritt in unsere Welt zu gewähren. Einer von ihnen übertrifft sie alle: Jeremiah. Sobald er frei ist, wird ein Sturm über die Menschheit ziehen, wie sie es selten erlebt hat. Kannst du dir ausmalen, was das zu bedeuten hat?«

Arthur klang wie ein Prophet, der sein Leben lang darauf gewartet hatte, seine unheilvolle Kunde zu überbringen. So übertrieben seine Befürchtungen auch waren, sie erzielten bei Tom eine gewisse Wirkung.

»Das Ende der Welt?«, fragte er platt.

Arthur lachte. »Nicht ganz. Aber es kommt dem schon nahe. Die Pest, Epidemien, Weltkriege. Diese Größenordnung. Sinnloses Sterben. Billy wäre so oder so unter ihnen und noch zigtausende anderer Kinder. Vielleicht sogar Millionen. Willst du das wirklich mit verantworten?«

Das Argument saß. Tom kam ins Grübeln. Das war das berühmte Opfer, das man zur Rettung der Allgemeinheit bringen musste. Er hatte es oftmals in Büchern, Filmen, Spielen und in der Weltgeschichte miterlebt. Jetzt befand er sich selbst am Scheidepunkt zwischen Moral und Gewissen. Eine harte Entscheidung treffen, um noch viel härtere Folgen zu vermeiden. Arthur hatte mit jedem Wort recht und doch fiel es Tom unendlich schwer, sich zu überwinden. Es war Billy, der unschuldige Junge, der zu ihm aufgesehen hatte. Aber es gab dort draußen noch viele weitere Billys, die nichts von seinem inneren Kampf ahnten, den er gerade ausfocht, und der womöglich über ihr aller Schicksal entschied.

Arthur war sich sehr wohl bewusst, welch grausamen Konflikt Tom mit sich selbst austrug. »Nimm dir ruhig Zeit. Das ist eine sehr schwere Entscheidung, nach der du sicher nicht mehr derselbe sein wirst. Ich könnte dich jetzt mit Floskeln erschlagen, aber du bist intelligent genug, um zu wissen, dass es nichts Persönliches ist und das große Ganze zählt.«

Tom benötigte keine Bedenkzeit. Er richtete sich auf und nahm den Handheld an sich. Mit zitternden Händen legte er das Gerät im Nadelöhr ab. Einen Wimpernschlag später begann ihre Reise zurück in Toms altes Leben.

Piepen, dieses verfluchte Piepen, in den immerwährenden, gleichbleibenden Abständen. Dazu ein mechanisches Knarzen, gedämpfte Stimmen, Enge, Elektrosmog, zuckende Anoden, Synthesizersound. Tom kam sich vor wie im Cyberspace. Elektronik, Platinen, Steuerelemente, Kabel; so weit sein Auge reichte. Selbst Arthur war zu einem Bit komprimiert worden. Ein metallenes Klimpern, ein dumpfer Knall, tiefe Schwärze, ein unendlich langgezogen wirkender Schacht. Endlich Luft. Tom sammelte sich und blickte auf den Arcadeautomaten, der sie soeben aus dem Münzschacht ausgespuckt hatte. Arthur sah etwas mitgenommen aus, immerhin war er zu geschätzt 8 Bit angewachsen.

»Alles ok bei dir?«, fragte er besorgt.

»Wenn man es so nennen mag, nachdem mich die halbe Videospielgeschichte hergenommen hat, dann ja«, antwortete die Bulldogge angefressen und schüttelte sich, um sich von Staub und Dreck zu befreien, der sich auf den Bauteilen des Automaten angesammelt hatte.

Sie waren im Kingdom of Arcade gelandet. Ein beliebter Treff für Kinder und Jugendliche, gab es sonst in Gold Rock doch kaum spannende Freizeitbeschäftigungen. Es war früher Nachmittag, wodurch die ersten Schüler durch den Eingang strömten und sich an Arcadeautomaten, Airhockey-Tischen und Flippern vergnügten. Natürlich war die Spielhalle nicht mehr in den 80er-Jahren steckengeblieben; Virtual Reality, Rennautomaten, Flugsimulatoren, aber auch Pacman, Donkey

Kong und Space Invaders erfreuten sich großer Beliebtheit. Der graukarierte Teppich war abgewetzt und zum Teil mit Klebeband geflickt worden, die Luft stickig. Musik des hiesigen Radiosenders schallte blechern aus einer uralten Soundanlage, untermalt von den Pieptönen und Soundeffekten aus drei Jahrzehnten Videospielgeschichte.

Tom war mindestens einmal pro Woche im Kingdom of Arcade gewesen, hatte die Klassiker gezockt und sich ein Slush Ice oder eine Tüte Popcorn gegönnt. Anfangs begleitete ihn Tara oft. Sie spielten Rhythmusspiele oder versuchten, gegenseitig ihre Highscores in Weltraumgefechten zu überbieten. Auch das hatte mit der Zeit nachgelassen, sodass Tom oftmals allein an einem der Automaten saß, viel zu alt im Gegensatz zum übrigen Altersschnitt, was ihm aber als waschechtem Videospielenthusiasten reichlich egal war.

Wehmütig verließ er die Spielhalle, die am Ende der Hauptstraße von Gold Rock beherbergt war. Dunkle Wolkenberge kündigten Regen an. In der Ferne sah er Blitze am Firmament aufleuchten, ein weit entferntes Grollen war der Vorbote eines Unwetters, das sich auf hoher See zusammenbraute. So schön es in Gold Rock sein konnte, so gefürchtet waren die Stürme, die mehrmals im Jahr vom Pazifik aus über die Kleinstadt rollten, Dächer abdeckten und die Straßen sowie Keller unter Wasser setzten.

Er ging eine Weile voran, ohne ein Wort mit Arthur zu wechseln. Dieser folgte ihm in kurzem Abstand, um Tom diese Momente der Ruhe zu gewähren, die er benötigte, um sich für seine bevorstehende Aufgabe zu wappnen. Nachdem sie fünf Minuten schweigend verbracht hatten, schloss Arthur zu ihm auf.

»Ein ganz nettes Örtchen«, startete er den Versuch,

ein Gespräch in Gang zu setzen.

»Und sterbenslangweilig. Wäre ich nicht schon tot, würde mich diese Monotonie spätestens jetzt umbringen. Aber ja, die Natur hier ist wunderschön. Und tödlich.«

Arthur lachte, doch Tom stimmte nicht mit ein. Betroffen verstummte die Bulldogge und blicke sich stattdessen um.

Es war Freitagnachmittag und die halbe Stadt war auf den Beinen. Die überdimensionierten Pick-ups parkten vor den wenigen Lebensmittelgeschäften und Läden des täglichen Bedarfs. Schulkinder strömten mit geschulterten Rucksäcken und Ledertaschen nach Hause, auf die Spielhalle zu oder folgten den Schildern, die zu den örtlichen Sportvereinen führten. Ein normaler amerikanischer Alltag einer Kleinstadt, der in wenigen Minuten einen grausamen Einschnitt erfahren sollte.

Die Gewitterfront schob sich beständig auf Gold Rock zu, so als würden mächtige Kräfte genau das Szenario vorbereiten, das perfekt zu der bevorstehenden Tragödie passte.

»Ist es noch weit?«, wagte Arthur einen nächsten Versuch, die beklemmende Stille zwischen ihnen zu brechen.

»Eine knappe halbe Meile«, antwortete Tom emotionslos.

»Tom …«

»Lass es einfach, Arthur. Du kannst nichts dafür. Ich erledige, was zu erledigen ist, und dann verschwinden wir von diesem unseligen Ort, der mir nur Unglück gebracht hat.«

»In Ordnung. Ich will dir trotzdem noch einmal sagen, wie sehr ich das bedaure. Wenn ich daran irgendetwas ändern könnte, würde ich das sofort tun.«

»Danke«, gab Tom lakonisch zurück, dann versank er wieder in seiner von Trauer und Angst erschütterten Gedankenwelt. Tara, Billy, sein Tod; all dies kreiste unheilvoll über ihm. Die Menschen, der Lärm der Straße, der Wind, der gegen sein Gesicht preschte; das alles registrierte er nur am Rande. Er bewegte sich wie in Trance vorwärts. Jeder seiner Schritte bohrte sich wie das stumpfe Ende einer abgebrochenen Klinge in sein Herz. Zu schwach, um ihn zu töten, stark genug, um schmerzhaft zu sein.

Bisher hatte er es geschafft, sich mit seinem Leben als Sensenmann zu arrangieren, doch dieser schicksalhafte Griff in die Urne veränderte alles.

»Da vorne rechts, dann sind wir fast da.« Tom wurde unbewusst langsamer. Irgendetwas in ihm sträubte sich, weiter voranzugehen.

Arthur merkte, dass etwas nicht stimmte. »Nur Mut. Ich steh dir bei. Nicht als dein Assistent, sondern als dein Freund. Ich teile diese schreckliche Bürde mit dir.«

Arthurs Worte waren nur Bruchstücke, die im Rausch seiner Sinne untergingen. Dennoch schienen sie einen winzigen Antrieb zu bewirken, der ihn letztlich in seine Straße abbiegen ließ.

Fünfzig Meter entfernt sah er zwei Jungen mit einem Ball auf dem Asphalt spielen. Einer von ihnen war Billy, der seinem Freund einen Baseball zuwarf. Sie eilten auf den Gehsteig zu, als ein SUV mit knapp vierzig Meilen pro Stunde über die kaum einsehbare Hügelkuppe donnerte und erst langsamer wurde, als er das Stoppschild erreichte, das an die Hauptstraße grenzte.

»Ist er einer der Jungen?«

»Der Blonde mit dem dunklen Kapuzenpulli.«

Gerade als die beiden Jungs wieder auf die Straße gingen, raste ein weiteres Auto, diesmal nicht ganz so schnell, an ihnen vorbei.

»Ganz schön viel Verkehr hier. Haben die Kinder keinen anderen Platz zum Spielen?«

»Das hab ich Billy unzählige Male gesagt. Und jetzt …« Tom stockte. »Ich hätte es nie für möglich gehalten, dass es ihm tatsächlich mal zum Verhängnis werden sollte.«

»Tom«, begann Arthur wieder, doch dieser winkte mit einer ruppigen Handbewegung ab.

»Bringen wir es hinter uns!«

Billy und sein Kumpel, den er als Kevin Garber ausmachte, hatten ihre wahre Freude daran, sich den Baseball abwechselnd zuzuwerfen. Ab und an hatte Tom auch ein paar Bälle geworfen, allerdings im Hinterhof ihres Grundstücks, das kaum ausreichend Platz bot. Deswegen wollte Billy ihn immer dazu ermutigen, auf der Straße zu spielen. Er lehnte dies stets ab und verwies auf die vorbeirasenden Autos.

Jetzt war er wieder zuhause. Diesmal nicht, um Billy zu warnen, sondern um das viel zu frühe Ende seines jungen Lebens einzuleiten.

Er beobachtete die Kinder, sicher einige Minuten lang, wie sie sich unbekümmert den Ball zuwarfen. Der Schleier überschattete Billy von Kopf bis Fuß; das unheilvolle Symbol des Todes, das es dem Sensenmann ermöglichte, sein Werk zu vollbringen. Arthur stand schweigend neben ihm. Er haderte ebenso mit dem Schicksal, das Tom, und im Endeffekt ihnen beiden, auferlegt worden war.

Während sie so regungslos dastanden, zog sich das Unwetter weiter zusammen und erste Regentropfen bedeckten den Asphalt. Das war nicht die Art von Wetter, die lebhafte Jungen ins Haus drängte. Ein Blitz flammte in Richtung der Hügelkuppe auf. Nur drei

Sekunden später erklang das dumpfe, urtümliche Grollen von Osten her, so als wäre soeben ein Drache aus seinem seit Ewigkeiten währenden Schlaf erwacht.

Billy riss die Augen auf und starrte zum Himmel. Die tiefschwarzen Wolken waren zu einer Gewitterfront zusammengewachsen, wie sie Tom nur selten in Gold Rock bestaunen durfte. Im Inneren tobte ein wahres Blitzlichtgewitter aus gleißend hellen und bläulich angehauchten, gezackten Pfeilen, die unaufhörlich versuchten, die Schwärze zu durchschlagen.

»Lass uns lieber auf mein Zimmer gehen und eine Runde Galaxy Striker spielen«, schlug Billy vor.

Ein weiterer SUV jagte über die Hügelkuppe, bremste scharf ab, als er die Kinder sah und bog ins Stadtzentrum ein. Es waren nur lausige dreißig Meter, die die Jungs von der uneinsichtigen Stelle trennten.

»Nur noch ein paar Minuten«, bettelte Kevin. »Meine Mom hat gesagt, es regnet die kommenden Tage durch.«

»Na schön. Wer den nächsten nicht fängt, zahlt ein Eis im Kingdom of Arcade. Regeln wie immer.«

»Abgemacht!«, stellte sich Kevin der Herausforderung. Sein mit roten Sommersprossen übersätes Gesicht drückte eiserne Entschlossenheit aus. »Bringen wir es hinter uns! Und danach mach ich dich in Galaxy Striker fertig!«

Galaxy Striker. Das war eine der vielen Kleinigkeiten, die Tom schmerzlich vermisste. Billy und er hatten sich regelrechte Schlachten geliefert, manchmal stundenlang.

Billy holte weit mit dem Arm aus und schleuderte seinem Freund den Ball auf Brusthöhe entgegen. Dieser hatte seine Probleme, den scharf gezogenen Wurf zu fangen; das Geschoss entglitt seinen Fingern und fiel auf den Boden zu, doch Kevin war reaktionsschnell und hielt es mit der anderen Hand wenige Zentimeter über der Straße auf. Der Konter kam postwendend. Billy war gefasst und schnappte sich den Ball spielend, der auf Kopfhöhe angerauscht kam.

Das Duell setzte sich eine Weile so fort, bis Arthur einen Schritt auf die Jungs zumachte. »Bei der nächsten Gelegenheit musst du es tun.«

Tom nickte. »Ich weiß«, antwortete er mit bebender Stimme.

Das Unwetter hatte Gold Rock in Schatten gehüllt. Billys Mutter rief aus dem offenen Küchenfenster, dass sie nach drinnen kommen sollten. Die Jungs waren so in ihre Wette vertieft, dass sie die Rufe nicht hörten oder auch nicht hören wollten.

Hinter der Hügelkuppe wurde das brummende Motorengeräusch eines Vierzigtonners laut. Er kam von der naheliegenden Großbaustelle, die für neuen Wohnraum sorgte. Das war Toms verfluchte Gelegenheit, seinen Auftrag zu erledigen.

Kevin hielt inne, atmete tief durch und holte weit zum Wurf aus. Surrend raste der Ball auf Billy zu. Das war der mit Abstand stärkste Versuch, den Tom bisher beobachtet hatte. Billy streckte sich, lief rückwärts und sprang. Er griff nach dem Ball, der seinen Fingerkuppen haarscharf entglitt. Krachend landete das Spielgerät im Holzzaun des Nachbarn.

Der Truck erschien über der Hügelkuppe, wie immer viel zu schnell. Billy strauchelte bei der Landung, stürzte und kam unglücklich auf dem Knöchel auf. Er schrie vor Schmerzen, sah dann den Truck, rappelte sich auf, was ihm nur schwerfällig gelang, und humpelte von der Mitte der Straße auf den rettenden Bordstein zu.

Tom beugte sich über ihn und umarmte ihn, drückte den unschuldigen Jungen so fest an sich, wie er nur konnte. Er weinte, obwohl es unmöglich war, als Toter

243

nur eine Träne zu vergießen. Dennoch weinte er bitter-lich. Die Schleusen des Himmels öffneten sich und stimmten in sein Leid mit ein.

Eine Hupe schallte dröhnend die Straße entlang. Bremsen quietschten, Reifen qualmten. Billy rief nach Hilfe, kämpfte verzweifelt gegen die unsichtbare Umklammerung an, die ihn festhielt. Seine Mom stürzte aus dem Haus und brüllte den Namen ihres einzigen Kindes, Kevin sackte geschockt in sich zusammen.

Ein einzelner Schrei, der in Rauch und Eisenstaub erstickte.

Stille.

24. Der Weg der Sense

Ein einzelner Tropfen in einem Ozean aus vielen Millionen. Das war er einst gewesen, über einen langen Zeitraum hinweg. Bewahrt hatte er die Gesellschaft der Sense vor ihrem womöglich schlimmsten Feind. Behütet hatte er die Menschheit vor Grauen und Leid, welches ihr in jedem Jahrhundert widerfahren war.

Nun schwand der Tropfen. Ein letzter zischender Laut, ehe sich die Moleküle zusammenzogen und im Nichts des Gefäßes der Bewahrung verschwanden, so wie es die Millionen und Abermillionen von Tropfen vorher getan hatten. Unfähigkeit und Unentschlossenheit, Fehler und Dummheit ebneten ihm den Weg. Er labte sich an dieser Schwäche, sie war sein Lebenselixier in der Ewigkeit, die die Gefangenschaft bedeutet hatte. Seine Hände packten die Metallstreben. Das Schloss knackte und ächzte unter seinem Druck, bot ohne die Macht der Versiegelung keinen Widerstand, der seinen Kräften gewachsen war.

Er rammte das Tor aus den Angeln. Auf diesen Augenblick hatte er sehnlichst gewartet. Er kannte jeden einzelnen Millimeter der Streben, die ihn so lange von der Außenwelt ferngehalten hatten. Donnernd krachte das Metall gegen die Felswand und rutschte zu Boden, was einen weiteren scheppernden Laut erzeugte, der im vielfachen Echo durch das Kerkergewölbe jagte.

Aus einem der Nebengänge wurde ein schleifendes Geräusch wach, bebende Schritte kamen auf seine Position zu. *Nur zu, Wärter. Mal sehen, wie gut ich noch in Form bin*, frohlockte der einstige Gefangene innerlich. Jeder andere Sensenmann hätte vermutlich das Weite gesucht oder sich freiwillig wieder in den hintersten Winkel seiner Zelle verkrochen. Er nicht. Er besaß Fähigkeiten, die selbst den ewig währenden und als unbesiegbar geltenden Wärter in die Knie zwingen konnten. Zumindest war das einmal so gewesen. Trotz der Ungewissheit dessen wollte er es darauf ankommen lassen und eine Auseinandersetzung wagen. Zumal sein Zellentrakt in einer Sackgasse endete und es somit nur einen Weg gab, der direkt in die Arme des Wärters führte.

Die Kette erzeugte einen kreischenden Gesang, der die Windungen, Ecken und Winkel der Gänge flutete und in stetig lauter werdenden Wellen an seinen Standort brandete. Dann verstummte das Geräusch, und ein Surren, ähnlich dem Rotorblatt eines Helikopters, sandte einen scharfen Windhauch bis an das Ende der Sackgasse. Der Wind brachte sein Haar zum Wehen und seine Augen zum Tränen.

»Jeremiah!«, brüllte der Wärter. Seine Stimme glich einer Urgewalt, die die Wände erzittern ließ.

»Wärter!«, erwidert er den Ruf. »Lange ist es her, dass sich unsere Wege in Freiheit kreuzten.«

»Und das wird auch das letzte Mal sein«, drohte der Kerkermeister mit düster erhobener Stimme. Die restlichen Gefangenen drängten sich an die Gitterstäbe. Ein derartiges Schauspiel bekamen sie nicht alle Tage zu sehen.

»Es ist mein Recht. Willst du die Gesetze unserer Welt missachten?«, sog Jeremiah schneidend die Luft ein.

»Diese Worte aus deinem Mund«, lachte der Wärter schrill. »Ich weiß nicht, wie du es getan hast, aber mit rechten Dingen ging das nicht zu.«

»Was willst du tun? Mich auf Verdacht hier festhalten?«

»So ist es.« Der Wärter kam mit einer Geschwindigkeit, die seine massige Gestalt Lügen strafte, auf Jeremiah zu. Die blutverschmierte Metzgerschürze flatterte wild unter der schnellen Gangart, die Kette schlug Funken, als sie über den rauen Felsboden schleifte, zog eine glühende Spur nach sich, die rote Schatten an die Wände warf.

Ein Raunen schwappte durch die Zellen.

Jeremiah stand seiner letzten Hürde entgegen. Unbewaffnet, sich seiner Fähigkeiten unklar. Doch furchtlos, fast schon in freudiger Erwartung, endlich wieder zu töten.

Die Kette schnellte wie ein tausendfach beschleunigter Faustschlag nach vorne. Er rollte sich unter dem Angriff hindurch, richtete sich in einer fließenden Bewegung auf und schlug zu. Seine Faust landete krachend im Kinn des Wärters. Dieser taumelte und sackte in sich zusammen.

Jeremiah starrte erstaunt auf den vor ihm liegenden, bewusstlosen Koloss. »Das war es schon?«, stieß er aus. Dann entdeckte er zwei daumenlange Pfeile, die in der Nackenfalte des Wärters steckten. Feine Blutrinnsale sickerten über seine wulstige Haut.

»Wir müssen uns beeilen, Herr. Das Gift wird ihn nicht lange aufhalten. Die Dosis würde jeden anderen töten, doch der Wärter … Er stammt aus einer anderen Welt.«

»Schattenviper, so sollst du fortan heißen«, begrüßte Jeremiah seinen Gehilfen, der den Wärter außer Gefecht gesetzt hatte. »Dein Auftritt kam gerade richtig.«

Schattenviper verbeugte sich und reichte ihm eine pechschwarze Totenkopfmaske, aus deren Augenhöhlen blutrote Rubine hervorstachen, die so feingeschliffen worden waren, dass man durch sie hindurchsehen konnte. »Willkommen in der Freiheit, Herr.«

Jeremiah empfing die Maske und stülpte sie sich über das wallende Haar. Sofort durchflutete ihn die uralte

Kraft, die angeblich der Tod persönlich erschaffen hatte.

»Ich habe noch etwas für Euch, Herr«, sagte die Schattenviper und reichte ihrem Meister einen silbernen Dolch. Der Griff war dem Schädel einer Krähe nachempfunden.

Jeremiah nahm die Waffe entgegen. Ein breites Grinsen zeichnete sich unsichtbar unter seiner Maske ab. Spielend ließ er das Metall zwischen seine Finger gleiten. Er genoss das Gefühl, einen vertrauten Gegenstand in den Händen zu halten.

»Tritt zur Seite!«, befahl er.

»Herr?«

»Aus dem Weg mit dir. Oder willst du, dass ich dich zerschneide?«

Die Schattenviper trat zögerlich einen Meter zurück.

»Noch weiter«, forderte Jeremiah.

»Wie Ihr befehlt«, gab die Viper demütig von sich und zog sich einige Meter in den Gang zurück.

Jeremiah betätigte einen winzigen Knopf, der in den Schaft des Dolches eingefasst war, holte aus und ließ die Waffe nach vorne schnellen. Binnen eines Wimpernschlages geschah die wunderliche Verwandlung. Die Klinge verlängerte sich auf fast zwei Meter und bog sich an ihrem Ende in die Form eines Schnabels.

Die Schattenviper beobachtete erstaunt, was sich soeben vor ihren Augen zugetragen hatte. Der Dolch, der allenfalls im engen Nahkampf hätte größeren Schaden anrichten können, hatte sich per Knopfdruck und durch eine simpel geführte Angriffsbewegung in eine tödliche Sense verwandelt. Blutrote Linien waberten in der rauen Metalloberfläche der Schneide. Von der Spitze tropfte Blut, obwohl die Waffe seit Ewigkeiten nicht mehr in Benutzung gewesen war.

Jeremiah nickte zufrieden, betätigte den Knopf ein zweites Mal, worauf sich die Sense auf ebenso wunderliche Weise wieder in den Dolch verwandelte, und verstaute die Waffe unter seinem Mantel.

»Mein Hut?«

»Auch daran habe ich gedacht, mein Herr«, antwortete die Viper und reichte Jeremiah einen schwarzen, verfranzten Hut, in dem die Feder einer Krähe steckte.

»Ich sehe viel Potential in dir«, lobte Jeremiah. »Es ist an der Zeit, aufzubrechen. Zwei alte Weggefährten lockt ebenso die Freiheit. Wir werden ein wenig nachhelfen. Eine neue Ära wird entstehen. Eine Ära von Blut und Tod.«

*

Das Quietschen der Reifen hallte noch sekundenlang nach. Schreie ertönten aus allen Richtungen, Haustüren und Fenster wurden aufgerissen, Nachbarn und Passanten kamen auf die Straße geeilt. Der Fahrer des Trucks brauchte einige Sekunden, um zu realisieren, was eben geschehen war. Er hatte es gerade so geschafft, vor der Kreuzung zum Stehen zu kommen, nicht ohne einen der Läden leicht zu touchieren. Er würdigte den entstandenen Schaden keines Blickes, sondern eilte stattdessen wie alle anderen Personen im näheren Umkreis auf die Stelle zu, an der eben noch ein Junge gestanden hatte. Ein Junge, der wie angewachsen auf der Straße verharrte, obwohl zig Tonnen Blech, Gummi und Plastik auf ihn zurasten.

Inmitten des Chaos standen Tom und Arthur. Unsichtbar, dem Leben so nahe und doch so fern. Tom starrte auf den Truck, auf Billys Mutter, auf Kevin. Er sah den Krankenwagen um die Ecke steuern, Blaulicht schallte durch jeden Winkel des Wohngebietes. Die

Feuerwehr folgte, dann die örtliche Polizei.

Eine Menschenmenge hatte sich um Billy gebildet. Seine Mutter beugte sich über ihn und weinte.

Sie weinte Freudentränen, schluchzte vor Glück, drückte ihren einzigen Sohn so fest an sich, dass der Junge zu ersticken drohte.

»Das ist ein Wunder«, erklangen dieselben Worte von allen Seiten. Immer wieder. Die Menschen tuschelten und staunten, sahen abwechselnd zu Billy und zum Truck. »Ich war außen und hab die Wäsche zum Trocknen aufgehängt. Der Junge stand mitten auf der Straße. Der Truck war dabei, ihn zu erfassen. Und plötzlich ...« Mrs. Brown, eine ältere Nachbarin, die sich mit einem Passanten unterhielt, holte aus. »Plötzlich wurde er wie von Geisterhand zur Seite geschleudert. Sicher drei oder vier Meter. Das war seine Rettung.«

»Das muss das Werk Gottes gewesen sein«, jubelte eine Passantin. »Gepriesen sei der Herr.« Manche der Umstehenden, die die Unterhaltung verfolgt hatten, stimmten in den Lobgesang mit ein.

»Aua, mein Arm«, jammerte Billy.

»Was ist nur geschehen? Warum bist du nicht von der Straße runter, als der Truck kam?«

»Ich hab mir den Knöchel vertreten und dann hat mich irgendetwas festgehalten, als ich von der Straße wollte. Sonst hätte ich es locker geschafft«, tönte Billy gewohnt selbstbewusst.

»Festgehalten?«, fragte seine Mutter erstaunt.

Billy nickte eifrig. »Ja. Dann kam der Truck auf mich zu. Ich habe die Augen geschlossen und geschrien und auf einmal packte mich jemand und schubste mich von der Straße.«

»Aber da war niemand«, gab sie ratlos von sich.

»Ein Wunder. Das Werk des Herrn«, ertönte es von

allen Seiten.

»Mein Arm tut so weh. Und mein Bein«, jammerte Billy.

»Die Ärzte helfen dir gleich. Das wird schon wieder, mein Schatz. Ich bin so glücklich, dass du lebst.«

Arthur sah verzweifelt zu Tom auf. »Was hast du nur getan, Tom?«

»Ich konnte es nicht tun. Ich kann keine Kinder töten.«

»Aber du musst. Die Konsequenzen werden verheerend sein.«

»Damit kann ich leben. Bring uns zurück in die Kammer.«

»Tom, wir …«

»Sofort!«, schnitt ihm Tom das Wort ab.

Arthur seufzte und wandte dann seinen Blick dem nächstliegenden Gully zu. »Das ist unser Ausweg.«

»Du bist gescheitert, Tom Arkins«, flüsterte die Kassiererin unheilvoll. »Keine Seelentaler heute für dich.«

Gescheitert, gescheitert, gescheitert, raunte das Flüstern aus den Mündern der übrigen Anwesenden. Alle Blicke hafteten auf Tom und Arthur, durchbohrten sie, manche zerrissen sie in Gedanken, Spott und Verachtung zeichneten sich auf ihren Gesichtern ab. Sie versperrten ihnen den Weg aus der Seelenbank, hatten eine enge Gasse gebildet, einen Pfad der Schande, durch den sie Tom und Arthur nur langsam hindurchgehen ließen.

»Geht auf Seite, sonst bekommt ihr es mit mir zu tun«, brummte Arthur sie an. Seine Worte ernteten nur wenig Respekt, eher erzielte er damit genau die gegensätzliche Wirkung: Sie wurden schallend ausgelacht, beschimpft, zum Teil sogar bespuckt. Mit tief eingezogenen Köpfen stürzten sie aus dem Raum und hetzten über die Stufen, bis sie endlich wieder in Freiheit waren.

»Verdammt, was war denn mit denen los?«, keuchte Arthur nach Luft schnappend. »Die wären uns ja fast an die Gurgel gegangen.«

»Läuft das immer so ab, wenn ein Sensenmann scheitert?«

»Na ja, mit Rosen und Willkommensschild wurden deine Vorgänger bei einem Misserfolg auch nicht empfangen. Gerade, wenn sich geweigert wurde, ein Kind zu töten, war ein gewisses Verständnis da. Aber jetzt … so aggressiv habe ich das noch nie erlebt.«

»Du meinst, dass ich womöglich das ausgelöst habe, wovor du mich gewarnt hast?«, fragte Tom zitternd.

»Wir werden es bald erfahren. Diese Welt hat auch ihre Schattenseiten, die Gesellschaft wird immer schwächer. Es gibt alte Feinde, die sich von dieser Schwäche nähren. Ein Krieg ist nicht ausgeschlossen. Die Vergangenheit wiederholt sich. Auch hier.«

»Ich weiß, ich habe davon in einem der Bücher gelesen.«

»Gut, es schadet nicht, wenn du dir Wissen aneignest. Vielleicht ersparst du mir und uns dann weitere Dummheiten.«

»Arthur, ich konnte es nicht. Mein Herz ließ es nicht zu. Das musst du verstehen.«

»Ich akzeptiere es, aber ich kann nicht verstehen, wie du so unvernünftig sein konntest. Ich habe dich gewarnt, dass uns allen und der Menschheit schlimme Konsequenzen drohen, doch du hast dich über meine Meinung hinweggesetzt. Das alles für ein einzelnes Leben.«

»Jedes unschuldige Leben ist es wert, gerettet zu werden«, gab Tom trotzig von sich.

»Nur, wenn seine Zeit noch nicht gekommen ist. Du hast dich über die ureigensten Gesetze des Schicksals gestellt. Das ist nicht nur ein gescheiterter Auftrag, der von irgendeinem anderen Sensenmann zu Ende gebracht werden kann. Dieses Scheitern greift tiefer.«

»Was geschieht jetzt?«

»Wir werden sehen. Lass uns erst mal von hier verschwinden. Ich bin für heute bedient. Hoffen wir mal, dass dein Scheitern nur eines der zahllosen der letzten Jahre war. Komm, wir werden schon wieder blöd angeschaut.«

Sie wurden von allen Seiten beobachtet. Aus jeder Seitengasse, hinter jeder Schaufensterscheibe, durch jeden noch so kleinen Spalt folgten Augenpaare ihren Bewegungen. Das Getuschel war allgegenwärtig, wand sich die Gassen entlang, heftete sich an ihre Schritte, säte Boshaftigkeit und Zorn.

Tom fiel auf, dass sich der hauchdünne Schleier stärker, wie ein Vorhang auf einer Theaterbühne, über alles – ob organisch oder von Hand erschaffen – gelegt hatte. Ihm wurde bewusst, dass sich die Kammer veränderte. Panik stieg in ihm auf. *Hatte es bereits begonnen? Ernteten sie die Früchte seines Scheiterns?* Seine Befürchtungen wurden verstärkt, als ihnen Harry völlig abgehetzt entgegenkam. Er stemmte die Arme in die Hüften, atmete ein paar Mal tief durch und sah sich dann hektisch nach allen Seiten um.

»Ich habe euch schon überall gesucht. Hier geht irgendetwas vor sich. Sensenmänner mit Totenkopfmasken sind auf den Straßen. Sie sammeln Anhänger, nur die mächtigsten und unerbittlichsten. Die Schwachen werden gejagt. Es geht gerade ziemlich drunter und drüber. Deswegen habe ich sofort nach euch gesucht.«

»Sensenmänner mit Totenkopfmasken? War unter ihnen einer mit dem Namen Jeremiah?«, fragte Arthur mit ehrfürchtig belegter Stimme.

»Der Name ist gefallen, ja.«

»Lasst uns schleunigst von hier verschwinden. Tom, wir ziehen uns in deinen Turm zurück.«

»Was ist denn los? Reden wir von dem Jeremiah, von dem du mir erzählt hast?«, reagierte Tom auf Arthurs überstürzten Aufbruch.

»Später. Lasst uns zuerst von hier verschwinden«, speiste er ihn ab und rannte los. Goliath, der ebenso über die Geschehnisse im Bilde war, folgte ihm mit tippelnden Schritten.

Arthurs Wettlauf führte durch ein undurchsichtiges Wirrwarr an Gassen, ein Labyrinth, wie es Tom noch nie gesehen hatte. Er leitete sie Richtung Nordwesten, nahm einen weiten Bogen in Kauf und erschloss damit

Bezirke der Kammer, die Tom bisher nicht zu Gesicht bekommen hatte. Sonst waren sie meist auf direktem Weg zum Zentrum zurückgekehrt, jetzt besuchten sie zum ersten Mal die älteren Handelsdistrikte der Stadt.

Die Straßen waren verwaist, Rollläden der Schaufenster geschlossen, schwere Eisengitter versperrten den Zutritt zu den Läden. Ein Windstoß wirbelte Staub und Dreck der vorhergehenden Stunden auf; immer, wenn eine Böe auf ein Gitter traf, erzeugte es ein helles, fast schon melodisches Klingen. Die schmalen, meist dreistöckigen Häuser waren wesentlich älter als die Bauten in Zentrumsnähe; windschief neigten sie sich einander zu, so als bildeten sie eine Schlucht, durch die die Flüchtenden hetzten.

Nach einer Weile waren die Geschäfte rarer gesät und verschmolzen dann nahtlos mit einer der Siedlungen, in der sich Toms Bleibe befand.

Arthur führte sie souverän an, nutzte Abkürzungen, wo es möglich war, oder schlug einen Umweg ein, wenn er Schreie oder Kampfeslärm in der Nähe hörte.

»Dort vorne rechts und gleich danach links, dann sind wir fast da«, gab er vor.

Jetzt erkannte Tom die Gegend wieder. Innerlich bereute er trotzdem, dass er sich nicht mehr mit seiner neuen Heimat vertraut gemacht hatte und deswegen Arthur blind folgen musste.

Aus unmittelbarer Nähe erklang ein gellender Schmerzensschrei. Er blieb abrupt stehen, sodass Harry fast auf ihn aufgelaufen wäre. Aufmerksam sahen sich die beiden Männer um.

Arthur bremste schlitternd ab, als er die nächste Biegung nehmen wollte, drehte sich um und brüllte: »Was zur Hölle macht ihr zwei? Kommt endlich!«

Tom ignorierte ihn, bis er den Schrei ein zweites Mal

hörte, diesmal wesentlich kraftloser. Den genauen Standort konnte er wieder nicht ausmachen, obwohl er sich sicher war, dass dieser sehr nahe war. Der dritte Schrei ging in einem erstickten Röcheln unter. Dann kehrte Stille ein.

»Lass uns von hier verschwinden«, gab er Harry geschockt zu verstehen.

Sie holten Arthur und Goliath ein und hielten erst an, als sie das schwere Tor des Turms hinter sich ins Schloss fallen hörten.

»Hier sind wir für den Moment in Sicherheit«, atmete Arthur erleichtert auf.

»Ich glaube, du bist uns einige Erklärungen schuldig. Was geht hier vor?«

»Das ist eine lange Geschichte«, fing die Bulldogge an.

»So viel Zeit haben wir nicht. Du bist doch sonst auch nicht auf den Mund gefallen. Also, die Kurzfassung«, forderte Tom, obwohl er schon grob ahnte, was Arthur ihnen gleich berichten würde.

»Na schön. Ich versuche es«, begann Arthur, seinen wachsamen Blick stets auf den Eingang gerichtet.

»Vor langer Zeit herrschte hier so etwas, das ihr wohl als Krieg bezeichnen würdet. Jeremiah, die Singende Krähe, war der Auslöser. Ich habe dir bereits von ihm erzählt, Tom. Er ist ein Aschebringer, der von sich selbst behauptet, vom Tod abzustammen. Er nährte sich von der Schwäche anderer Sensenmänner und Hilfloser. Er ignorierte die Gesetze der Urne, brachte Leid über die Menschheit und scharte reihenweise Anhänger um sich. Das sind jetzt die Typen, die mit Totenkopfmasken durch die Straßen laufen. Es gelang den restlichen Sensenmännern, Jeremiah zu besiegen und seinen Kult zu zerschlagen. Allerdings währte dieser Sieg nicht ewig, wie ihr seht. Jeremiah hatte es vor seiner

Gefangenschaft fertiggebracht, seine Seele irgendwo zu verstecken. Dadurch war es nur möglich, ihn mittels des Gefäßes der Bewahrung unter Verschluss zu halten und nicht, ihn endgültig zu besiegen. Die Schwäche, die ihn erstarken ließ, brachte schließlich auch das Gefäß der Bewahrung zum Versiegen.«

Tom stockte. »Das heißt, dass er durch mein Scheitern zurück in die Freiheit gelangt ist?«

»Vielleicht. Du warst vermutlich nur das entscheidende Zünglein an der Waage des Scheiterns, das sich seit Jahren durch unsere Reihen zog und so unsere alten Feinde am Leben hielt.«

»Wir müssen also seine Seele finden und zerstören, um ihn endgültig zu besiegen und Schlimmeres zu verhindern?«, schlussfolgerte Harry.

»Das wäre zumindest ein Plan«, bestätigte Arthur.

»Aber wo fangen wir an? Die Seele kann doch sonst wo sein. Gerade wenn Jeremiah ein Aschebringer ist, stehen ihm alle Türen offen.«

Harry wanderte nachdenklich auf und ab. Sein Blick fiel auf den Wälzer, aus dem Tom ihm über die Geschichten und Legenden der Kammer berichtet hatte. »Vielleicht finden wir dort einen Hinweis«, schlug er vor und deutete dabei auf das Buch.

Tom überlegte kurz, dann nickte er. »Das könnte wirklich ein Anhaltspunkt sein. Ich habe dort drinnen von geheimen Gängen und Kammern gelesen. Und ich bin über einen einzelnen Satz gestolpert, der so gar nicht in das übrige Schreibbild passen wollte.«

»Versuchen wir es«, bekräftigte Arthur ihre Idee. »Um welchen Satz geht es denn? Manchmal sind in diesen alten Schinken Hinweise auf Geheimnisse und verborgene Schätze enthalten. Ich bin bei meiner Suche schon mal auf eine Truhe voller Knochen gestoßen. Leider war ich zu spät dran. Die Dinger waren steinhart und schwarz angelaufen. Sogar einen Zahn habe ich mir ausgebrochen, als ich draufgebissen habe«, schimpfte er und öffnete zur Demonstration sein Maul, wo eine große Lücke in der hinteren Gebissreihe klaffte.

»Deiner großen Klappe hat das allerdings nicht geschadet«, spottete Tom.

»Unk du nur. Zeig uns lieber die Stelle, die dir aufgefallen ist.«

Tom wischte den Staub beiseite, der sich innerhalb kürzester Zeit auf dem Buch abgelegt hatte, und blätterte die Seiten durch, bis er die gesuchte Stelle fand.

»Hier ist es!«, stieß er triumphierend aus und deutete mit dem Zeigefinger auf die Zeile. Er legte das Buch auf den Boden, sodass sie sich alle drum herum versammelten und ihre Köpfe zusammensteckten, während Tom laut vorlas:

So entdecket ein Leben, erwählter Neuling.

Grübelnd verbrachten sie die folgenden Minuten, bis Arthur schließlich das Schweigen brach. »Keinen blassen Schimmer, was den Typen da geritten hat, aber für mich sieht das nach den typischen Ergüssen eines betrunkenen Schriftstellers aus. Ist doch wohlbekannt, dass die gerne mal zu tief in den Gravequila schauen.«

»Das glaube ich weniger. Irgendwas muss dieser Satz mit dem Schacht zu tun haben. Eine geheime Botschaft, die nicht offen ausgesprochen werden darf.«

»Dass du als Künstler da drin eine tiefere Bedeutung liest, wundert mich nicht. Du und die Flasche seid euch nicht gerade feindlich gesinnt«, schmunzelte Arthur.

»Ich muss Tom recht geben«, unterstützte Harry, der die Seite mehrmals hintereinander eifrig durchgelesen hatte. »Der Schriftsteller vermeidet es, so gut es geht, Details über den Schacht anzugeben. Ob es an mangelndem Wissen oder an seiner Angst liegt, spielt eigentlich keine Rolle.«

Er musterte erneut den Satz, dann stieß er ein überraschtes »Ha!« aus.

Goliath, Arthur und Tom löcherten ihn mit verdutzten Blicken.

»Spuck es schon aus, Bohnenstange«, drängte Arthur.

»Warum ist mir das nicht gleich aufgefallen?«, schimpfte Harry sich selbst. »Seelen. Die Anfangsbuchstaben der Wörter ergeben das Wort Seelen.«

Arthur schien wenig begeistert. »Könnte auch Zufall sein. Schau dir mal den nächsten Satz an: Freund und Rivale zusammen. Na, welches Wort kommt da raus?« Er hob ein Bein und ließ einen fahren.

»Musste das sein, Arthur?«, stöhnte Tom und hielt sich wie Harry die Nase zu, um den Gestank zu ertragen.

»Das glaube ich nicht«, stimmte er dann seinem Kumpel Harry zu. »Der Schacht der Sense ist vermutlich das größte Mysterium dieser Welt. Niemand wagt sich dort hinein. Es sei denn, man möchte seine Seele verstecken. Und, wie es scheint, unter einer Vielzahl anderer Seelen, die den Weg dorthin gefunden haben.«

»Ihr meint also, dass Jeremiahs Seele im Schacht der Sense versteckt ist?«, quiekte Goliath aufgeregt und sprang auf Arthurs Rücken, von wo aus er ein Stück weit über allem erhaben war. Zumindest bis Arthur ihn mit einer ruppigen Körperbewegung von sich schüttelte.

»Sieht ganz danach aus. Es kann nicht schaden, wenn wir dort mit unserer Suche beginnen. Immerhin besser als gar kein Anhaltspunkt.«

»Na schön. Aber wenn wir uns irren, was dann? Habt

ihr drei Pappnasen auch einen Plan B?«

»Seit wann bist du so zurückhaltend, Arthur? Lass es uns einfach versuchen. Ich denke, Plan A ist gut genug. Vertrau mir einfach.«

»Mein Vertrauen in dich hat uns erst in diese Lage gebracht«, gab die Bulldogge mürrisch von sich, deutete dann aber so etwas wie ein Kopfnicken an. »Also gut. Ich hoffe, euch ist klar, dass wir nicht einfach so hier herausspazieren und zum Cemetery Park marschieren können. Die Gefahr ist zu groß, unterwegs auf einen von Jeremiahs Gefolgsleuten zu treffen«, gab er zu bedenken. »Ist natürlich nicht so, dass ich mit einem einzelnen nicht fertig werden würde«, fügte er schnell hinzu, wodurch er ein belustigtes Kichern von Goliath erntete.

»Wir nehmen die unterirdischen Gänge«, zerstörte Tom seine Bedenken. »Wenn das Buch die Wahrheit sagt, dann befindet sich ein Zugang in unmittelbarer Nähe zum Turm, vielleicht sogar hier im Haus oder im Garten.«

»Und wenn ich die Karte richtig lese, führt einer der unterirdischen Gänge ziemlich genau auf den Cemetery Park zu und endet dort«, ergänzte Harry und fuhr mit dem Zeigefinger über eine der schraffierten Linien, die laut Legende die Tunnel unter der Erde darstellten. Ähnlich einem U-Bahnnetz verteilten sie sich über die Kammer und führten bis in die entlegensten Winkel, sowohl in die Tiefe als auch in die Breite.

»Dann lasst uns mal mit der Suche beginnen«, schlug Tom vor. »Arthur und ich übernehmen den Garten. Harry und Goliath: Könnt ihr hier drinnen nach einem Zugang zum Tunnel suchen? Auch wenn das sehr unwahrscheinlich ist.«

»In Ordnung«, bestätigte Harry. »Komm schon,

Goliath, stellen wir den Turm auf den Kopf.«

Als Tom dabei war, das Tor zu öffnen, drängte sich Arthur vor und hielt ihn so davon ab, ins Freie zu treten.

»Was ist los? Hab ich was vergessen? Oder musst du nochmal für kleine Hündchen?«

»Sehr witzig, du Scherzkeks. Wir haben etwas Entscheidendes vergessen.«

»Und das wäre?«

»Wir könnten entdeckt werden, wenn wir den Garten durchsuchen. Einer sollte Wache halten. Am besten von einem hoch gelegenen Punkt aus, damit er uns frühzeitig warnen kann, falls sich jemand nähert.«

»Wichtiger Einfall«, erkannte Tom an. Er schaute zu Goliath und Harry. »Könnet ihr das übernehmen? In der Turmspitze ist ein winziger Raum, der rundum verglast ist. Das wäre der perfekte Aussichtspunkt, um Jeremiah und seine Anhänger frühzeitig zu sichten.«

»Ich übernehme das«, bellte Goliath. »Wenn ich wie ein Kojote heule, nähert sich jemand dem Grundstück.«

»In Ordnung. Dann mal los. Gebt sofort Bescheid, wenn ihr etwas entdeckt.«

Harry nickte und fing damit an, den Turm zu durchstöbern. Ob Fußboden, Kamin oder Kerzenständer; nichts entging seinem prüfenden Auge. Währenddessen jagte Goliath mit tippelnden Schritten die Wendeltreppe hinauf und bezog seinen Posten.

Tom und Arthur traten ins Freie und teilten sich in zwei Richtungen auf.

Kniehohe Gräser kitzelten Toms Beine. Die lumineszierenden Blumen neigten ihre Häupter, als er sich vom gepflasterten Weg begab und den chaotisch verwilderten, aber zugleich romantisch anmutigen Garten durchstreifte. Schneeweiße Trompetenblumen, denen

Blütenstempel in Form schwarzer Glöckchen innewohnten, wogten sanft im Wind. Der Gartenzaun war von grau geflecktem Efeu und Dornenranken überwuchert, die das morsche Holz fast vollständig erobert hatten. Sie waren in einer violetten Blütenpracht erstrahlt, die prächtig wie eine Rosenhecke einen lebendigen Farbhauch in das triste Grau zauberte. Dominierend war das schwarz-weiß-schraffierte Gras, das in den meisten Gärten und im Cemetery Park anzutreffen war. Auf der Rückseite wuchs es bis auf Brusthöhe und war so dicht ineinander verflochten, dass Tom nur mühsam vorankam. Ein paar Meter von ihm entfernt hörte er ein Rascheln und fluchende, erstickte Geräusche. Er kämpfte sich auf den Punkt zu, an dem die Bewegung am stärksten war, bückte sich und packte zu. Vollgesabberte Grashalme regneten auf seinen Kopf, dazu weiche Erde, ein gurgelnder Laut, ein angewidertes Spucken und ein cholerisch vorgetragener Fluch folgten.

»Verfluchtes Unkraut«, schimpfte Arthur, würgte und reiherte haarscharf über Toms Schulter hinweg. Als dieser die Flugbahn verfolgte, stieß es ihm ebenso übel auf.

»Pah, diese Grabeswürmer schmecken wirklich ekelhaft. Tut mir leid, dass ich dich fast vollgekotzt hab, aber die Viecher krabbeln hier wirklich überall rum. Muss wohl einen erwischt haben, als ich mich durch das Gras gebissen hab.«

»Schon in Ordnung. Hast du etwas entdeckt?«

Arthur schüttelte energisch den Kopf. »Wie denn? Ich war mehr damit beschäftigt, mich durch diesen Urwald zu kämpfen.«

Tom sah sich im hinteren Teil des Gartens um. Bis auf einige dürre Bäumchen, die, wenn überhaupt, verfaulte, aschgraue Blätter trugen, gab es nur einen Fleck, der eine nähere Betrachtung wert war. Ein steinalter Baum, der fünf Meter in die Höhe ragte. Tiefe Furchen durchwucherten das dunkle Holz, das mit Moosgeflechten und gelblich leuchtenden Pilzen übersät war. Das Gras hatte im Umkreis von knapp zwei Metern vor dem Stamm aufgehört zu wachsen, so als wäre es in Ehrfurcht erstarrt, als es diesem Methusalem eines Baumes begegnete. Zentimetertiefe Spalten durchzogen die trockne, knüppelharte Erde.

»Hier ist auch nichts«, stellte Arthur fest.

»Gib doch nicht so schnell auf. Findest du es nicht auch seltsam, dass hier kein Gras wächst?«

»Nein, tu ich nicht. Schon vergessen, du bist hier in einer Welt der Toten. Da wächst an manchen Stellen eben nur brottrockene Erde. Und jetzt lass mich runter. Wenn hier schon kein garstiges Gras ist, kann ich endlich pissen.«

Arthur steuerte schnurstracks auf dem Stamm zu. Er drehte sich von Tom weg und verrichtete sein Geschäft auf die Rinde, genauer gesagt in ein faustgroßes Loch in der Borke, das so aussah, als wäre es hineingesägt worden oder durch rohe Gewalt entstanden. So stand er da auf drei Beinen, über eine Minute lang, wohlig seufzend und ergoss Tropfen für Tropfen in den Baum. Das war das einzige Geräusch, das Tom während dieses Zeitraumes hörte. Als Arthur endlich wieder an seiner Seite war und ansetzte, etwas zu sagen, hob er die Hand und brachte die Bulldogge dadurch zum Schweigen.

»Was ist los? Musst du auch mal pissen?«

»Halt doch mal den Mund und hör hin.«

Arthur brummte kurz, dann hielt er wie Tom den Atem an und lauschte. Unter ihren Füßen plätscherte es. Zuerst war es ein langanhaltendes Geräusch, ein Rauschen, so als hätte jemand die Toilettenspülung betätigt.

Nach einer Weile war nur noch das Aufschlagen einzelner Tropfen zu hören, bis auch diese verstummten.

»Unter uns scheint ein Hohlraum zu sein, vielleicht auch ein unterirdischer See. Oder auch der Tunnel, den wir suchen.«

Arthur kugelte sich vor Lachen. »Ich hätte nie gedacht, dass meine Pisse mal nützlich sein wird.«

Er beruhigte sich erst, als Tom sich einen größeren Stein griff, der neben dem Baum lag, und mit diesem auf die Erde einhämmerte. Wenige Minuten und viele Schweißtropfen später hatte er eine Steinplatte freigelegt. Kunstvoll eingeritzte Buchstaben zierten die Oberfläche, doch so sehr er sich anstrengte, er schaffte es nicht, ihre Bedeutung zu entziffern. Inmitten dieser Inschriften war eine Mulde eingefasst, wie er sie von den Nadelöhren kannte.

Tom zuckte ratlos mit den Schultern. »Was steht dort geschrieben?«

»Das ist die alte Schrift. Ich kann nur manche Wörter entziffern, aber im Endeffekt soll irgendetwas passieren, wenn ein Sensenmann seinen Talisman im Anschieber ablegt. Also, hol deine Taschenuhr raus und leg sie in die Mulde.«

Tom kramte in seiner Hosentasche und zog die Taschenuhr an der goldenen Kette hervor. In dem Moment, als er das Schmuckstück in den Anschieber legen wollte, schrillte ein gequältes Heulen, das mehr wie ein kastrierter Wellensittich und weniger wie ein Kojote klang, von der Spitze des Turmes.

Allesamt kauerten sie sich hinter die Gardinen des Fensters im Erdgeschoss und lugten verstohlen durch das Glas. Eine zierliche Gestalt kam im Dämmerlicht näher. Sie glich einer Erscheinung, wie sie einsame Menschen zur nächtlichen Stunde im Wald und in alten Gemäuern sahen.

»Wer ist das? Einer von den Bösen?«, fragte Harry mit bebender Stimme.

Tom kniff seine Augen zusammen und fixierte die Gestalt mit seinem Blick. Knapp dreißig Meter vom Gartentor fiel ein blauweißer Lichtschein auf ihre Umrisse.

»Ivy!«, stieß er aus. »Das ist zum Glück nur Ivy«, atmete er auf. Sie entspannten sich allesamt. Tom eilte zur Tür und öffnete diese einen Spalt. »Ivy«, zischte er nach außen. »Hierher!«, rief er und sie folgte seinem Ruf.

»Ich war sowieso auf dem Weg zu dir. Was zum Teufel veranstaltet ihr hier?«

Tom brachte sie in Kürze auf den Stand und unterbreitete ihr, was sie vorhatten.

»Klingt nach Wahnsinn, was ihr im Schilde führt. Absoluter Wahnsinn.«

»Das heißt, du schließt dich uns nicht an?«, fragte Tom zögernd.

»Natürlich schließ ich mich euch an!«

Tom grinste. »Wusste ich es doch.«

Zwei Minuten später waren sie um die Steinplatte, die eine gewisse Ähnlichkeit mit einem Grabstein hatte, versammelt. Sie beobachteten, wie Tom seine Taschenuhr in die Mulde legte. Die Erde vibrierte; unter ihren Füßen arbeitete ein Mechanismus, Zahnräder, die die Platte aus der Verankerung hoben und zur Seite schoben.

Vor ihnen offenbarte sich eine steil abfallende Treppe. Der geheime Zugang förderte einen muffigen, abgestandenen Geruch zu Tage, der bewies, dass schon lange

Zeit niemand mehr diesen Weg genutzt hatte.

Harry hatte aus dem Turm eine Lampe besorgt, die das gleiche blaue Licht beherbergte, wie es die lumineszierenden Blumen im Garten ausstrahlten. Er reichte sie Tom, der ihm zunickte und von Arthur gefolgt in der Dunkelheit verschwand.

»Tom, leuchte bitte noch einmal auf die Karte«, bat Harry, der sich als ausgezeichneter Kartenleser verstand. Der bläuliche Schein der Lampe half ihnen nicht nur bei der Orientierung durch die verwinkelten, engen und stickigen Gänge, sondern vereinfachte es, die Karte als Navigationshilfe zu nutzen.

Sie waren bereits eine halbe Stunde unterwegs. Meist führte sie der Weg geradeaus. Hätten sie die Lampe und zwei Kerzen nicht mitgenommen, wären sie völlig orientierungslos gewesen und ein ums andere Mal in einer der Sackgassen gelandet, die entweder durch Steine und Geröll versperrt waren oder schwere Eisentüren beherbergten. Diese waren verschlossen und zum Teil mit magischen Runen versiegelt.

Von den Gefahren, auf die das Buch hingewiesen hatte, fehlte bisher jede Spur, doch schien die These zu stimmen, dass die Nebengänge bewusst versperrt worden waren, um den Zutritt zu verhindern. Oder um etwas einzusperren. Der Haupttunnel, den sie durchwanderten, stellte das direkte Bindeglied zwischen zwei großen Wegstücken dar. Tom konnte sich nicht erklären, warum diese Wege nicht mehr genutzt wurden, war aber gleichzeitig froh darüber, dass sie unterwegs niemandem, abgesehen von Käfern und Grabeswürmern, begegneten. Das runde Gewölbe und das Mauerwerk erinnerten ihn ein wenig an alte Katakomben, über die er Reportagen im Fernsehen gesehen hatte. Einst waren dort die Pesttoten in Europa untergebracht worden. Diese Gänge waren glücklicherweise frei von Skeletten und Leichenteilen und abgesehen von abgestandener Luft und den Gefahren, die angeblich hinter den versperrten Wegen lauerten, gab es nichts, was ihn beunruhigte.

»Gleich dort vorne ums Eck müsste der Ausgang sein«, sagte Harry.

»Na endlich. Ich bekomm hier unten kaum Luft und dieses Ungeziefer rückt mir dauernd auf die Pelle«, motzte Arthur. Goliath, der das gleiche Problem teilte, stimmte in das Gemotze ein.

Harry hatte wie Tom gelernt, die Macken seines Assistenten zu ignorieren.

Wenige Augenblicke später endete der Weg vor einer Treppe, die genauso steil nach oben ragte wie der vorherige Zutritt in das Gewölbe. Eine massive Eisenplatte trennte die unterirdische von der oberirdischen Welt. Im Zentrum dieser war ebenso eine Mulde eingefasst, mit dem Unterschied, dass ein darüber angebrachtes Gitter dafür sorgte, dass der eingelegte Talisman den Gesetzen der Schwerkraft trotzte.

»Mach schon, ich will hier raus«, drängte Arthur.

»Schon gut, du Nörgler.« Er holte die Taschenuhr ein zweites Mal hervor und verstaute sie in der Mulde. Das aktivierte wiederum einen Mechanismus, der die Eisenplatte ratternd und unter dem ungeduldigen Stöhnen Arthurs nach oben schob.

Nacheinander drängten sie sich an die Freiheit, zumindest versuchten sie, Platz zwischen den gestapelten Holzkisten mit der Aufschrift:

Post Mortem – wir liefern zuverlässiger als der Tod zu finden.

Ein Totenkopfäffchen, das damit beschäftigt war,

Briefe und Pakete zu sortieren, sprang erschrocken und laut kreischend auf, beruhigte sich aber sofort, als es Arthur und Goliath erkannte. Es setzte seine Arbeit fort, als wäre nichts geschehen.

»Ha, ich hätte niemals gedacht, dass der Weg in einem der Verteilzentren endet«, staunte Arthur.

Sie verließen das alte Backsteingebäude, das Ähnlichkeit mit einem stillgelegten Bahnhof aus dem 19. Jahrhundert hatte, und direkt an den Cemetery Park grenzte.

»Beeilung, wir sind gleich da«, führte Tom die Gruppe auf den letzten Metern an.

26. Der Schacht der Sense

Harry beugte sich über den Schacht und verlor sich vor Ehrfurcht erstarrt in der tiefen, endgültigen Schwärze, die unendlich zu sein schien.

»Wie weit es da wohl runtergehen mag?«, brabbelte er vor sich hin.

»Bis in die tiefsten Abgründe deiner Seele«, antwortete Arthur düster und verzog sein Gesicht zu einer furcht-erregenden Grimasse. Zumindest blieb es bei dem Versuch, eher sah es so aus, als würde er gerade einen Schlaganfall erleiden.

»Wollen wir da wirklich runter, Tom?«, fragte Harry mit zitternder Stimme. »Wir wissen doch gar nicht, ob das der richtige Ort für unsere Suche ist. Womöglich bringen wir uns umsonst in Gefahr!«

»Macht euch keine Sorgen, das gehört auch zu meinem Plan.«

»Zu deinem Plan? Kannst du jetzt hellsehen?«, kommentierte Arthur sarkastisch.

»Nein«, antwortete Tom. »Aber der Schacht kann es. Zumindest wird er mir eine Antwort auf meine Frage geben: Ist Jeremiahs Seele im Schacht der Sense versteckt? Darauf kann es nur ein Ja oder ein Nein geben.«

»Wow, du bist ja ein richtiges Schlitzohr«, entfuhr es Ivy anerkennend. Auch sie beugte sich über den Abgrund, hob ihren Schleier ein wenig und verlor wie Harry ihren Blick in dem imposanten Bauwerk, das den Mittelpunkt des Parks darstellte.

»Und wenn du keine Antwort erhältst? Was dann?«, warf Arthur ein.

»Einen Versuch ist es wert. Wenn Jeremiah die Oberhand über die Welt der Sensenmänner erlangt, wer weiß, ob ich, ob wir dann noch jemals die Möglichkeit dazu haben werden.«

»Da ist was dran«, gab Arthur zu. »Ich werde dich begleiten. Auch wenn du deinen Mist ohne Hilfe ausbügeln solltest.«

Tom nickte ihm anerkennend zu. »Was ist mit euch? Ich kann niemanden zwingen, mir zu folgen.«

»Wir sind Freunde. Ich werde dich sicher nicht im Stich lassen. Obwohl ich mir gerade vor Angst fast in die Hosen mache«, sagte Harry.

»Nun wirf schon die verfluchte Münze«, gab Ivy auf ihre gewohnte Art von sich.

Tom kramte einen Seelentaler aus seinem Beutel. Verträumt ließ er diesen zwischen Zeige- und Mittelfinger seiner rechten Hand wandern. Wieder stellte er die Frage, die er eben laut ausgesprochen hatte. Diesmal in Gedanken: *Ist Jeremiahs Seele im Schacht der Sense versteckt? Kopf bedeutet Ja, Zahl Nein.*

Die Münze glitt über seine Fingerkuppen, schlug einmal, dann ein zweites Mal auf dem Gitter auf. Beim dritten Mal wurde sie von der gierigen Schwärze des Schachts verschlungen.

Kopf, Zahl, Kopf, Zahl, Kopf, Zahl, hämmerten immer wieder dieselben beiden Wörter in Toms Gehirn, drohten seinen Schädel zu sprengen. Endlos andauernde Sekunden verharrten sie, die Luft angehalten, fünf Augenpaare auf das Gitter gerichtet.

Wie ein Geschoss wurde die Münze aus dem Schacht katapultiert, flog flirrend auf Höhe der Baumkronen und sackte dann wie ein Stein zu Boden. Zögernd näherte Tom sich dem Absturzort.

»Was ist? Sag schon!«, drängte Arthur.

»Lasst uns das Gitter entfernen. Die Seele ist im Schacht«, entgegnete er, hob den Taler auf und steckte diesen zurück in seinen Beutel.

Gemeinsam schafften sie es, das Gitter aus der Verankerung zu hieven. Im Gegensatz zu den unterirdischen Tunneln waren es hier schmale Steinquader, um die dreißig Zentimeter breit, die aus der Wand ragten und eher einer wackeligen Leiter glichen als stabilen Treppenstufen. Deswegen blieben Harry und Tom nichts anderes übrig, als ihre Assistenten fest angebunden an ihren Körpern zu tragen. Für die Hunde war es unmöglich, den Abstieg ohne Hilfe zu bewältigen.

Tom brachte all seine Konzentration und Muskelkraft auf, um zum einen die Lampe zu halten, die wenigstens etwas Licht in der Dunkelheit schuf, und zum anderen nicht durch eine falsche Bewegung oder einen Fehlgriff abzustürzen.

Eine bedrückende Stille hatte sich über ihren Abstieg gelegt, die nur gelegentlich durch angestrengtes Stöhnen und bröckelndes Mauerwerk, das die Wände hinabrieselte, unterbrochen wurde. Selbst Arthur, der sonst immer für einen schnippischen Spruch zu haben war, schwieg lieber und lugte mit geweiteten Augen unter der Jacke hervor. Das grellbläuliche Licht der Lampe blendete ihn, er verkniff es sich aber, Toms Konzentration durch sein Gemotze zu stören.

Ein seichter Windzug wand sich das röhrenförmige Gebilde hinauf, das am ehesten mit einem breiten und sehr tiefen Brunnen zu vergleichen war. Lauwarme Luftströme umspielten Toms Beine und Gesicht, sie waren eine willkommene Linderung für seine Finger, die durch die Kälte des Steins und die körperliche Anstrengung in Mitleidenschaft gezogen wurden.

Sie kletterten voran, bis sich eine gewisse Monotonie und ein Automatismus in ihre Bewegungsabläufe schlich. Die Stufen und Halterungen waren akkurat in der Wand platziert worden und obwohl Tom nicht vollkommen schwindelfrei war, funktionierte es bisher, da er nur Arthurs Kopf sah, wenn er in die Tiefe schaute. Er nutzte diese Momente der Stille, um in sich zu kehren, wodurch sich ihm viele Fragen aufwarfen, auf die er vermutlich nie Antworten erhalten würde: *Wer hatte diesen Schacht erbaut? Wer hatte die unzähligen Stufen erschaffen, die es ihnen jetzt ermöglichten, ins Ungewisse hinabzusteigen? Wie alt war dieser Ort? Gab es womöglich Wesen, die älter als Gott, älter als die Welt waren? Ein Zentrum des Universums? Was erwartete sie am Grund des Schachts? Gab es überhaupt ein Ende?*

All diese Fragen drohten Tom zu erdrücken, fühlte er sich ohnehin schon beengt durch die Dunkelheit, die Lampe, die er zu tragen hatte und Arthurs Gewicht, das wie eine bleierne Bürde an ihm hing. Das Licht der Laterne warf die wildesten Schatten an die Wand, bildete Fratzen, stierende Augen, deren Blicke sich in sein tiefstes Inneres fraßen. Sie verbanden sich mit den aufziehenden Luftströmungen, ein blauer Schleier, der sich wie der schimmernde Schweif eines Drachen in die Freiheit kämpfte, um dort seine Schwingen auszubreiten und Schutt und Asche über die Welt zu bringen. Der Drache trug eine Totenkopfmaske und verhöhnte ihn. In einer seiner Klauen hielt er ein Gefäß, in dem ein blutroter, flackernder Lichtfunken tanzte, der durch zuckende Blitze in seiner Bewegung angehalten und verändert wurde.

Tom blinzelte mehrfach, schloss die Augen, öffnete sie wieder und kletterte dann weiter. Alles war wie vorher; das blaue Licht warf zwar immer noch die seltsamsten Auswüchse an die Wand, doch von seiner vorherigen Vision war nichts geblieben. Er fragte sich, ob er fantasierte, ihm seine Sinne einen Streich gespielt hatten oder ob eine höhere Bedeutung dahintersteckte.

Sie kletterten eine Weile voran, als sich das blaue Licht auf eine größere Fläche unter Tom warf, die sich als Plattform herausstellte. Dort fanden sie allesamt genügend Platz, um durchzuatmen. Arthur und Goliath war es wieder möglich, auf eigenen Pfoten zu stehen.

»Endlich«, atmete die Bulldogge auf. »Ich war schon ganz verkrampft.«

»Hattest du etwa Angst, abzustürzen?«, fragte Ivy zynisch.

»Pah«, entfuhr es Arthur entrüstet. »Ich brauche eben meinen Freiraum, sonst fühl ich mich wie ein Goldfisch im Glas.«

»Ist das jetzt ein gutes Zeichen, dass wir auf diesem Zwischenstück gelandet sind?«, fragte Harry zögerlich.

»Zumindest müssen wir erst mal nicht klettern«, stellte Tom fest, nachdem sein Licht die Wand gestreift hatte, an die sich eine Treppe spiralförmig nach unten schmiegte.

»Zum Glück. Dann lasst uns weiter, würde ich sagen. Wer weiß, wie weit uns die Stufen hinabführen«, sagte Harry.

Tom übernahm die Führung. Entlang der Wand, aus der die Treppe entstanden war, waren viereckige Hohlräume in den Stein getrieben worden, bestückt mit Kerzen, die als Beleuchtung dienten. Das Wachs war bis auf Daumenlänge abgebrannt, hatte sich auf die Schalen und über diese hinaus verteilt. Als sie die ersten Stufen der spindelförmigen Treppe überwanden, entflammten diese urplötzlich und wie von Geisterhand entzündet. Wild flackerte und züngelte das grün-orangefarbene Licht unter dem Wind, den ihre Bewegungen erzeugten. Sie strahlten eine wohlige Wärme an diesem düsteren Ort aus, tunkten die Stufen in ein feuriges Schimmern, das sich vereinzelt der Übermacht der Schatten unter-

273

warf, aber dennoch ausreichte, um sie sicheren Schrittes zu geleiten.

Sie schwiegen über das Schauspiel, das sich weiter so fortsetzte; nach hundert Kerzen hatte Tom aufgehört zu zählen. Arthur zählte die Anzahl der Stufen. Dies verriet sein kaum hörbares Murmeln. Sonst wurde die Stille nur durch den hallenden Klang ihrer Schritte gestört; und durch ein Flüstern, vielleicht auch ein Zischen, das sich gemeinsam mit dem Wind nach oben schwang. Abrupt und ohne jegliches Vorzeichen endete ihr Weg auf einer weiteren Plattform. Von dieser führte kein Weg, weder als Treppe noch als Leiter, weiter in die Tiefe.

Sie hatten den Grund des Schachts erreicht.

»Ich glaube, wir sind angekommen«, sagte Tom vorsichtig. Er drehte sich einmal um die eigene Achse, bis das Licht eine feuerrote Eisentür fand, die mit Nieten in Form silberner Totenköpfe beschlagen war. Eine Fülle fremdartiger Symbole zierte das Metall. Wenn man diese miteinander verband, ergab das Gesamtbild eine gewisse Ähnlichkeit mit einem Pentagramm. Das Zeichen strahlte Ablehnung aus, sprach eine stumme Warnung aus, die davor abriet, die Tür zu öffnen.

»Seid ihr bereit?« Er erhielt keine Antwort. Nur das einstige Flüstern, das inzwischen zu einem Tosen, so als wütete ein Sturm hinter der Tür, angewachsen war, gab ihm eine Antwort.

Tom trat auf die Tür zu und zog sie auf. Wirbel aus schwarzem Staub fegten wie ein Sandsturm über sie hinweg, füllten ihre Münder, Augen und Nasen mit winzigen Körnchen, raubten Sicht und Orientierung. Das blaue Licht war zu einem zollbreiten Funken verkommen, der sich wacker durch die schwarzen Wände kämpfte, die der Sturm immer wieder aufs Neue erzeugte. Tom blieb davon unbeeindruckt. Er klammerte sich eisern an die Laterne und drang Schritt für Schritt in das Innere des Schachts vor.

»Bleibt dicht zusammen und folgt meinem Licht!«, hatte er vor fünf Minuten gebrüllt, aber keine Antwort erhalten. Er hatte sich mehrmals umgedreht, war einmal sogar über Arthur gestolpert, doch war es ihm verwehrt geblieben, nur einen seiner restlichen Gefährten zu sichten. Es blieb ihm nichts anderes übrig, als darauf zu hoffen, dass der Sturm irgendwann abebbte und sich nicht plötzlich ein Abgrund vor seinen Füßen auftat. Diesen hätte er unmöglich rechtzeitig bemerkt, sah er gerade mal so weit, wie sein ausgestreckter Arm reichte. Damit blieben ihm mögliche Seitengänge des unterirdischen Gewölbes oder sonstige Hinweise auf Jeremiahs Seele verborgen.

So war es nur die Hoffnung und sein unerschütterlicher Wille, die ihn vorantrieben, bis der Sturm abebbte. Erst hatte er es nicht realisiert, da die Wirbel neben seiner Motorik seinen Verstand zu beeinflussen schienen. Doch der Wind, die schwarzen Wände und Wirbel, die ihn wie durch einen Schneesturm waten ließen, gaben nach. Sie fielen in sich zusammen wie ein Vorhang, den man aus einem Korsett befreit und in tausend Einzelteile zerschnitten hatte. Nur spärlich gesäte Wirbel tanzten wie Strohballen in einer verlassenen Westernstadt um ihn herum und verschwanden dann in einer langgezogenen Straße, die in einem Hügel endete, der eine weitreichendere Sicht verhinderte.

Tom wartete darauf, dass seine Freunde aus dem Sturm traten. Arthur war der Erste, ihm folgte Goliath, dann dauerte es zwei ewig anhaltende Minuten, bis Harry laut hustend zu ihnen stieß. Nur von Ivy fehlte jede Spur.

»Was zum verfaulten Knochen war das?«, fluchte

Arthur. »Und wo steckt dein Liebchen, Tom?«

Tom zuckte ratlos mit den Schultern. »Ich warte noch kurz, dann geh ich zurück und suche sie.«

»Nicht nötig«, drang eine erhobene Stimme aus dem Sturm. Ivy schritt durch den letzten großen Wirbel, als verflüchtigte sich ihr Körper, und entging so der seltsamen Naturgewalt, die allen anderen schwer zugesetzt hatte.

»Wo warst du?«, wollte Tom wissen.

»Ich dachte, ich hätte auf dem Weg hierher etwas gespürt, aber das war ein Irrtum. Ich bin in einer Sackgasse gelandet, dann habe ich euch verloren.«

»Na schön. Lasst uns weitergehen.«

Sie folgten der gepflasterten Straße, da diese den einzigen Weg darstellte, und erreichten schneller als gedacht den Hügel, den Tom aus der Ferne ausgemacht hatte.

»Das ist unmöglich«, staunte Arthur, alle anderen hatten ihre Münder ebenfalls vor Unglauben aufgerissen.

Vor ihnen erstreckte sich eine kleine Stadt in einer Talsenke, umringt von Bäumen mit aschfahlen Stämmen. Es war nicht mehr als eine größere Siedlung, mit einem Obelisken in ihrem Zentrum, der wie eine Pfeilspitze auf die Decke eines Höhlengewölbes zeigte. Weiß leuchtende Zapfen hingen von dort herab und schafften somit Helligkeit wie am Tag. Die Häuser, die man zum Großteil als Hütten bezeichnen konnte, schienen zu leben und vom schwarzen Wirbel besessen zu sein.

Als sie die kleine Stadt betraten, stellten sie fest, dass sich die Häuser auflösten, zu winzigen Staubpartikeln wurden, die der Substanz entschwanden, sich vereinten und so erst die schwarzen Wirbel und den Sturm bildeten, der sie im Tunnel heimgesucht hatte. Dieser Ort war verlassen und starb seit einer langen Zeit vor sich hin.

»Wie viele Jahre mag das schon andauern?«, fragte Tom laut.

»Viele tausend Jahre, wenn nicht noch länger.«, entgegnete Harry.

Tom gab ihm im Stillen recht. Dieser Zerfall ging über die Ewigkeit hinaus. *War das hier der Ursprung von allem? Die Heimat des Todes?*

Gelegentlich sprengten farbige Lichter die Tristesse. Ziellos schwirrten sie durch die offenen Fenster und Türen, verloren sich in Seitengassen und zusammengefallen Ruinen. Wenn sie genau lauschten, vernahmen sie ein Flüstern und Wehklagen, Laute des Schmerzes und Verzweiflung. Die Lichter redeten, lebten, atmeten die gleiche Luft wie sie.

»Das sind verlorene Seelen«, entfuhr es Arthur ungläubig. »Eine davon muss Jeremiah gehören.«

»Das sind Tausende, vielleicht noch mehr«, schüttelte Ivy resigniert den Kopf. »Man könnte ein Leben damit verbringen, sie zu suchen.«

»Deswegen hat Jeremiah sie hier versteckt. Er rechnet nicht damit, dass sie jemals gefunden wird, da niemand weiß, wie sie aussieht«, sagte Tom und hielt kurz inne. »Niemand außer mir weiß davon.«

»Was redest du da?«, fragte Arthur.

»Als wir den Schacht hinabgeklettert sind, hatte ich so etwas wie eine Vision. Zuerst dachte ich, dass mir meine Sinne einen Streich spielen, doch jetzt, wo ich all die Lichter um uns herumschwirren sehe, weiß ich, dass mir diese Vision Jeremiahs Seele gezeigt hat. Wir suchen nach einem blutroten, flackernden Lichtfunken. Die Seele ist in einer Art Glas aufbewahrt und es tobte ein Gewitter im Inneren.«

»Damit fallen die meisten dieser wandernden Seelen schon mal raus. Sie sind blau oder golden. Eine rote Seele konnte ich bisher noch nicht entdecken«, stellte Harry fest.

»Lasst uns zum Zentrum gehen. Ich glaube, dass wir dort finden, wonach wir suchen.«

Sie marschierten weiter in die Stadt hinein, stets von den Seelen begleitet, die zu frohlocken schienen, im Angesicht des unverhofften Besuchs. Der Verfall schritt voran, umso näher sie ins Zentrum vordrangen. Prächtige Bauwerke, Türme und Paläste waren nur noch Puzzlestücke dessen, was sie früher dargestellt hatten. Versiegte Brunnen und prunkvolle Statuen, all dies war gefangen im unendlichen und unendlich langsamen Zerfall, der nach Toms Vermutung schon vor Anbeginn der Menschheit begonnen hatte.

Anfangs hatte er es nicht wahrgenommen, aber mit zunehmender Dichte an Seelen schwang sich die Kommunikation unter ihnen zu einem Gesang auf, der Wehklagen und Hoffnungslosigkeit ausdrückte. Viele verschiedene denkende Individuen, die fühlten, auf gewisse Weise lebten, sahen und hörten. Die gefangen waren in einer trostlosen, dahinsiechenden Welt, obwohl sie ihren sterblichen Hüllen vor Ewigkeiten entflohen waren – verfaulten, verrotteten und zu Staub zerfallenen Körpern.

Tom wurde die Tragweite seiner Wahrnehmung bewusst. Sein Denken, seine Auffassung von Leben und Tod wurde bis in die Grundfeste erschüttert. Er fand sich womöglich am Anbeginn der Zeit wieder, der Existenz von etwas Mächtigerem als Gott, als irgendein Gott es je sein konnte. Die Geburtsstätte des Todes.

Doch wer hatte ihn erschaffen? Und wenn es ihn in Personifikation gab, wer war sein Gegenpol? Gott persönlich? Ein

Schöpfer des Universums? Das warf sämtliche naturwissenschaft-lichen Theorien über Bord; die Dinosaurier, der Urknall, die Entstehung menschlichen Lebens. Was war Zufall? Was Absicht? Die Fragen erschlugen ihn wie der mächtige Turm, der das unübersehbare, erhabene Zentrum der Stadt bildete. Silbern schimmerte die aalglatte, fast zur Perfektion polierte Oberfläche im Schein der weißen Lichter, die von oben herabschienen. Bei einer Umrundung des Bauwerks stellte Tom fest, dass es in Wahrheit kein Turm war, sondern die leicht gebogene Klinge einer riesigen Sense. Ein tödliches Prunkstück, das aus dem Erdboden herausragte. Davor thronte eine gewaltige, aus dunklem Metall gefertigte Statue. Sie zeigte eine hagere, aber dennoch drahtige Gestalt mit langen Fingern, den Kopf unter einer spitzen Kapuze verborgen. Glühend rote Steine waren in die Augenhöhlen gesetzt worden, das Gesicht dürr und von tiefen Furchen durchzogen. Die Lippen waren dünne Striche, fest aneinander gepresst demonstrierten sie eiserne Entschlossenheit und duldeten kein Erbarmen. In der rechten Hand hielt die Statue einen geschwungenen, reich verzierten und mit Ornamenten bestückten Dolch. In der linken Hand einen Folianten, der sich bei näherer Betrachtung als echtes, in Leder gebundenes Buch darstellte. Auf dem Rücken trug sie eine Sense, die in dieselbe Richtung wie der Turm zeigte.

Wo ringsherum um die Statue und den Sensenturm alles dem Verfall ausgeliefert war, schienen diese beiden Gebilde resistent gegen die unsichtbare Macht zu sein, der der Ort stückweise zum Opfer fiel.

»Das ist nicht das, wofür ich es halte, oder?«

»Doch, Arthur. Der Tod persönlich«, sprach Tom das aus, was alle dachten.

»Wer auch immer hier gelebt hat, ob Menschen, viel-

279

leicht auch andere Wesen, sie müssen ihn verehrt haben«, vermutete Harry.

»Und aus Dankbarkeit wurden sie vernichtet, als der Tod durch den Schacht nach oben kletterte und Herrscher über die Welt wurde«, warf Ivy ein.

»Das ist eine Legende«, sagte Arthur.

»Aha, und wer hat ihm dann den Weg geebnet? Den Weg in die Kammer und schließlich in die Welt. Wie ist die Gesellschaft der Sensenmänner entstanden? Was hat diese Stadt zerstört oder tut es immer noch?«

Niemand kannte die Antworten auf Ivys Fragen, nur eins stand für Tom fest: Die Statue und der Turm, das Vermächtnis einer untergegangenen Zivilisation, hatten etwas mit Jeremiahs Seele zu tun. Wenn dieser, wie er behauptete, vom Tod persönlich abstammte, dann konnte die Seele nur im Turm sein. Beklommen heftete sich sein Blick auf das dunkle Tor, das den Eingang in das Innere der Sense darstellte.

Harry entfernte den Folianten und schlug ihn auf.

»Was steht drin?«, fragte Arthur.

»Anfang und Ende. Segen und Fluch. Der Schlüssel allen Ursprungs.«

»Das ist alles?«

Harry nickte.

»Wieder so ein Gebrabbel«, nörgelte Arthur.

»Die restlichen Buchstaben sind verblasst. Mehr noch, es scheint, dass sie jemand hat verschwinden lassen.«

Tom nahm Harry das Buch ab und trat auf das Tor zu. Zitternd griff seine Hand den klobigen Knauf, der so gar nicht zum übrigen imposanten Erscheinungsbild passte.

Verschlossen. Er wollte durch die Tür hindurchtreten, wie er es bei seinen Aufträgen gemacht hatte. Auch dies funktionierte nicht. Der Eintritt blieb ihm verwehrt.

Anfang und Ende. Segen und Fluch. Der Schlüssel allen Ursprungs, wiederholte er die eben gehörten Worte in Gedanken. Das Schloss knackte und unter einem ohrenbetäubenden Ächzen der Türangeln schwang das Tor auf.

Tom trat ohne zu zögern ein. Er wartete nicht auf seine Freunde, ignorierte ihre Warnungen. Eine unsichtbare Macht zog ihn unwiderstehlich an. Ihre aufgebrachten Rufe verschwammen zu einer seicht im Hintergrund laufenden Tonschleife, die er von Aufzugsmusik kannte. Unter donnerndem Getöse fiel das Tor in die Angeln. Er hörte wilde Faustschläge gegen das Holz hämmern, Geschrei, das dumpfe Vibrieren, das gegen das Tor geworfene Körper erzeugten. Niemandem wurde Einlass gewährt.

Einzig ihm.

*

Sergio musterte zufrieden die Auslage seiner Theke. Sämtliche Churros, das Gebäck, die Kekse; sein komplettes Sortiment hatte er an diesem sonnigen Samstag verkauft. Und dennoch störte ihn etwas. Ein Makel, den er nicht erklären und noch schwerer in Worte fassen konnte. Erst Tom, den er über die Monate liebgewonnen hatte, dann um ein Haar Billy. Zu viele ungewöhnliche Vorkommnisse für so eine kleine Stadt. Dazu die Umstände, wie diese zustande gekommen waren. Tom angeblich von der Klippe gestürzt. Selbstmord hieß es, nachdem Nachbarn einen fremden Mann hatten ein und aus gehen sehen, immer, wenn Tom seiner ehrlichen Arbeit in der Fischfabrik nachkam. Aber Selbstmord? Das passte so gar nicht zu ihm. Sein Leichnam war nie gefunden worden, das Begräbnis fand ohne seine Überreste statt. Seine langjährige Freundin weinte wie ein Schlosshund. Sergio hätte sie am liebsten noch während der Beerdigung erwürgt, für das, was sie seinem Kumpel, den er liebevoll Gringo nannte, angetan hatte. Und dann die Sache mit Billy. Ein Wunder, ein Zeichen Gottes, so waren die Worte seiner Kunden. Praktisch von einem Truck überrollt und wie von Engelshand sicher auf den Bordstein geleitet worden. Alles Zufall? Daran glaubte Sergio nicht, der gläubig und abergläubisch zugleich war. Das war die indigene Seele, die ihm innewohnte.

Lustlos biss er auf den Churro, mit dem er die letzten Schichten Schokolade aus der Schüssel kratzte. Gedankenversunken beobachtete er, wie das Leben auf der Straße an ihm vorbeizog; Kinder passierten hüpfend seinen Laden, Rentner brachten die Einkäufe fürs Wochenende zu ihren Autos, junge Erwachsene strömten in die wenigen Bars, um sich Sportevents anzugucken. Alles war wie immer, doch irgendwie war alles anders. Sergios Hand wanderte unbewusst zum Kreuz, das er verborgen unter seinem weißen Hemd trug. Das Metall gab ihm Sicherheit und Geborgenheit. Er drehte das Schild auf „Closed", schaltete den Fernseher rechtzeitig zu den Abendnachrichten ein und räumte den Laden auf.

Nur nebenbei lauschte er der Sprecherin, fegte den Boden, wischte das Glas der Auslagen, rieb es trocken, reinigte die Kaffeemaschine. Bis er zwei Wörter vernahm, die ihn in seiner Arbeit stocken ließen: ungewöhnliche Vorkommnisse.

Er legte Besen und Lappen beiseite und drehte den Fernseher lauter. Sprachlos lauschte er dem Bericht der Sprecherin:

Aus ungeklärten Umständen ist die Todesrate in den USA am heutigen Tag um ein Vielfaches gestiegen. Wir haben eine Ver-

282

doppelung der Autounfälle, Morde, Gewaltverbrechen und Selbstmorde zu berichten. Männer gehen auf ihre Frauen los, Kinder auf ihre Geschwister. Die Ermittler sind dem Grund auf der Spur. Wissenschaftler stellen die Theorie auf, dass eine selten vorkommende Planetenkonstellation der Auslöser dafür sein könnte.

Ich wusste es, ich habe es den ganzen Tag schon geahnt, sprach Sergio zu sich selbst. Gleichzeitig spritzte eine Blutfontäne schräg gegen sein Schaufenster, dicke rote Blutstropfen perlten vom Glas ab. Zögernd ging Sergio auf die Tür zu. Der ältere Herr, der eben noch seine Frau verliebt wie am ersten Tag angestrahlt hatte, hatte diese mit einem tiefgefrorenen Eisbein erschlagen und drosch jetzt unentwegt auf ihren Schädel ein, bis nur noch eine schwammige Masse übrig war.

Fassungslos drückte der Mexikaner sein Gesicht gegen das Glas, unfähig, sich zu bewegen oder einen klaren Gedanken zu fassen. Seine Schockstarre verfestigte sich, als sein Blick die Straße hinaufwanderte. Ein Truck pflügte über den Asphalt, sicher fünfzig Sachen zu schnell, rammte alles, was ihm in die Quere kam. Sein Todesritt wurde von fliegenden Körpern, Schreien, abgetrennten Gliedmaßen und Blut begleitet. Ein zweiter Truck, der unachtsam aus einer Seitenstraße einbog, touchierte den Amokfahrer, brachte diesen aus der Bahn und lenkte ihn direkt auf einen Laden zu, der tödlich leckere Churros verkaufte.

Sergio umfasste das Kreuz und betete zu den Göttern. Zu den alten und den neuen.

Aber es war nur Jeremiah, der seinen Ruf erhörte.

*

Tom war umgeben von Schwärmen aus Seelen. Sie stupsten ihn an, schwirrten um seinen Kopf herum, versuchten, in sein Inneres zu dringen; zumindest machten sie den Anschein danach. Er hatte damit gerechnet, eine Treppe vorzufinden, die bis an die Spitze der Sense reichte. Doch das stellte sich als Irrtum heraus. Sein Weg führte nach unten.

Er nahm seinen Mut zusammen und betrat die erste Stufe. Die Seelen folgten ihm, brachten mit ihrem versammelten Kaleidoskop an Farben den Turm zum Leuchten; gesprenkelte, farbige Schatten nährten die schwarzen Wände, wurden lebendig, ließen Erinnerungen in Tom aufkommen, die er fast schon vergessen hatte. Er sah seinen besten Kumpel Frank vor sich, wie er ihm zuwinkte, seine verstorbene Mom, die liebevoll lächelte, seinen Hund, der freudig durch eine Blumenwiese sprang. Nur sein flauschiger Kopf durchbrach die oberste Reihe des Blütenmeeres. Sein Maul jagte Schmetterlingen und Bienen hinterher, fraß Blumen und Grashalme. Sein wedelnder Schwanz bewegte sich einer warmen, friedvoll untergehenden Sonne entgegen.

Ist das real? Wenn ja, dann will ich nie mehr hier weg. Der Himmel kann nicht erfüllter sein. Frank, meine Mom, mein geliebter Hund; alle sind sie da.

Die Erinnerungen verblassten, so als hätte der Film einen Riss, verursacht durch das wiederholte Abspielen in endloser Schleife. Die Leinwand der Glückseligkeit zerfiel und dunkle Erinnerungen drängten aus den Schatten, verschlangen die Wiese, die freudigen Gesichter seiner Liebsten, brachten Kälte, die die Wärme übermannte und in weite Ferne schob. Er stand am Grab seiner Mutter, betrauerte den Tod seines Hundes, beobachtete Tara dabei, wie sie ihn betrog. Dann folgte der Sturz von der Klippe. Endlos lang dauerte dieser an; seine Kehle war wie zugeschnürt, obwohl er all die aufgestaute Angst und Panik in die schier unendliche Weite des Ozeans hinausschreien wollte. Eiskalter Wind und die Gischt schlugen ihm ins Gesicht, sein Kopf rammte einen spitzen Felsen, der wie ein Leuchtturm aus der See stach, danach zerschellte sein Körper wie eine Spielfigur, die von einem Bulldozer zermalmt wurde. Dunkelheit überkam ihn, schwarze Wirbel spalteten das Licht der Seelen, die ihn bisher begleitet hatten. Sie schnürten ihn ein, erschwerten seinen Atem, raubten die Sicht, verlangsamten seinen Gang, wodurch er nur wie in Zeitlupe vorankam. Jeder Schritt fühlte sich an, als würde er von eisernen Ketten ausgebremst, die man um seine Knöchel geschnallt hatte. Tom kämpfte und er stürzte, polterte die Treppen hinab, mitten durch den schwarzen Sturm, der ihm seine Erinnerungen und intimsten Geheimnisse vor Augen geführt hatte.

Sein Sturz fand ein Ende, als er dumpf auf einer eisernen Platte aufschlug. Totenköpfe und seltsame Symbole waren in die Oberfläche gehämmert worden. Handabdrücke drängten sich in das Metall, doch nicht von oben, sondern von der anderen Seite. Tom erschauderte. Jemand hatte das eingesperrt, was unter ihm war. Der Turm in Form einer Sense stellte nur das Endstück dar, den Gipfel des Eisberges. Er verschloss, was in der Tiefe lauerte und so furchteinflößend war, dass es die einstigen Bewohner der Stadt auf ewig weggesperrt hatten.

In der Mulde der Eisenplatte lag ein gläsernes Gefäß. Ein Sturm tobte darin, Blitze zuckten und jagten ein rötliches Licht, das immer einen Hauch schneller als das Gewitter, das unnachgiebig von einer unsichtbaren Energie genährt wurde, war.

Jeremiahs Seele.

Tom griff zu, dann stockte er in seiner Bewegung. *Was würde geschehen, wenn er das Glas aus der Mulde entfernte?*

Er dachte an die Nadelöhre und an ihre Exkursion durch die unterirdischen Tunnel der Stadt. Jeremiah hatte seine Seele bewusst dort platziert. Die letzte Hürde, um möglichen Dieben ein grausiges Schicksal zu bereiten. Sein Blick wanderte zum Behälter und zum Folianten, den er in der linken Hand hielt. Wenn Jeremiah vom Tod persönlich abstammte, dann hatte er einen Plan, das Schlimmste abzuwenden.

Er griff nach der Seele und verstaute das Gefäß in seiner Jackentasche. In den zwei Sekunden, in denen er das Glas berührt hatte, versengte es das Fleisch seiner Finger. Sein Zustand reduzierte den Schmerz auf ein Minimum, doch sein Handeln hatte Schlimmeres zufolge als verbrannte Haut.

Die Eisenplatte kam in Bewegung. Zunächst war es nur eine Handbreit, die sich lautlos, ohne Anzeichen eines üblichen Mechanismus, öffnete.

Ein eiskalter Hauch schlug Tom entgegen. Sternförmige Eiskristalle bildeten sich auf seiner Haut und Kleidung. Nach der Kälte zwängten sich schwarze Wirbel ins Freie. Sie waren wuchtiger und traten gebündelter als ihre Verwandten auf, die er aus der Stadt kannte. Wütend schlugen sie gegen die Platte, schoben sie weiter voran. Sie besaßen Stimmen, brüllten unverständliche Worte einer Sprache, die nichts ähnelte, was Tom je gehört hatte. Geballter Zorn preschte ihm entgegen. Eine Macht, die seit Ewigkeiten weggesperrt war und danach lechzte, in die Freiheit zu gelangen, sich an demjenigen zu rächen, der für ihre Gefangenschaft verantwortlich war. Er warf sich mit seinem ganzen Gewicht auf die Platte und drückte sie nach unten. Er schrie und verbrachte unmenschliche Anstrengungen, um die vollständige Öffnung zu verhindern, bis ihm eine Idee kam, ein Einfall, der aus purem Instinkt geboren war.

Tom versenkte den Folianten in der Mulde.

Der Turm erzitterte, wankte und die Platte fiel zurück ins Schloss. Zuvor hatte sie eine Vielzahl an schwarzen Wirbeln ausgespuckt, die sich zu einem Sturm verbanden, der heftiger ausfiel als derjenige, der ihnen den Zutritt zur Stadt erschwert hatte.

Tom wich rückwärts kriechend zurück. Fassungslos bestaunte er, wie der Sturm die Stufen in nichts auflöste und auf die Wände des Turms übergriff. Wie ein Kartenhaus fiel das Konstrukt in sich zusammen und machte auch nicht vor Tom Halt, dessen Stiefelsohlen anfingen, sich aufzulösen. Das Gummi schwand, wie durch einen Bunsenbrenner erhitzt.

Er raffte sich auf und hetzte die Stufen hinauf, ignorierte den harmloseren schwarzen Nebel. Im Bruchteil der Zeit seines Abstiegs hatte er den Ausgang erreicht, stürzte zum Turm hinaus und rammte das Tor in seine Verankerung. Schwer atmend gönnte er sich eine Sekunde Pause, die sie nicht hatten. Die Macht, die er eben entfesselt und glücklicherweise an einem vollständigen Ausbruch gehindert hatte, fraß den Turm von unten nach oben auf; wesentlich zügiger, als es dem Rest der Stadt erging.

»Tom! Wo verdammt nochmal warst du die letzten zwei Stunden?«, brüllte ihn Arthur an.

»Zwei Stunden?«, schüttelte er ungläubig den Kopf.

»Ganz genau.«

»Egal, wir müssen hier weg. Ich habe die Seele. Und ich habe etwas befreit, das sich durch den Turm und bald durch die ganze Stadt frisst.«

»Was meinst du?«, fragte Harry.

»Scheißegal. Lauft! Flieht! Wir müssen hier weg!«

Sie rannten, als würden sie durch unsichtbare Winde

getragen, während hinter ihnen der Turm, die Statue und letztlich die Stadt von einem schwarzen Nichts verschlungen wurden, das erst stoppte, als Tom die Tür verriegelte, die den Schacht vom Tunnel trennte.

»Ich hoffe, dass die Tür das aufhält, was uns eben verfolgt hat.«

Sie lauschten, doch schien es tatsächlich so, dass die Runen und Symbole, die in die Tür geritzt waren, der Macht Einhalt geboten. Zumindest für den Moment.

»Lasst uns von hier verschwinden. Der Aufstieg ist langwierig und anstrengend. Wir wissen nicht, ob das, was hinter der Tür lauert, in die Kammer dringen kann.«

»Das brauchst du uns kein zweites Mal sagen, Tom«, stieß Ivy aus und flog nur so die Treppe hinauf. Als sie auf der nächsten Plattform angekommen waren, banden sich Harry und Tom wieder ihre Assistenten an die Körper und wagten sich an den Aufstieg, den Ivy anführte.

Sie war auch die Erste, der es gelang, sich an die Oberfläche zu ziehen. Es folgten Harry und Goliath und letztlich Tom und Arthur.

Tom hatte seinen Körper gerade so aus dem Schacht befreit und Arthur abgesetzt, als er in seiner Bewegung erstarrte. Vor ihnen standen fünf Sensenmänner, die Gesichter unter Totenkopfmasken verborgen. Einer wirkte besonders bedrohlich, überragte den Rest und machte einen Schritt auf sie zu. Er trug eine pechschwarze Totenkopfmaske. Schneeweiße Strähnen drängten sich darunter hervor und ein Paar feurig roter Augen stierte sie an.

Tom zuckte zusammen. Die Augen glichen denen der Statue wie ein Ei dem anderen. *Das musste Jeremiah die Krähe sein,* erschauderte er.

»Ihr habt etwas, das mir gehört. Respekt, ich hätte niemals gedacht, dass jemand meine Seele im Schacht findet. Wärst du so freundlich, sie mir zu überreichen? Ich glaube, dass sie sich an ihrem angestammten Platz am wohlsten fühlt.« Jeremiah hob seine Maske so weit, dass sein böses Grinsen zum Vorschein kam.

»Niemals!«, brüllte Tom. Seine Stimme bebte, er zitterte am ganzen Leib. »Wir werden deine Seele zerstören und dich auf alle Zeit vernichten!«

Jeremiah zog einen Dolch. Binnen eines Wimpernschlages verwandelte sich die kurze Klinge in eine Sense, die Tom in dieser Form und Bauweise noch nie gesehen hatte.

»Ich enthaupte zuerst deine Freunde und lasse dich dabei zusehen. Danach filetiere ich dich. So wie ich es mit den Menschen gemacht habe. Viele sind deinetwegen gestorben, Tom Arkins. Eigentlich müsste ich dir dankbar sein. Also gib mir die Seele und wir nehmen dich bei uns auf. Versuch gar nicht erst, deinen Fehler auszubügeln. Du kannst mich nicht aufhalten. Das hier ist der Beginn einer neuen Ära. Einer Epoche der Stärke und Macht.«

»Das werde ich nicht. Niemals würde ich dir dienen«, raunte Tom.

»Du brichst die Regeln unserer Gesellschaft, Jeremiah. Nochmal wirst du damit nicht durchkommen«, stützte Arthur seinen Freund.

»Wenn du die Seele willst, musst du erst an mir vorbei!«, brüllte Harry, der über sein sonstiges Verhalten hinauswuchs. Tom hörte die Angst in seiner Stimme, war dadurch aber umso dankbarer, einen so treuen Gefährten an seiner Seite zu haben. Goliath knurrte, Arthur stellte sich vor Tom. Nur Ivy schwieg.

Sie lüftete zum allerersten Mal ihren Schleier und sah Tom mit einer Mischung aus Mitleid und Gleichgültigkeit an. Ihr Gesicht war noch anmutiger und schöner, als er es sich in seiner Vorstellung ausgemalt hatte. Aber es zeigte ebenso Verbitterung und Zorn. Ehe er sich versah, verpasste sie ihm einen Hieb gegen das Kinn und versenkte ihr Knie in seiner Magengrube. Tom sackte zu Boden. Bevor er aufschlug, griff sie in seine Tasche und entwendete die Seele. Er krümmte sich vor Schmerzen, beobachtete fassungslos, genau wie Arthur, Goliath und Harry, wie sich Ivy mit dem Gefäß in der Hand Jeremiah näherte.

»Warum tust du das?«, fragte er anklagend.

Ivy riss sich das Kleid vom Leib. Darunter kamen eine hautenge Lederkluft und ein Mantel zum Vorschein. Sie griff an ihren Rücken und zog an einem Band eine Totenkopfmaske hervor, die sie sich über den Schädel stülpte.

»Ich tue das für mich, Tom. Ich mochte dich und du mich. Das hat mir meine Sache erleichtert, dich zu manipulieren, zum Scheitern zu bewegen. Jeremiah wird mir nun ermöglichen, wonach ich mich schon so lange sehne. Ich kann meine Fehler beheben und ein besseres Leben führen. Ihr Männer seid so leicht zu täuschen. Besonders du, Tom. Du warst das letzte Mosaiksteinchen eines weitreichenden Plans. Ich kann nicht zulassen, dass du deinen Fehler wiedergutmachst.«

»Du hast mich die ganze Zeit über nur belogen und missbraucht«, stieß Tom fassungslos aus. »Wie kannst du nur so grauenvoll sein? Ich dachte, da wäre etwas zwischen uns.«

Ivy lachte bitter. »Gefühle sind Ballast. Ich mag dich. Das muss ich ehrlich zugeben. Doch noch mehr mag ich das verlockende Angebot, das mir Jeremiah in Aussicht gestellt hat.«

Jeremiah nickte ihr anerkennend zu. »Gut gemacht,

Schattenviper. Und nun übergib mir die Seele und lass diese kümmerlichen Gestalten im Schacht verschwinden.«

Ivy sah abwechselnd zu Tom und zurück zur Krähe. Sie wirkte auf einen Schlag verunsichert. »Meint Ihr, das ist wirklich nötig? Sie sind harmlos und können Euch nichts mehr anhaben.«

Jeremiah entriss ihr das Gefäß, in dem seine Seele aufbewahrt war. »Tu es, oder du folgst ihnen«, fauchte er sie an.

Ivy zog ihre Dolche. Tom hatte sie im Kampf mit Ash beobachtet. Seine Hoffnungen sanken gen null, dass sie unbewaffnet nur den Hauch einer Chance hatten. Zumal Jeremiah und seine Gefolgsleute im Hintergrund warteten.

»Es tut mir leid, Jungs. Ich wollte nicht, dass es so weit kommt.« Entschlossen schritt sie auf Tom und seine Freunde zu. Die scharfen Klingen der Dolche blitzten gefährlich unter den geschmeidigen Bewegungen auf, mit denen Ivy sie in den Händen rotieren ließ.

»Wir werden uns nicht kampflos ergeben«, knurrte Arthur und stürzte auf Ivy zu. Tom wurde so überrumpelt, dass er seinem Assistenten blindlings folgte, dann stimmten Harry und Goliath in das Gebrüll mit ein und stürmten mit dem Herz in der Hand auf Ivy und die Sensenmänner zu.

Die Viper entledigte sich des zuschnappenden Arthurs mit einem Tritt. Die Bulldogge rollte jaulend zur Seite und blieb benommen liegen. Tom schlug nach Ivy, sie wich ihm leichtfüßig aus und versenkte die Faust erneut in seinem Kinn. Da Tom das nicht zu Fall brachte, rammte sie ihm den Griff des Dolchs gegen die Stirn. Schwärze flutete seine Augen, er taumelte und knallte der Länge nach hin.

Harry bremste in seiner Bewegung. Tom und Arthur waren in Sekundenschnelle außer Gefecht gesetzt worden. Jetzt standen er und Goliath einer Übermacht entgegen.

Aus dem Nichts formten sich drei dunkle Wolken, die zu massigen Gestalten heranwuchsen. Sie trugen lange Mäntel und Masken, die einem Krähenschädel und Wolfsköpfen nachempfunden waren.

Ivy wurde wie alle Anwesenden überrumpelt, sodass sie Ashs Angriff zu spät kommen sah. Sein wuchtiger, blitzschneller Schlag fand sein Ziel und brachte die Schattenviper zu Fall. Bevor Jeremiah reagieren konnte, rammte ihn Ash von den Beinen. Das Gefäß mit der Seele entglitt seinen Fingern und flog in hohem Bogen durch die Luft. Es landete einige Meter entfernt im Gras, unmittelbar neben dem Stamm eines uralten Baumes.

Die Brüder Coan nutzten die Überraschung und griffen die übrigen Lakaien an, beharkten sie mit Hieben ihrer Sensen und wuchtigen Tritten. Sie waren geschickte Virtuosen im Nahkampf, die es schafften, gegen eine doppelte Überzahl standzuhalten.

Toms Benommenheit schwand langsam. Ungläubig bestaunte er, wie sich die Sensenmänner untereinander bekämpften. Ash, den er die ganze Zeit über für seinen Feind gehalten hatte, rettete ihnen den Hintern. Zumindest für den Augenblick. Er war in einen erbitterten Zweikampf mit Jeremiah verwickelt.

»Deine Maske würde mir auch gut zu Gesicht stehen. Ich werde sie als Trophäe behalten, wenn ich dich und deine Rebellen in die Ewigkeit geschickt habe«, höhnte Jeremiah, schwang seine Sense und schleuderte sie auf Ash zu. Dieser schaffte es, den Schwung der Klinge abzublocken, geriet dadurch aber ins Taumeln und wurde ein paar Schritte nach hinten gedrückt.

»So leicht wirst du nicht mit uns fertig. Wir werden verhindern, dass sich die Geschichte wiederholt. Was du meinen Vorfahren angetan hast, werde ich dir nie vergessen«, zischte Ash wütend zwischen den Zähnen hervor, dann stürmte er auf Jeremiah zu.

Es folgte ein Zweikampf, gegen den das Duell mit Ivy ein Kindergeburtstag gewesen war. Die Sensen flirrten schneidend durch die Luft, prallten aufeinander, erzeugten Wirbel, die das Gras plätteten und Goliath von den Beinen rissen. Ash und Jeremiah waren ebenbürtige Gegner; zwei Mächte, die der Ewigkeit angehörten, stießen aufeinander. Je länger der Kampf andauerte, desto größere Probleme hatte Ash, sich den hart und präzise geführten Schlägen zu erwehren. Den Brüdern Coan erging es kaum besser, sie kamen über die Verteidigung nicht mehr hinaus.

Die Sensen kreuzten sich, als Ash und Jeremiah frontal aufeinanderprallten. Funken sprühten, die Klingen wanderten bedrohlich nahe an ihre Kehlen. Jeremiah hatte die größeren Kraftreserven, drückte seine Waffe bis auf einen Zentimeter an die ungeschützte Stelle an Ashs Hals.

»Wir können sie nicht mehr lange aufhalten. Nimm die Seele, Tom Arkins. Mache deinen Fehler gut. Lass sie von einem unschuldigen Wesen berühren. Der Junge. Beeile dich …«, stöhnte Ash. Aus seiner Verzweiflung heraus mobilisierte er Kräfte, die Tom nicht für möglich gehalten hätte. Er rammte Jeremiah das Knie in die Rippen und stieß ihm die Klinge gegen die Totenkopfmaske. Sein Gegner wankte kurz, parierte einen vertikal geführten Schwinger und ging unbeirrt in den Gegenangriff über.

Tom raffte sich auf, packte den benommenen Arthur

und hetzte auf den Baum zu, neben dem Jeremiahs
Seele lag. Er ignorierte die Hitze, die das Glas ausstrahlte und verstaute es in seiner Tasche.

Ohne sich umzudrehen, rannte er aus dem Cemetery
Park, so schnell ihn seine Beine nur trugen. Harry und
Goliath folgten ihnen. Gemeinsam flüchteten sie durch
die Wohnviertel, danach über das Zentrum, bis sie die
Urne erreichten.

Erst da gönnten sie sich eine Verschnaufpause.

Sense gut, alles gut?

Der Raum war seltsam leer. Niemand stand an. Es herrschte eine beklemmende, von Furcht geschwängerte Stille.

Tom näherte sich dem Podest. Die Urne war verschwunden. Er sah sich um, fand das Gefäß, wie es mit fehlendem Deckel auf dem Boden lag. Achtlos von ihrem angestammten Platz gestoßen.

»Was ist hier geschehen?«, fragte Harry.

»Sie haben die Urne außer Kraft gesetzt. Jetzt sind die Fäden des Schicksals außer Kontrolle«, hallte die Stimme des Vermittlers durch den Raum. Tom suchte ihn und den Tresen, hinter dem er sonst stand, doch beides war verschwunden.

»Können wir es noch rückgängig machen?«, fragte Tom zögernd.

»Der Anfang ist Beginn und Ende zugleich, Tom Arkins«, sprach der Vermittler in Rätseln, dann verflüchtigte sich seine Stimme und es kehrte wieder Stille ein.

»Du weißt, was das bedeutet«, sagte Arthur zerknirscht.

Tom nickte. »Ich habe es geahnt.« Er kramte in seiner Jackentasche und holte die tragbare Videospielkonsole hervor.

»Goliath und ich werden hierbleiben und mögliche Verfolger aufhalten«, sagte Harry entschlossen. Auf dieser Reise war kein Platz für ihn.

Tom drückte ihn fest an sich. »Du bist ein toller Freund. Passt bitte auf euch auf.«

»Und du auf dich. Wir sehen uns bald wieder. Sei stark und bring es hinter dich.«

Tom nickte entschlossen und ging auf das Nadelöhr

zu.

»Ich bin bei dir, egal was geschieht«, bekräftigte ihn Arthur in seinem Handeln.

»Das weiß ich und ich danke dir von ganzem Herzen dafür«, entgegnete Tom und legte die Spielekonsole in der Mulde ab. Eine Sekunde später begann ihre atemberaubende Reise zwischen der Welt der Toten und der Lebenden.

Sie landeten erneut in einem Arcadeautomaten, der sie wie entzündeten Sprengstoff aus dem Münzschacht schoss. Die Spielhalle war leer, viele der Automaten demoliert, die Scheiben zerschlagen, dahinter kam das Innenleben zum Vorschein. Kabel sprühten Funken, die Elektronik piepste in ungleichmäßigen Intervallen.

»Was ist hier geschehen?«, fragte Tom.

»Das ist Jeremiahs Werk. Die Welt gerät außer Kontrolle. Lass uns zum Krankenhaus, bevor alles zu spät ist.«

Auf den Straßen bot sich ein ähnliches Bild der Verwüstung. Reglose Körper und abgetrennte Gliedmaßen lagen wild verstreut umher, Sirenen heulten. Die Einsatzkräfte kamen gar nicht mehr mit der Versorgung und dem Abtransport der verletzten und toten Bürger Gold Rocks nach.

Sie kamen an Sergios Laden vorbei. Geschockt starrte Tom auf den Truck, der direkt in das Schaufenster gerast war und dabei das halbe Gebäude zum Einsturz gebracht hatte. Er lugte durch einen schmalen Spalt nach innen. Überall war Blut, Splitter, zerborstenes Glas. Von Sergio fehlte jede Spur. Tom schüttelte ungläubig den Kopf, stellte sich vor, wie der zerquetschte Körper seines Freundes im Kühlergrill des Trucks hing.

»Das Chaos wird immer schlimmer, wenn wir Jeremiah nicht bald erledigen und so die alte Ordnung herstellen. Das hier ist nur der Anfang. Komm, lass uns so schnell wie möglich zum Krankenhaus.«

Auf dem Weg dorthin zeigte sich ihnen das gleiche Bild: Unfälle, Gewaltverbrechen und viele Verletzte. Von überallher wurden Einsatzkräfte herangezogen, die es kaum noch schafften, Herr der Lage zu werden.

Nach einer Viertelstunde erreichten sie das Krankenhaus von Gold Rock. Ein wenig versteckt lag es auf einem Hügel in einem Waldstück, umgeben von hohen Kiefern und Tannen. Saftig grün leuchteten sie zu dieser Jahreszeit.

Krankenwagen um Krankenwagen raste die Zufahrtsstraße zur Notaufnahme hinauf. Drei Stück zählte Tom in kürzester Zeit. Wo keiner zur Stelle war, brachten Bürger die leichter verletzten Personen mit dem Auto zum Krankenhaus. Der Parkplatz platzte aus allen Nähten, Massen an Menschen strömten mit humpelnden und blutenden Angehörigen auf den Haupteingang zu.

»Zur Anmeldung. Wir müssen nachschauen, wo er liegt«, sagte Tom.

Die ältere Dame, die in einem Glashäuschen saß, war heillos mit dem Schwall an Besuchern überfordert, der in das Innere des Gebäudes strömte. Nicht alle waren schwerer verwundet, trotzdem war das Aufkommen um ein Vielfaches höher, als es an einem normalen Tag der Fall war.

Tom durchsuchte die Karteikarten. Nach kurzer Zeit hatte er die richtige zur Hand.

»Dritter Stock, Zimmer 7. Da müssen wir hin«, las er laut vor. Sie steuerten auf das Treppenhaus zu. Um sie herum brachen Tumulte aus; Patienten und Angehörige gingen aufeinander los, die Security griff ein, dann schlug sich der Pöbel auf eine gemeinsame Seite und attackierte die Wachmänner. Das Krankenhaus glich einem Schlachtfeld, heilloses Chaos brach aus, Gewalt so weit das Auge reichte.

»Beeilung, bevor sie sich noch alle gegenseitig umbringen«, drängte Arthur.

Tom fragte sich, wie es Jeremiah fertiggebracht hatte, die Gesetze von Leben und Tod derart außer Kontrolle zu bringen. Und das war nur der Anfang von allem, wie Arthur prophezeit hatte. Wenn der furchtbarste Sensenmann persönlich in den Krieg zog, wären hunderttausende Tote an einem Tag nur der Tropfen eines sich immer weiter ausbreitenden Ozeans aus Blut.

In Windeseile waren sie im dritten Stock angelangt und gingen durch die Tür hindurch, die den Flur von Zimmer 7 trennte. Auf dieser Ebene war alles friedlich.

Billy lag in seinem Bett und schlief selig. Er war der einzige Patient und bekam nichts von den Tumulten und der Aufregung mit, die in der Welt ausgebrochen waren.

Der melodische Gesang der Vögel drang durch das gekippte Fenster nach innen, Insekten zirpten in den Wipfeln der Bäume, das Rauschen des Meeres war in der Ferne zu hören.

Tom trat an das Bett. Eine einzelne Träne kullerte über seine Wange und schlug auf dem Boden auf. Sie zersprang in einem See aus Trauer und Verzweiflung. Die Zeit war gekommen, zu tun, was zu tun unabdingbar war.

»Du tust das Richtige, Tom. Du schaffst das. Denk an all die Unschuldigen.«

Tom nickte schweigend und holte das Gefäß mit der Seele aus seiner Tasche. Ungezähmt tanzte das rote

298

Licht im Glas umher, versuchte aus seinem Gefängnis auszubrechen. Er packte Billys Hand. Wieder kullerte eine Träne über seine Wange, dann eine weitere. Viele folgten, doch Tom hatte seinen Entschluss gefasst. Er sah in das unschuldige Gesicht, die reine Seele eines Kindes, die tödlich zugleich sein konnte. Tödlich für Jeremiah die Krähe.

»An deiner Stelle würde ich das lassen«, erklang eine bekannte Stimme hinter ihm. Tom zuckte zusammen und ließ vor Schreck das Glas in die Bettdecke fallen.

In der Tür stand Jeremiah, in der Hand seinen Dolch. Mit einer ruckartigen Handbewegung verwandelte sich die Stichwaffe in seine furchterregende Sense. Er streckte sie aus, sodass die Klinge Toms Kehle touchierte.

»Gib mir die Seele und ich verschone dich. Ansonsten bring ich dich an den Ort, von dem du kürzlich erst geflohen bist. Du wirst grauenvolle Leiden erdulden. Bis in alle Ewigkeit.«

»Niemals!«, fuhr Tom ihn trotzig an.

Jeremiah lachte höhnisch. »Wie du willst.«

Die Sense schnellte nach vorne. Tom hatte damit gerechnet, duckte sich unter dem Schlag weg und stürmte auf die Krähe zu. Wütend schlug er auf seinen Brustkorb ein, landete einen Treffer an der Schläfe und stieß ihm sein Knie in den Unterleib. Jeremiah lächelte nur müde über die ungestümen Angriffsversuche, schüttelte Arthur, der sich in sein Bein verbissen hatte, wie eine lästige Fliege ab, und versetzte Tom einen Schlag, der ihn torkelnd gegen das Bett krachen ließ. Kraftlos sackte er in sich zusammen.

Billy bemerkte von alldem nichts. Der unsichtbare und lautlose Kampf drang nicht bis in seinen Schlaf vor. Ebenso blieb ihm Jeremiah verborgen, der sich unheilvoll über seinem Bett und Tom aufbäumte und die Sense über den Kopf hob.

»Das ist dein Ende. Der Anfang von deinem Ende, Tom Ark…« Er kam nicht dazu, seinen Satz zu Ende zu sprechen. Eine spitze Klinge stieß von hinten durch seinen Hals, eine zweite bohrte sich in seinen Rücken. Eine zierliche Gestalt sprang auf seine Schultern und zwang ihn in die Knie.

»Ivy!«, rief Tom überrascht.

»Schwätz nicht, Tom. Bring es zu Ende!«

»Aber wieso? Du hast uns hintergangen!«

»Es tut mir leid. Ich habe einen Fehler begangen, mich von seinem Zauber blenden lassen. Ich hoffe, das genügt dir als Entschuldigung.«

Tom nickte. »Danke«, entgegnete er.

»Schon gut. Und jetzt mach schon, ich kann ihn nicht ewig aufhalten.«

Jeremiah brüllte vor Schmerzen auf und kämpfte gegen Ivys Griff an. Sie drückte ihn tapfer und verbissen zu Boden. Dennoch war es nur eine Frage von Sekunden, bis er sich befreien konnte.

»Mach schon!«, drängte Arthur.

Tom sprang auf, sah Billy ein letztes Mal so an, wie er ihn kannte: freundlich und unschuldig. Er legte das Glas in seine geöffnete Handfläche. Vorsichtig zog er den Deckel ab. Die Seele kroch nach außen, traf dort auf Billys Haut. Tom schloss die Hand des Jungen zu einer Faust, sperrte die Seele darin ein.

Ein greller Blitz durchstieß das Zimmer. Billy riss die Augen auf: »Tom!«, entfuhr es ihm.

Jeremiah sackte in sich zusammen, seine Maske fiel scheppernd zu Boden. Danach löste sich sein Körper von den Füßen an auf, so wie es die schwarzen Wirbel mit der Stadt im Schacht der Sense getan hatten. Er stieß einen lautlosen Schrei aus, denn die Zersetzung hatte bereits seine Zunge verschlungen.

Ein goldenes Licht flutete das Zimmer, hüllte Billy und Tom in eine Kuppel ein, die sie von der Außenwelt abschnitt.

Billy lag vor ihm. Unter seinen Armen wuchs etwas heran, ein Gerüst aus Knochen, aus dem strahlend weiße Federn sprießten.

»Du hast es geschafft, Tom. Ich bin so stolz auf dich«, sagte er. Freudentränen kullerten über sein Gesicht, er richtete sich auf und drückte ihn an sich.

»Billy, ich verstehe nicht. Was passiert mit dir?«

»Du darfst jetzt an einen besseren Ort. Das hast du dir redlich verdient.« Der Junge lächelte ihn an.

»Wer bist du?«, fragte Tom verdutzt. »Was geschieht hier nur?«

Er sah, wie Ivy und Arthur auf der anderen Seite der Kuppel standen. Es war ihnen unmöglich, hindurchzugehen. Lautlose Worte rollten über ihre Lippen. Tom deutete sie als Lebewohl. Ivy legte die Maske ab und lächelte ihm zu, Arthur probierte ebenso zu lächeln, als er merkte, dass das zum Scheitern verurteilt war, hob er eine Pfote und drückte sie an die Wand, die sie voneinander trennte. Tom erwiderte den Abschied, legte seine Hand an die Stelle, an der Arthurs Pfote war. Eine undurchdringbare Barriere stand zwischen ihnen, doch ihre freundschaftlichen Banden durchstießen auch diese Hürde für den Funken eines Augenblicks. Dann überkam Tom ein wohliges Gefühl, es roch nach Aufbruch und einer neuen Station seines Schicksals. Auch Arthur wusste das. Er nickte ihm zu und seine Zähne blitzten zu einer letzten schiefen Grimasse auf.

Das Licht wurde so hell, dass Tom weder Billy noch Arthur oder Ivy sah. Geblendet hielt er sich die Hände vor Augen.

Als er sie runternahm, fand er sich inmitten einer blühenden Wiese. Millionen Blumen in den unterschiedlichsten Farben, Formen und Düften umringten ihn. Eine warme Sonne verschwand über dem Horizont, tauchte den Abendhimmel in ein wohliges Licht, das Frieden und Geborgenheit ausstrahlte. Neben ihm sprang etwas in die Höhe und bellte freudig, als es erkannte, wer da plötzlich in seiner Welt angekommen war.

Es war Georgie. Tom drückte sich weinend in das Fell seines geliebten Hundes. Nachdem er sich aufgerichtet hatte, sah er zwei Gestalten in der Ferne, die ihn zu sich winkten.

»Komm Georgie. Mom und Frank warten schon auf uns.«

Gemeinsam und glücklich vereint schlenderten sie dem Sonnenuntergang entgegen. Sie verschwanden mit dem letzten Lichtstrahl, der das Firmament zierte.

*

»Ob es ihm gut geht, dort wo er jetzt ist?«, fragte Harry traurig und nippte lustlos an seinem Gravequila. Neben ihm, auf zwei Barhockern, saßen Arthur und Goliath, die bereits ihre dritte Runde bestellt hatten und langsam melancholisch wurden.

»Irgendwie vermisse ich diesen Taugenichts. Das hätte ich niemals gedacht, aber jetzt fehlt er mir. Jeden Tag fehlt er mir«, schluchzte Arthur.

»Mir auch«, bestätigte Goliath und genehmigte sich einen tiefen Schluck aus dem bereitgestellten Napf.

Die Tür zum Grave schwang auf und Ivy trat herein. Diesmal war ihr Gesicht nicht unter einem Schleier verborgen. »Was ist los, Jungs? Blast ihr immer noch Trübsal?«

Sie nickten einstimmig. Ivy bestellte eine weitere Runde, gemeinsam erhoben sie die Gläser zum Salut (Harry und Ivy übernahmen dies für Arthur und Goliath).

»Auf Tom!«, riefen sie und leerten ihre Gravequilas in einem Zug.

Als Ivy ihr Glas abgesetzt hatte, schaute sie ihre Freunde mit funkelnden Augen an. »Ihr könnt euch doch noch an den alten Wälzer erinnern, der uns in die unterirdischen Gänge geführt hat, oder?«

»Was ist damit? Hast du wieder eine neue Intrige auf Lager und willst uns dort unten verscharren, nur um endgültig von hier wegzukommen?«, fragte Arthur bissig.

»Ach Arthur, wie viele Runden Gravequila muss ich noch springen lassen, um dir zu zeigen, dass ich es ernst meine? Seit Wochen redest du kaum ein Wort mit mir, aber um dich mit Drinks auszuhalten, bin ich gut genug? Wie lang soll das noch so gehen?«

»Das wirst du schon merken«, brummte die Bulldogge.

»Gib mir eine Chance. Wenigstens hab ich mich nicht wie Ash und die Brüder Coan verkrümelt, sondern meinen Fehler wettgemacht.«

»Aber auch nur, weil du dir keine Asche einer reinen Seele leisten konntest.« Er starrte sie durchdringend an. Dann begann er zu lachen. »Na los, erzähl schon.«

Ivy orderte eine weitere Runde. »Lasst uns austrinken, dann verrate ich euch, was ich entdeckt habe.«

JETZT IST SENSE!
ENDE